NOITES DE AURORA

JEFF ZENTNER BRITTANY CAVALLARO

NOITES DE AURORA

Tradução
Vic Vieira Ramires

Rio de Janeiro, 2024

Título original: *Sunrise Nights*

Copidesque	João Rodrigues
Revisão	Daniela Georgeto e Alanne Maria
Ilustração de capa	Hokyoung Kim
Design de capa	Laura Mock
Adaptação de capa	Beatriz Cardeal
Diagramação	Abreu's System

Dados Internacionais de Catalogação na Publicação (CIP)
(Câmara Brasileira do Livro, SP, Brasil)

Zentner, Jeff
Noites de aurora / Jeff Zentner, Brittany Cavallaro ; tradução Vic Vieira Ramires. – Rio de Janeiro : Pitaya, 2024.

Título original: Sunrise nights.
ISBN 978-65-83175-03-8

1. Ficção norte-americana I. Cavallaro, Brittany. II. Título.

24-225426 CDD-813

Índice para catálogo sistemático:
1. Ficção : Literatura norte-americana 813
Bibliotecária responsável: Tábata Alves da Silva – CRB-8/9253

Rua da Quitanda, 86, sala 601A – Centro,
Rio de Janeiro/RJ – CEP 20091-005
Tel.: (21) 3175-1030
www.harpercollins.com.br

Para Tennessee Luke Zentner.
Que você encontre a pessoa sem a qual não consegue viver.
— J.Z.

Para Andrew.
Mas você já sabia disso, não é?
— B.C.

PRIMEIRA NOITE

JUDE
SACRALIDADE

Eis uma verdade sobre mim: se eu a deixar correr
solta, minha cabeça me maltrata. Às vezes,

(tá, várias vezes) um pensamento fica preso
como um graveto no curso de um rio, sem nunca alcançar direito
a liberdade ou a ruína, algo de que eu teria gostado
mais do que desse giro caótico.

Às vezes, é um sentimento sem forma que paira
sobre mim como uma ruminação constante
na distância terrível entre saber
que se está caindo

e então cair. Penso: *E se eu nunca*
for o bastante? E se estou jogando minha vida fora?
E se ninguém me amar? E se
não sou bom? E se isso
é tudo que há? Sabe como é. Coisas normais,
tipo ser o arquiteto
do meu próprio desmoronamento. Mas então

pego minha câmera e o vórtex
para. Assim como a sensação de queda.
E, por um instante, tudo
se acalma e posso escutar o mundo falando
comigo por cima do ruído.

FLORENCE
NAQUELE JUNHO

Eu era boa. Era melhor do que boa,
me movia de um jeito que causava inveja na
água. Tinha quadris fortes. Era capaz de quebrar

nozes entre as panturrilhas, se quisesse.
E eu queria. Queria que alguém
me desafiasse. Eu queria absorver tudo,

as luzes quentes, o piso marley, alguém
me erguendo como um falcão numa luva,
e, quando as aulas avançadas não eram suficientes,

fiz aulas particulares. Meus pais pagaram,
nós tínhamos o dinheiro e, de qualquer maneira,
dali a alguns anos eu ficaria na reserva para sempre.

Por que não? Eu queria atravessar o céu, ardendo
como algo que faria seus olhos queimarem
por ter observado perto demais, como algo

que nasceu para desaparecer. Eu queria
professores de pulso firme, a competição mais cruel,
e, quando fui para o Acampamento Harbor naquele junho,

eu queria alguém que analisasse cinicamente meu *tendu*
no primeiro dia e dissesse: *não está bom o bastante.*
Eu queria que meus pés sangrassem. Tá, era um acampamento,

mas eu não queria fogueiras ou cantorias
ou jogos de verdade ou desafio. Eu não queria
amizade ou piedade pela minha perda de visão,

ou que as outras bailarinas achassem que eu não era
a maior competição ali. Porque eu o seria
até o último amargo segundo. Eu queria a verdade

a respeito do meu corpo, os limites do que eu era
capaz de fazer com ele. Eu queria o solo
na apresentação da Imogen Heap e, quando

consegui, quis dançar para fazer
as pessoas chorarem, e, quando conquistei isso,
era a penúltima noite de acampamento e,

suando delicadamente no palco, olhei para cima
e vi que os aplausos de pé vinham
de quatrocentas pessoas que não me deviam nada.

JUDE

A BRIGA BOA

Li uma vez que os povos antigos às vezes morriam
de medo durante um eclipse solar, pensando
que algum Grande Devorador, imenso demais

para ver, do tamanho do firmamento, estava consumindo
a luz em sua barriga. Minha professora de fotografia
no Acampamento de Artes Harbor falou dessas pessoas,
de como pintavam nas paredes de cavernas, tentando retratar

a imagem efêmera do que mais adoravam, congelada
como um inseto em âmbar. *Eles ficariam com tanta inveja,*
disse ela, *do que nós temos*. De como podemos apontar uma lente,
apertar um botão e capturar uma revoada

de pássaros, pretos como manchas de tinta contra o branco
[esvoaçante
do céu, exatamente como aparecem em
nossas retinas, e, se tivermos sorte,

ainda melhor. Se tivermos sorte, do modo
como o cérebro os transforma em memória. A salvo
do Grande Devorador.

Estou sozinho no Salão Chapman,
meus colegas campistAAHs (os artistas do acampamento;
[é divertido aqui)
foram para a Fogueira, o brilho laranja já iluminando
o crepúsculo do fim de junho na península superior de Michigan,
e vou me juntar a eles logo
mais, mesmo que na verdade eu prefira ficar

aqui, onde os ouvidos aproveitam o silêncio,
as fotos da minha exposição da tese arrumadas diante de mim
como fileiras de soldados calados, e eu, seu general,
os agradeço pela vitória sobre mim.

FLORENCE
DESPEDIDAS E TAL

Dois agradecimentos, então um terceiro. A dra. Rojas me conduz
para a frente, no centro do palco, e, ao me curvar numa mesura,
posso sentir a aspereza dos olhares das outras garotas

atrás de mim. Se soubessem, nenhuma delas gostaria de estar
no meu lugar. Ainda bem que não sabem. No corredor
do lado de fora do vestiário, Rojas comprime os lábios e

me puxa para o canto. *Olheiros da Juilliard esta noite*, diz,
da BoCo, da ABT, e eu respondo: *eu ainda tô no segundo ano,
lembra?* O que é mais fácil

do que *esta é a minha última vez, parceira*. A
penúltima? Bom, o nistagmo não piora
de acordo com um cronograma — além disso, se aprendi algo

nos últimos anos, foi que os professores não leem
os relatórios de saúde. Me mantenho aquecida, mas deixo
os braços desnudos no collant, e saio

pela porta do palco antes de ser lembrada de que não há ninguém
à minha espera segurando flores. Fogueira hoje à noite.
Com F maiúsculo. Tradição do acampamento, ou assim dizem

minhas colegas de quarto. Elas não são bailarinas, então não
me odeiam. Perguntei por que era especial, e Makayla disse:
cara, a gente assa marshmallows e escolhe uma pessoa

para a Noite de Aurora, outra tradição que precisava
ser explicada. Sammy fez alguns gestos bem incríveis
e nojentos para ilustrar. Elas disseram:

encontra a gente na Fogueira, e, por isso, sigo pelo caminho,
atravessando a mata enquanto observo meus pés,
como sempre. Não saberia identificar os tipos de árvore

nesta floresta, os insetos cantando estridentes
ao meu redor. Eu até gosto, mas são efemeridades.
São coisas complementares. É irrelevante para o que está por vir

para mim, assim como o é o resto do mundo. Tipo,
eu até gosto, mas nada disso sabe meu nome.

JUDE
FOGUEIRA

Meu coração crepita, em brasas,
ao me aproximar da agitação ao redor
da Fogueira, e não do jeito
que o coração às vezes fulgura
com uma expectativa alegre de algo
que vá alimentá-lo. Está mais para o jeito

de algo sendo consumido
por uma força que faz
o que quer, que resiste
ao controle, que faz menos
daquilo que toca. Deve existir algo

que se pode tomar para deixar cego
o gume desse sentimento, mas tenho receio
de cegar outros gumes

que devem ser afiados, que me permitem cortar
uma trilha por esse mundo.
O engraçado é que eu amo
pessoas. Na verdade, acho que as amo mais

do que o normal — na verdade, às vezes tenho medo
do quanto as amo,
e isso vira mais uma coisa
com a qual me preocupar. Na Fogueira,
os campistAAHs mais velhos se reúnem
em suas panelinhas, revivendo anos anteriores
com gargalhadas estrondosas,
enquanto os campistAAHs mais novos como eu, à deriva
da história, vagam sem rumo, em busca

de salvação em um rosto conhecido.
Jogo conversa fora com algumas pessoas
da minha tropa de fotografia.
Não éramos próximos. A fotografia não é um esporte
de equipe. E eu odeio jogar conversa fora.

Então a vejo, sozinha, a silhueta
sobreposta ao laranja, como se ela fosse a parte
escura das chamas. Uma das minhas coisas favoritas

de fotografar são pessoas fazendo de propósito
o que outras fazem apenas por acaso,
e a determinação clara
da solidão dela faz minhas mãos coçarem

pela câmera, que eu não trouxe
porque estava com medo
de que isso seria como vestir a camiseta da banda
para ir ao show.

É óbvio que tenho meu celular, que tira
fotos até que decentes, mas ainda existe a complicação
da ética de se tirar a foto de um estranho sem permissão
(algo que aprendi há cerca de dois dias)
e então há...
e também há...
e é claro que há...

mas é perfeito.

Eu tiro a foto.

JUDE
A GAROTA

A imagem: ela está sentada perto do fogo (talvez perto demais)
segurando um espetinho de marshmallows como uma espada.
O rosto está sombreado à luz.
Uma chuva de faíscas sobe atrás de sua cabeça
como se ela as houvesse liberado ao sacudir o cabelo.

Ela é a única coisa em foco,
e tudo está borrado e escuro atrás de sua figura.

Há algo em seu olhar;
ela encara o fogo como se desejasse
sê-lo.

JUDE
FOGUEIRA, 20H17

— Ei, com licença — digo. — Sem querer ser um esquisitão, mas...

— *Sem querer ser um esquisitão* é sempre um início promissor — provoca a garota, mas sorri.

— É. Eu sei. Eu...

— Vamos lá. Seja um esquisitão.

— Então, eu sou fotógrafo e tirei uma foto sua um minutinho atrás e queria confirmar que não tem problema. Senão eu apago, é claro.

— Isso é menos pervertido do que eu estava esperando.

— Eu nem quero saber o que você estava esperando. Posso te mostrar.

— Não precisa.

— Tem certeza?

— Quer dizer, só não faça nada de esquisito com a foto.

— Não vou... Ei, o marshmallow tá queimando — digo.

— Ah, é? — devolve a garota. — E como você sabe?

— O fato de que ele estava pegando fogo me deu uma ideia.

— Que perspicaz — diz a garota, com um ar de quem estava se lembrando de uma piadinha de sacanagem.

— Agora você tem que dizer: *Eu prefiro marshmallows queimados.*

— E prefiro.

— Isso é o que as pessoas que queimam marshmallows falam para esconder sua vergonha.

— Meu gosto, minhas regras.

— Você preferiria um bom marshmallow tostado e dourado.

— Você não me conhece.

— Não conheço mesmo. Mas. Posso? Não, eu tenho um espeto. Aqui. Agora é só você...

— Tá bom, você vai queimar também.

— Não vou, não. Observe.

— Estou observando — informa a garota.

— Desculpa, não é a minha intenção dar uma de macho palestrinha do marshmallow, ou sei lá o quê.

— Continuo achando que você vai queimar.

— Você parece preocupada demais pra alguém que diz preferir marshmallows queimados. Prometo que não vou queimar. Eu costumava passar os verões no acampamento de escoteiros em vez daqui.

— Você conquistou a sua insígnia de assar marshmallow ou coisa assim?

— Espera só até você provar. Só mais um pouquinho desse lado. Tá. Agora aguenta aí. Mais um segundo.

— Tá bom, eu vou…

— Não come ainda. Você vai se queimar.

— Não vou, não.

— Deixa eu adivinhar: você também gosta de se queimar.

— Eu sou bailarina. A dor é, tipo, a minha vida. — Ela morde o marshmallow e puxa o ar. — *Merda*.

— Eu avisei.

— Não, a temperatura tá boa. Eu só não quero melar o queixo todo de marshmallow. Como se tivesse me agarrado com o homem de marshmallow dos *Caça-Fantasmas*.

— Eu assisti àquilo com o meu pai pela primeira vez no ano passado.

— Então se eu tivesse feito essa piada um ano antes…

— Passaria batido por mim.

— No momento certo, hein?

— Perfeito.

— Olha, isso tá bom — diz a garota, e dá mais uma mordida no marshmallow.

— O que eu disse? Melhor do que queimado? — Faço uma concha com uma das mãos ao redor da orelha. — O quê? Como foi? Repete? Não consigo escutar.

— Eu disse *sim* em alto e bom som — responde a garota. — Tá. Você venceu, Especialista em Marshmallows.

— Também conhecido como Jude Wheeler. Você nunca me falou seu nome — digo.

FLORENCE
PRIMEIRAS IMPRESSÕES

Provavelmente é a primeira coisa que você quer que eu conte,
já que ele é um garoto e eu sou (até onde sei)
hétero. Então, sei lá, meio que o Timothée Chalamet?

(Eu me resguardo o direito de mudar essa comparação
se o Chalamet algum dia se revelar um babaca.) Ele tem
o cabelo meio comprido dos anos 1990, mas outros garotos
[também têm,

e na maioria deles não fica bom. Talvez nesse
fique, porém ainda não sei ao certo. A luz do fogo
pode mentir, vestir todos em sombras, obscurecer

as bordas como um filme. Eu não quero ver a foto
que ele tirou. Meus olhos são desalinhados (só dá para ver
quando estou parada) e, então, eu também teria que admitir

que me importo com isso. Que me importo que ele está largado
ao meu lado nesse tronco, assando outro marshmallow para mim
como um desafio. Bailarinas não comem marshmallows, mas até
[quando

ainda serei uma bailarina?

São esses pensamentos ansiosos que me deixam
solitária. É o medo que não quero ser. Jude me pergunta,
todo casual: *ei, então, o que é que tem para fazer em Harbor*

num evento como a Noite de Aurora? E, do outro lado do fogo,
Makayla ergueu as sobrancelhas até a linha do cabelo,

e eu pego os três marshmallows da ponta
do espeto e digo: *não sei, tem de tudo.*

JUDE
TEM DE TUDO PARA FAZER

Ela diz que seu nome é Florence.
É um daqueles nomes que nos faz imaginar
por um segundo se alguém está tirando uma com a nossa cara,
porque parece que só famosos britânicos têm um nome
assim, então estudo
o rosto dela por um ou dois segundos
a mais do que deveria, procurando

por algum sinal de piada. Ela não me encara.
Eu resisto, misericordioso, à vontade de perguntar: *o resto da banda*
não pôde vir esta noite? Alguma coisa me diz
que ela já escutou essa antes e, além disso, acho saudável
suprimir minha propensão a fazer gracinhas
idiotas quando estou nervoso. Em vez disso, penso

na cidade italiana de Florença,
que nunca vi. Isso não quer dizer que eu nunca
estive lá. Já estive. Mas me disseram que vi apenas
toda a expansão do interior

do útero da minha mãe. Isso, claro, foi
quando as coisas estavam melhores entre meus pais
e eles faziam coisas juntos, como ir
para a cidade italiana de Florença e
engravidar de um filho.

Isso me fez pensar em cidades
e de fato enxergar cidades, em vez de encarar a parede
de um útero — e uma ousadia estrangeira e embriagada de
[marshmallows
me domina, a mesma sensação de uma oportunidade iminente,

como quando percebo a chance de uma boa foto
e, portanto, pergunto: *ei, então, o que é que tem para fazer*
em Harbor num evento como a Noite de Aurora?
Espero que ela entenda o *num evento como a Noite de Aurora*
como uma zombaria consciente
de uma tentativa desajeitada
de uma casualidade envergonhada
quando, na real, é exatamente uma dessas
e parte de mim espera que ela não morda a isca,

então fico feliz quando ela responde
com um evasivo *não sei, tem de tudo,*
e em seguida come três marshmallows como se tivesse passado do
[ponto
de se importar se parece que ela se atracou
com o homem de marshmallow e, em vez disso,
quer parecer, sim, que se agarrou com ele, se arrependeu
e então logo depois repetiu o ato.

E agora torço para que ela
morda mesmo a isca. Porque tem algo que admiro
nessa fome tão despida.

E também porque aposto que duas pessoas
que amam estar a sós são capazes
de, juntas, se divertirem muito.

JUDE
FOGUEIRA, 20H34

— Você está… — Começo a perguntar, mas Florence fala ao mesmo tempo. — Desculpa — digo. — Vá em frente.

— Não, pode falar — cede ela.

— Você ia…

— Não, tudo bem, fala.

— Você vai ficar por aqui esta noite?

— Não sei.

— Porque se nós dois estamos…

— Abandonados como uns fracassados de quem ninguém gosta? — pergunta ela.

— Eu ia dizer *passando tempo sozinhos*.

— Porque somos uns fracassados de quem ninguém gosta e, por isso, estamos passando tempo sozinhos?

— É você quem está dizendo, não eu — respondo.

— Só estou te enchendo o saco.

— Você ficou tão ocupada me enchendo o saco que não respondeu à minha pergunta.

— Que era?

— Quer passar esse tempo junto?

— Eu teria me lembrado se você tivesse perguntado isso.

— Tô perguntando agora — falo.

FLORENCE
PLANOS

Noite de Aurora: quando desatam a coleira e nos deixam vagar
por aí pelo mundo até o amanhecer, quando os carros chegam
para nos levar para casa. A cidade de Harbor não é grande coisa,

mas por uma noite ela é nossa. Eu ia apenas me trancar
no estúdio, fazer alguns alongamentos, mas esse garoto está
[me olhando
como um desafio — como se estivesse desafiando a si ou talvez
[a mim,

e quais são os termos mesmo? *Tem um bar com fliperama,*
diz ele, *não que eu beba. Não que me deixariam*
beber. Mas tem um fliperama e soube que eles têm

aquele jogo de matar zumbis...
eu arraso, digo a ele,
no jogo de matar zumbis. E agora conversamos

entusiasmados. Reunimos os rumores com o que encontramos
em nosso celular. Jude diz: *bom, tem uma piscina natural,*
na voz de alguém que é especialista

em piscinas naturais, e penso numa lagoinha, brumas
nas margens, eu de maiô. Romântico. Que pena
que não quero nada romântico. Digo: *Target, tem*

uma Target, só para ver se ele me acha básica, mas ele sorri
de leve e diz: *amo a Target. Não sou um monstro.* Tá valendo.
Deslizando a tela do celular, digo: *pizzaria.* Ele diz:

tem um café anarquista onde nós podemos jogar
xadrez, e eu digo: *nós?* Porque não resisto,
porque eu sempre desafio todo mundo e é bom

ele saber disso logo de cara — e desde quando
nós vamos passar a Noite de Aurora juntos? Mas então ele diz
com uma gravidade verdadeira na voz, uma expressão

nos olhos que só posso descrever como um assombro: *soube*
que tem uma loja de rosquinhas 24 horas, e não resisto
(nunca resisto), quando desato a rir

a gargalhada escapa de mim e, simples assim, é xeque-mate.

JUDE
O QUE SE ESPERA

Esse é o tipo de coisa que só acontece
nos filmes, penso
com o estrépito e o calor da Fogueira abrandando às nossas costas,

conforme andamos para a fresca noite de verão
e novas possibilidades; *dois estranhos se encontrando*
e embarcando numa grande aventura

tão fácil quanto duas crianças de 11 anos virando
amigos em instantes ao compartilhar o amor
por pizza e pelo Homem-Aranha. Eu disse para mim

que queria ficar sozinho
esta noite, mas só agora percebo
que é o que eu menos queria. Talvez

nossos corpos produzam uma substância
que só nos permita sentir a extensão total
da solidão em retrospecto, como fitar

uma fotografia triste. Olho
para Florence em busca de uma pista
de como ela está se sentindo com tudo isso

e nossos olhos se encontram, e nós dois sorrimos
como se estivéssemos pregando uma peça,
e acho que estamos, mas na gente mesmo.

Uma pegadinha não é uma violação do que se espera?
Toque a campainha; não há ninguém lá.
Acorde; o quintal está decorado

com papel higiênico. Aquele pacote fumegante
na soleira da porta que você pisoteia frenético
e apaga? Surpresa! Está cheio de cocô!

Nós chegamos
à colina que se abre
para a estrada que corre pelo campus

e, quando começamos
a descer, Florence agarra meu braço
(não é bem de um jeito romântico),

mais como se ela estivesse tentando
não se afogar.
Mas muitas vezes não dá
para notar a diferença.

JUDE

DESCENDO COM CAUTELA UMA GRANDE COLINA SOB A ESCURIDÃO, 20H44

— *Ahm*, então — digo.

— Calminha aí, cara — corta Florence. — Não tô tentando ficar com você.

— Eu não…

— Você ficou tenso.

— É só que, sabe como é… eu tenho uma namorada — falo, de modo que a única resposta possível é uma pausa longa e desconfortável demais, o que é exatamente o que acontece.

— E te dou meus parabéns por isso. O fato de que existe uma garota que consegue te suportar é um bom sinal.

— Quem disse que ela me suporta?

— Justo. Vai ser esquisito se a gente passar tempo juntos?

— Não.

— E a sua namorada… qual é o nome dela?

— Marley.

— Tipo o piso.

— *Hã?* — Olho confuso para Florence.

— Pisos marley são um tipo de piso vinílico usado em estúdios de dança. São meio flexíveis.

— Ok, essa é a primeira vez na vida que ouvi falar em pisos marley e também é a primeira vez na vida que alguém comentou algo que não fosse *tipo o Bob* quando conto o nome da minha namorada.

— O que estou entendendo é que você já está tendo uma Noite de Aurora extremamente animada e gratificante — diz Florence.

— Isso aí.

— Marley vai estranhar isso? Não quero te meter numa fria.

— Ela sabe que passo tempo com amigos no acampamento. E que às vezes são garotas.

— Mas, na realidade, isso não acontece — diz Florence. — Pelo visto.

— Em teoria. Mas, é, não. Na real, não. E você? Namorado?

— Um bem grande. Lutador de MMA. Se ele descobrir que estamos saindo esta noite, você tá morto.

Eu dou uma risada nervosa.

— Que foi? — diz ela.

— Espera, tá falando sério?

— Ele vai arrancar um dos seus fêmures e te espancar com ele até você apagar enquanto tenta se equilibrar sobre uma perna só.

Continuo analisando o rosto de Florence à procura de algum sinal de piada. A expressão dela é impassível.

— Não, não estou falando sério — declara ela. — Ou... *estou*? Não. Será?!

— Eu vou te fazer assinar alguma coisa. Tipo, para assumir a responsabilidade se eu for assassinado à base de socos.

— Nada de namorado. Você não vai morrer assim. Ou pelo menos não por causa do meu namorado inexistente.

— Você é uma boa mentirosa.

— Obrigada. Então, me escuta, tenho uma coisa para te contar.

FLORENCE
COISAS DAS QUAIS NÃO SE FALA

Este é o título da minha autobiografia. *Florence Bankhead: Meio Rabugenta.* Eu não fui sempre
assim. Ninguém é, para dizer a verdade. Ninguém nasce

com os lábios selados. É preciso passar por uma
transformação. Não precisa ser um trauma
ou qualquer coisa assim — você pode apenas aprender

a ser como seu mundo precisa que você seja. Meu mundo me quer
durona. Se me quisesse gentil, teria me dado
uma visão perfeita e uma mãe que não fica chorosa

toda vez que me observa levar o lixo para fora. Porque
algum dia em breve eu não serei capaz de fazer isso.
Como se minha vida fosse para ela uma série de avisos,

a deixa de uma música estremecendo na trilha sonora
toda vez que estendo a mão para a maçaneta e
erro o alvo. Um final escondido em tudo o *que* faço.

Isso poderia fazer alguém perd*er a* cabeça
ou se transformar em um*a megera*.
Posso rastrear a orig*em:* eu, aos 12 anos,

xingando *Jacob* Olson no asfalto depois de vê-lo
erg*uer o* pé e esmagar uma aranha (tipo, bem casual,
*co*mo um assassino em treinamento), então, em retaliação,

seu melhor amigo, Kaden, espalhou que eu era uma aberração
porque tinha olhos de zumbi. *Eles são, tipo, mortos,
não funcionam, mas se mexem sozinhos...*

corta para as pessoas olhando para o meu nariz quando falavam
comigo. Então sim, pode apostar, comprei uma camiseta que dizia
"Meus olhos estão aqui em cima, otário"

e a vesti por cima do meu peito liso. Ou, não sei,
na terceira série, janeiro, eu em casa por semanas
usando óculos de sol e, por trás deles,

o branco dos meus olhos estava bem avermelhado
devido a mais uma cirurgia. Falando
em mortos-vivos... O jeito que minha mãe me olhava

era como se eu fosse a lembrança de um fracasso
dela, e não uma garota loira quase normal
com dois pares de sapatilhas de balé, vendo vídeos

da Misty Copeland no sofá. Não a menina de 10 anos
que amava seu cachorro Lucky e jogar futebol
com o pai no quintal, a menina que tinha uma sarda

no dedão do pé e cotovelos superflexíveis
e uma coisa estranha que fazia os olhos tremerem descontrolados
quando ela estava cansada ou estressada ou a sós.

A menina que às vezes enxergava halos nas luzes
quando não havia nenhum anjo por perto. Que olhava
de cima para um lance de escadas e via um desenho

de um lance de escadas. A menina que olhava uma colina no
[escuro
e sentia vertigem. Que olhava para um holofote
no palco e, mesmo assim, decidia fazer um *grand jeté*

para a luz. Que foi corajosa o bastante, seis anos mais tarde,
para segurar o braço de um garoto numa noite quente de junho
e contar tudo a ele, a não ser, talvez, pela parte

em que ela estava surpresa com o quão foi bom
estar colada em seu corpo por alguns instantes
numa escuridão tão completa que ela não enxergava nada.

FLORENCE
CONFISSÕES RÁPIDAS A CAMINHO DA CIDADE DE HARBOR, 20H48

— Então — começo. — Eu tenho problemas.

— Problemas?

— Não, tipo, problemas de serial killer. Eu não mato aranhas por diversão.

— Aranhas são muito úteis. Elas mantêm a casa livre de insetos.

— *Obrigada*. Enfim, não, é tipo… Tá bom, eu tenho problemas com percepção de profundidade.

— Tá.

— Tá?

— Isso não é grande coisa, é?

— Bom, não. Isoladamente, não. Mas foi por isso que segurei seu braço. Eu tenho… um bufê de problemas de vista.

— Que imagem nojenta.

— Né? Tipo, sanduíches feitos de olhos?

— Entre fatiazinhas de pão.

— Eu tô tentando te contar uma coisa — falo. — E não tô me saindo superbem. Em resumo, eu tenho nistagmo… de vez em quando meus olhos tremem descontrolados. Atualmente, com mais frequência. Tenho um monte de outras coisas. Mas às vezes eu só…

— Precisa de um braço?

— É. E preciso não falar demais disso porque é um assunto triste. Meus amigos da dança nem fazem ideia, mas eu queria te dizer que não estava, tipo… dando em cima de você.

— Seus amigos da dança não sabem?

— Não. Eu não gosto de me abrir dessa maneira.

— Então nessa metáfora você é uma esfinge.

— Isso.

— Uma esfinge bailarina.

— Jude. — Dou risada. — Obrigada, sim, uma esfinge bailarina.

— Viu só? Eu sei obedecer a ordens. Nada do papo triste da visão. Só papo de esfinge.

— Legal.

— Legal. Então é isso? Não que não seja algo importante, mas tem mais alguma coisa que eu deveria saber?

— Não — minto. — Nada. Essa é a história toda.

JUDE
NO FRIO E NO ESCURO

É claro que eu quero saber
mais. Tenho um impulso perverso
de confrontar as coisas
que me apavoram.

Quando eu era pequeno, meus pais me deram um livro
com uma ilustração rica em detalhes (tão real quanto uma foto)
de uma lula, o rubro indignado de uma ferida, lutando
com uma baleia da cor da meia-noite, no fundo do oceano —
uma batalha inédita a olhos humanos. E o assombro
de lutar pela vida contra um monstro, alienígena,
sem ossos e com tentáculos e olhos largos e cegos,
no frio e no escuro, fez meu sangue
correr frio e escuro. Eu escondi

o livro debaixo do colchão, para não me sentir
tentado, mas queria olhar
para o sol.

Quanto menos tentei
pensar naquilo, mais
eu pensei.

A fotografia é tudo o que tenho,
o único momento em que me sinto
completamente no controle.

Só o pensamento de perdê-la, de olhar
através de uma lente e ter que esperar
meu olho parar com o tremor involuntário,
me pergunto se seria essa a vez
que nunca pararia.

Então agora meu cérebro está, naturalmente,
descendo por vontade própria até o abismo,
para se engalfinhar com a besta de muitos braços, aquela
que está sempre tentando me puxar
mais para o fundo.

JUDE

ENTRANDO NA METRÓPOLE RUIDOSA DA CIDADE DE HARBOR, MICHIGAN, POPULAÇÃO DE 15.368 HABITANTES, 21H01

— Você tá bem? — pergunta Florence.

— Sim — respondo. — Só estou me lembrando de uma coisa. Aonde vamos primeiro?

— Você que manda — diz Florence. — Eu nunca estive na cidade de Harbor.

— Nunquinha?

— Quer dizer, só passei dirigindo para chegar até o acampamento.

— Seu programa... Aliás, qual é o seu programa?

— Dança. Moderna, especificamente.

— É por isso que você falou do *piso marley* antes do *Bob Marley*.

— Bingo.

— Também foi por isso que só na Fogueira eu te vi pela primeira vez na colônia.

— É, a dança é um programa à parte. É intenso. Tem muita prática, além dos aquecimentos e do tempo de repouso. Eles nos deixam bem separados das outras trilhas do AAH.

— Você parece uma bailarina.

— É o que as pessoas dizem. Acho que é porque não sabem o que falar. Eu nunca sei o que elas querem dizer.

— Só quero dizer que você se movimenta tipo... de um jeito gracioso? Você anda que nem um gato.

Ela ri.

— Um gato?!

— Isso é um elogio, certo? As pessoas querem ter reflexos felinos e tal. Isso existe.

— Existe *mesmo*. Isso de as pessoas quererem reflexos felinos.

— Se alguém te oferecesse reflexos felinos, você não recusaria.

— Eu não recusaria ganhar uns reflexos felinos, tem razão.

— Então, é. Não tô dizendo que você se dá um banho de língua ou que faz cocô numa caixinha.

— Você *não* sabe se eu *não* faço essas coisas — diz Florence.

— Lá vou eu presumindo. Enfim, como estava dizendo, antes de nos desviarmos por essa tangente...

— Não era esse o ponto? Discutir o desejo por reflexos felinos?

— Não, eu ia dizer: a sua turma não veio para a cidade pra fazer coisas?

— Tipo o quê? Deixar a gente dançar nos degraus do tribunal de justiça?

— Ou só pra, tipo, comer. Sei lá.

— Você já esteve num programa de dança?

— Por quê, eu ando como um gato?

— Bom, comer não é uma parte grande da coisa, infelizmente.

— Você está com fome agora? — pergunto.

— Sempre — diz Florence.

— Vamos comer primeiro?

— Gostei da ideia. Vamos ver o que tem por aqui. — Florence olha para o celular. — Você é vegetariano ou vegano ou coisa assim?

— Não. Nada contra vegetarianos ou veganos, se você for.

— Nem. Marshmallows têm gelatina ou algo do tipo que veganos não podem comer.

— Você definitivamente come marshmallows.

— Exatamente o que eu quis dizer — responde Florence. — Então, o Google Maps está falando que tem uma pizzaria a meio quilômetro daqui. O nome é Tortas de Pizza.

— Eu fico irritado quando as pessoas chamam pizza de *torta*.

— Ah, eu também. Mas esse lugar tem boas avaliações.

— Tipo?

— Diz que é popular entre estudantes universitários. Tá, tipo "Melhor lugar para ir na cidade de Harbor depois de fumar um *bong* tarde da noite". E "Você tem que experimentar a pizza ao estilo taverna".

— O que é uma pizza ao estilo taverna? — pergunto.

— É boa. É coisa de Chicago.

— Tipo a pizza de Chicago?

— Não, isso é lixo para turistas.

— Acho que pizza é algo bem difícil de fazer errado. Até pizza ruim é boa.

— Bom...

— Tá, justo. Acho que já comi pizza ruim. Você é de Chicago?

— Madison, Wisconsin — diz Florence. — Mas passei muito tempo por lá.

— Eu nunca fui.

— É incrível. É tipo uma Nova York um pouco menor e mais amigável.

— Também nunca fui para lá.

— E para *onde* você já foi?

— Atlanta. Louisville. Orlando. Nashville uma penca de vezes. Eu moro bem perto de Nashville, em Dickson, no Tennessee.

— Nunca ouvi falar.

— Nem tem porquê ter ouvido.

— Você não tem sotaque sulista — comenta Florence.

— O sotaque aparece quando volto pra casa. Eu escondo um pouco aqui. Você também não tem sotaque.

— Não muito. Eu tento impedir ele de dar o ar da graça. Pra ser sincera, não adoro o sotaque de Wisconsin. O GPS está me dizendo para... irmos... espera... não, por aqui.

Começamos a andar.

— Então, você nunca disse em qual curso está. Mas acho que posso adivinhar.

— Vamos ver — digo.

— Fotografia.

— Excelente palpite.

— Acertei em cheio?

— Acertou em cheio.

— É, não foi difícil — gaba-se Florence.

— Não.

— Como é ser um fotógrafo?

— Sabe, é legal. Eu posso me alimentar.

— É legal e você pode se alimentar.

— É, quer dizer, não é só isso. Nós podemos vir pra cidade em viagens curtas para fotografar as coisas. Aprendemos a usar a câmara escura e o filme. Nós...

Florence me interrompe:

— Conta por que você ama isso. Por que passa um mês do seu verão no AAH, quando poderia estar jogando com seus amigos.

Penso por um tempo. Estou pronto para dividir uma pizza com ela, mas talvez não para dividir como posso ser imperfeito.

— *Hmm*. Quando eu era pequeno, ganhei o celular Android velho do meu pai. Tinha uma câmera de bosta, mas aquela era a minha parte favorita. Eu brincava com alguns jogos nele, mas boa parte do tempo saía por aí tirando fotos das coisas. Eu tentava arrumar meus bonequinhos de Lego em cenas. Então segui em frente para fotografia de natureza. Quando tinha 12 anos, meus pais me compraram uma câmera DSLR decente. E continuei tirando fotos. Comecei a curtir retratos. Eles ainda são meus favoritos. Eu gosto de fotografar as pessoas na natureza. Apenas... se sentindo alegres ou sei lá. Eu tô parecendo um imbecil. Não tô acostumado a falar disso. Ninguém nunca me perguntou sobre isso.

— Mostra pra mim.

— Minhas fotos?

— É.

— Tá bom — murmuro enquanto abro a galeria no celular. Eu mostro para ela.

— Posso? — pergunta ela, e pega meu celular. — Se eu deslizar a tela, não vou esbarrar em fotos de rola, não, né?

— Não.

— Nem da Marley sem camisa?

— Não… Ela é bem cristã. Está no acampamento da igreja agora.

— Senão…?

— Senão o quê?

— Você teria nudes?

— Continua sendo um não. Não faz meu estilo.

— Você não tá sempre tentando tirar fotos dela pelada?

— Como eu disse, não curto esse tipo de coisa.

— Muitos fotógrafos são pervertidos.

— Eu sei. Eu não sou.

— Que bom — diz Florence. — Espera, temos que parar de andar enquanto eu…

JUDE
SOB UMA NOVA LUZ

Ela desliza por minhas fotos, segurando
o celular inclinado e ajustando o ângulo
de vez em quando, como se tentasse
dar sinais com um espelho.

Às vezes ela solta
um barulhinho (tipo um murmúrio) ao ver
uma. Quando termina, devolve
o celular e me olha direto
nos olhos pela primeira vez
desde que nos conhecemos. *Elas são boas,*
elogia. *Muito boas.*

Eu gosto da surpresa franca em sua voz porque
isso me diz que ela não está mentindo.

Não sei como explicar. Isso simplesmente me faz
sentir menos faminto, de algum jeito. Não sei
se faz sentido.

Faz, diz ela. *Faz, sim. E, falando nisso, vamos seguir.*

Guardo na cabeça uma crônica
de luz e não há nada
que eu ame tanto quanto uma nova luz.

FLORENCE
O PRESENTE

Eu faço essa coisa em que não estou de verdade
onde estou. Há um termo psicológico para isso,
tenho certeza (há um termo para tudo),

mas, enquanto minha boca está contando
da aula de geometria para minha mãe ou
enquanto pergunto a Alma, a recepcionista

do estúdio de dança, se ela mesma tricotou
o novo cachecol (a resposta é sempre sim,
mas eu finjo esquecer; ela tem

68, gosto dela, e daí?),
o restante de mim está no futuro. Não tipo
daqui a cinco anos, com meu possível

cão-guia do futuro, deslizando
uma tampa de metal numa panela d'água
para que eu possa escutar quando ferver,

mas tipo na semana seguinte. Eu gosto do plano
mais do que da execução
dele. Gosto do pensamento

da pizza mais do que da pizza
em si. Tipo, qual será a história desta noite
quando minhas histórias mudarem

completamente? Eu quero ter boas histórias.
Quero ser capaz de dizer: olha,
eu fui lá e fiz aquilo, eu levei

um garoto desconhecido para o Torta de Pizza e contei
pelo menos alguns dos meus segredos. Quero dizer que
pedimos uma média, de pepperoni,

uma *torta* (tremo) ao estilo taverna, e que organizei
todas as fatias triangulares, *uma duas três*
quatro cinco seis sete oito, numa torre

sobre a mesa e então as comi
como um enorme sanduíche de dar nojo. Quero dizer que
não o deixei comer nem uma, mas que ele ainda assim

riu, descontrolado, com as mãos cobrindo os olhos
sentado à minha frente, que ele derrubou
o potinho de parmesão ralado na mesa

e a garçonete nos dirigiu um *vão se ferrar*
com o olhar furioso, e eu não sabia para onde
nós iríamos em seguida, eu não ligava. Eu estava

aqui eu estava aqui eu estava aqui.

JUDE
TRÍPTICO DE PIZZA

Painel I

Meus pais me levaram para uma pizzaria tipo
esta e lá anunciaram,
em palavras hesitantes, que quase tudo acaba
mesmo que tenha sido belo no início,

e assim foi com o casamento deles,
felizmente me poupando
da parte em que não foi culpa minha,
o que nem sequer teria me ocorrido a não ser
que eles houvessem me absolvido sem que eu pedisse.

Isso foi no fim dessa primavera, e as ruas
no centro de Dickson estavam molhadas
graças à chuva recente, o ar úmido
com o perfume de novas florações,
fazendo parte de mim imaginar se
eles entendiam a ironia
de anunciar uma morte
durante a estação da vida,

porque eu sem dúvida não compreendia.
Recebi a notícia enquanto encarava
o interior do meu copo de plástico vermelho
(onde as pizzarias arrumam esses copos e por que
ninguém mais pode tê-los?),
as bolhas do Dr Pepper aderindo
às laterais e tentando, afoitas,

escapar da queda para cima
até sua ruína, e pensei: *sei como é*.

Painel II

Sentado com Marley, nessa mesma pizzaria
(trata-se de Dickson, não há tantas opções assim),
e ela me pergunta abrupta, do nada, se eu aceitei
Jesus em meu coração como meu Senhor e Salvador
(é o Tennessee, essa é uma pergunta mais corriqueira
ao comer pizza de linguiça e bacon canadense do que se espera).
Acho que ela tinha como certo durante todo esse tempo
que eu havia aceitado. E eu rio porque a única resposta honesta
a surgir em minha mente é *Eu não* neguei *aceitar Jesus
como meu Senhor e Salvador*, e imagino proferir
isso para o guardião dos portões do Paraíso.

E ela me dá *aquele* olhar, aquele
que me faz desejar que nosso relacionamento
fosse um pouco (quer dizer, muito mais) fácil, e diz:
nem todo mundo riria dessa pergunta. O que, na realidade, significa:
Peyton não teria rido. Peyton sendo,
claro, o pior dos piores, dois anos mais velho que nós,
atraente como uma Range Rover recém-encerada, um jovem-
-pastor-descolado-embrionário que tem um canal no YouTube
no qual faz "experimentos sociais cristãos"
que são um saco ainda maior do que parece.
(SPOILER: eles *nunca* incluem atos de generosidade
ou compaixão.)

Então vai lá ficar com essas pessoas hipotéticas, digo,
não pra valer, mas querendo ver como ela vai responder,
ao que Marley diz: *eu amo você, é por isso que me preocupo
com sua alma*. Mas tudo o que ouço é *eu amo você*.

Painel III

Olho para Florence do outro lado da mesa, rindo
de algo que acabei de dizer, o cabelo loiro desgrenhado
cobrindo os olhos e me fazendo imaginar
se ela o usa assim de propósito.
Com quem você se parece?, indago.
Ela me responde que a amiga da mãe dela, Grace
(e diz isso como se eu fosse pensar: *ah, claro, aquela Grace*),
sempre diz que ela se parece com a Stevie Nicks mais nova,
o que me faz pesquisar na hora e assim
aprender que é alguém incrível com quem se parecer. *Você
concorda?*, pergunto. *Eu não me pareço com ninguém
famoso*, diz ela, com uma finalidade aquietada.
Bom, eu concordo com a Grace, digo,
e Florence sorri.
Quer dizer, quando foi que a Grace errou?, pergunto,
e Florence abre o sorriso. *Várias vezes*.
Mas só consigo pensar no quanto estou me divertindo
dessa vez, observando as bolhas
do meu Dr Pepper pelas laterais do copo
de plástico vermelho translúcido, subindo
como se em fuga e estourando
em êxtase.

FLORENCE

DEZESSETE DÓLARES E QUATRO LATAS DE DR PEPPER MAIS TARDE, NA RUA COM TRÊS LOJAS DE CAMISETAS ESTAMPADAS, 22H17

— Você tá meio elétrico.

— Acho que nunca estive tão cafeinado — diz ele. — Tipo, eu tenho quase certeza de que sou capaz de escutar as cores agora.

— Qual é o som do vermelho?

Ele sorri, pego no ato.

— Tipo estática, talvez.

— Eu pensaria que ia soar mais como um grito.

— Viu só? Você tá fazendo aquela relação de que o *vermelho significa raiva*. Não sei se acredito nisso. Talvez soe mais como a batida do coração.

— Por que corações são vermelhos?

— E feios. Você já viu um batendo? Tipo um vídeo de médicos fazendo cirurgia? Parece um tipo esquisito de fosso molhado.

— Você tá mesmo me vendendo a ideia do amor.

— O amor não está no coração — rebate ele, confiante. — Está no peito, talvez. Nas entranhas. Mas o coração só cronometra o tempo enquanto se anda por aí.

— Isso, e ele movimenta o sangue — digo. — E nos deixa pensar.

— Você também bebeu Dr Pepper demais.

— Quer dizer, a pizza estava salgada. O refrigerante era doce. Tudo isso foi, tipo, infinitas calorias vazias e, se eu tentasse dançar agora, eu acabaria só, tipo, arrotando e caindo. Sou feita de gás. Sou um planeta gasoso.

— Qual é o som de um planeta gasoso?

— Tipo um peido, provavelmente.

— Tenta — diz ele, parando. — Eu não sei para onde estamos andando mesmo. Performa...

— Um *peido*?

— Não! Uma dança!

— Uma dança? Você quer que eu dance pra você?

— Todas as palavras são em francês! Eu faço espanhol.

Eu olho ao redor e então faço um *fouetté* rápido.

Jude aplaude.

— Você está tentando não arrotar?

— Estou sempre tentando não arrotar — digo, e estou tonta. — Para onde estamos indo? Direto para a loja de rosquinhas? Eu não odeio a ideia da loja de rosquinhas. Posso andar da minha casa até uma delas. A sua cidade é do tipo que dá pra sair andando por aí?

JUDE

ANDANDO PELAS RUAS DO CENTRO DE HARBOR, INDO SEM QUALQUER URGÊNCIA ATÉ UMA LOJA DE ROSQUINHAS QUE FICA ABERTA A NOITE TODA, 22H22

— Claro — digo. — Mas as pessoas não são muito de andar. É o sul.

— E você?

— É. Temos que andar para prestar atenção nas coisas. Só dá pra ver as melhores delas quando estamos indo devagar.

— Quais são as melhores coisas? Tipo uma sacola de plástico dançando ao vento? Sombras numa parede de tijolos? — lista Florence, irreverente.

Deixo alguns momentos passarem e olho para ela.

— Você tá me zoando ou...

— Peguei num calo?

— Não.

— Não?

— Quer dizer, um pouco. Eu mal te conheço e você tá atacando o que eu mais amo.

— *Hmm*. Eu me pergunto se o fato de que você mal me conhece também te faz muito ruim em interpretar o meu tom — comenta ela.

— Talvez eu não precisasse ser, tipo, um adivinho de tons se você só dissesse as coisas de um jeito não ambíguo e não cagado.

— Talvez você seja mesmo delicado.

— *Hmm*. Eu me pergunto se o fato de que você mal me conhece também te faz muito ruim em saber quem eu sou — digo a ela.

— É só a minha impressão.

— Isso é uma droga, sabia? Fazer piada de algo importante para mim e aí botar a culpa em mim.

— Ah, que é isso — dispensa ela.

— Não tem coisas que são terreno sagrado pra você? Que machucam não importa a ocasião? — Eu quase falo: *tipo os seus olhos*. Eu não teria dito com uma intenção maldosa, mas parece que estamos interpretando mal um ao outro.

— Eu te disse que não estava avacalhando sua arte.

— Disse?

— Disse.

— Deve ter passado batido. Posso te perguntar uma coisa? — peço.

— Manda ver.

— Por que você queria dar um rolê esta noite? Foi porque algum campistAAH do terceiro ano disse que era sua responsabilidade sagrada, ou sei lá, não passar a Noite de Aurora sozinha e, quando te chamei, eu era um alvo fácil porque não te conhecia?

Florence ri um pouco.

— Primeiro: lá vem a palavra *sagrado* de novo. Não sou muito fã de deveres ou terrenos sagrados, ou de qualquer coisa sagrada. Acho que coisas sagradas são um luxo que poucas pessoas podem bancar. Então isso é algo que você deveria saber logo de início. Segundo: *uau*.

— Olha. Eu não quis dizer...

— Que eu sou uma babaca e ninguém que me conhece de verdade gosta de mim?

— Isso. É.

— Adivinha só? Eu não ligaria se fosse isso. Meu *uau* foi pela sua audácia em dizer isso na minha cara depois de me conhecer por, tipo, duas horas.

— Eu não estava falando isso na sua cara. Ou de qualquer outro jeito.

— Não se esquive. Isso me fez te respeitar mais.

Eu sorrio.

— Então pelo menos tem uma coisa sobre mim que você respeita.

— Você tem a pior memória do planeta. Eu te disse que as suas fotos eram boas.

— Tá. Beleza. Vamos só recomeçar, tá bom? Voltar a nos divertir? Eu não quero passar a Noite de Aurora brigando com alguém que acabei de conhecer.

Andamos por mais um tempinho.

— Hey, Jude — chama Florence. — Por acaso você odeia quando as pessoas falam isso?

— Mais ou menos, mas me acostumei.

— Não torne isso algo ruim.*

— Vai comer uma tigela de diarreia. Com leite. E passas. — Sorrio mesmo contra minha vontade.

— *Passas?* Que dureza. Então, quando chegarmos à loja de rosquinhas, eu te compro uma?

— Não vou recusar.

— Mas sou eu que escolho. E você precisa comer qualquer coisa que eu escolher.

— Tá bem.

— Tô falando sério.

— Tá.

Andamos mais um pouco.

— Ei, Florence?

— Sim.

— Eu ainda te acho legal.

— Mesmo que eu tenha acabado com você?

— Mesmo assim — confirmo.

E a expressão em seu rosto me diz que ela está feliz.

---

* Piada com a letra da música "Hey Jude", dos Beatles, em que os dois primeiros versos são "Hey Jude / Don't make it bad" (Hey, Jude / Não torne isso algo ruim). [N.E.]

FLORENCE
PAZ, AMOR E ROSQUINHAS

Eu abro a porta da loja de rosquinhas e o sino retine
quase como um pedido de desculpa. Açúcar derretido no ar, rock
[clássico
na rádio, uma leva de minidoces feitos sob encomenda

dispostos como um banquete à nossa frente: Explosão
de Cereais e Torta Cremosa de Coco, Banana Split com duas
cerejas inteiras no topo e um rapaz de camiseta tie-dye

arrumando mais cerejas frescas na caixa. Ele coloca
uma plaquinha que diz "Snick Jagger" e "Shaka Pecã". *Daora,*
digo a ele, *dois joinhas*. Ele é fofo, idade de universitário,

apesar do bigode adolescente acabar com o visual. Ainda
assim ele sorri para mim, e Jude me dá uma olhada, porque
estou sendo legal (acho?) com outro cara, porque

eu não pedi *desculpa* e, só para deixar registrado, nem pedirei.
Para deixar registrado, odeio essa merda. O papinho de *eu me levo*
a sério, o papinho de *minha arte é sagrada*, não tenho tempo

para me encarar no espelho toda meia-noite, chorando
porque talvez eu não vá ser canonizada. *Dã*, leve
sua arte a sério (tarde da noite no estúdio, de pé às cinco da manhã

para ler, ou se alongar ou ir para a tal da câmara escura), mas faça
isso porque você ama. Não porque é tudo
que você é. Se eu fosse apenas uma bailarina, se a dança fosse
["sagrada"

para mim, então seria melhor eu começar a me odiar logo
antes de o estresse me pegar e de o nistagmo amputar
meu equilíbrio e eu virar uma estranha para mim mesma. Então
[meu plano B

é meu plano A, ou seja, é melhor eu amar muitas
outras coisas em mim e, enquanto isso,
se não puder fazer uma piada de artista torturado para um garoto

sem ferir o ego dele, então eu quero
pular fora. E agora ele está me *encarando* de novo,
com aqueles olhos, como se soubesse o que penso

e já me perdoasse por isso, e eu odeio essa pena
mais do que qualquer coisa, mais do que a sensação
de que talvez eu vá chorar, então entrego dez contos

para o rapaz servindo rosquinhas e digo: *escolhe seus favoritos,*
não tô nem aí, e, se Jude está com raiva porque eu saí às pressas
(para ir chorar no banheiro), ele pode me perdoar por isso também.

FLORENCE

NO CHÃO DO ÚNICO BANHEIRO DA LOJA HIPPIE DE ROSQUINHAS, QUE SÓ É ACESSÍVEL ATRAVESSANDO A COZINHA, 22H42

— Não — digo quando Jude entra.

Eu me esforço bastante para parar de chorar, mas não consigo.

— Não?

— Não, você não precisa fazer isso, já já passa e podemos voltar para o AAH. De qualquer forma, nós temos que fazer nosso check-in daqui a pouco, e garanto que há outras pessoas por lá que são capazes de se divertir de verdade e com quem você pode sair. Pessoas que não são, tipo, cheias de crueldade e espinhentas. Pessoas *normais*, diferente de mim.

— Você não é normal?

— Eu mal sou uma pessoa. Eu sou tipo um daqueles peixes espinhosos venenosos. Peixe-leão, ou sei lá. Ninguém gosta de um peixe espinhoso.

— Ouvi falar que são deliciosos.

Nós dois percebemos como isso soa depois que ele fala.

— Quer dizer, eca, não desse jeito. Eu quis dizer que gostaria de ter um deles de estimação? Não. Meu Deus, não. Retiro isso também. Eles são... bonitos. Peixes espinhosos são bonitos.

— Não, eles são feios e maus e não são divertidos.

Deus, eu só queria conseguir parar de chorar.

— Você não precisa ser divertida. E eu posso ficar por aqui, se você não se importar.

Ele se senta sobre os calcanhares ao lado do rolo de papel higiênico.

— Aqui está. Pode se acabar de chorar. Sempre faz eu me sentir melhor.

— Mas e a plaquinha?

— Que plaquinha?

— A que diz: *pegue apenas o necessário, o papel vem das árvores*. Acho que nós dois somos pessoas horríveis, matando árvores e sendo suspeitos e gritando com pessoas gentis que dizem para sermos gentis de volta.

— Que nada, acho que esse último é só você.

— Você sabe o que a minha mãe me disse antes de eu ir para o AAH? Ela disse: *essa pode ser a última vez que você vai fazer isso, então aproveita*.

— Em relação ao acampamento?

— À dança.

— Eita.

— Ela fica me dizendo coisas do tipo: ah, Florence, é ótimo que você seja tão inteligente e, por causa da dança, você sabe tudo de geometria e tal, talvez você possa se tornar uma *astrofísica*. Depois de eu perder totalmente a minha percepção de profundidade, quer dizer. Eu não serei mais capaz de me equilibrar, mas, *ei*, eu posso igualar a probabilidade.

— Isso é... pesado. Você vai, tipo, sair dançando até descobrir uma probabilidade geométrica?

— Algo que depois vá me arremessar para o espaço. Ninguém consegue olhar para mim no momento, nunca. Ninguém pode dizer: você é uma bailarina incrível agora, seja uma bailarina incrível, e depois a gente dá um jeito. Todo mundo quer que eu jogue xadrez de quatro dimensões com a minha própria vida. E eu... — Não é a minha intenção, mas noto o olhar de Jude e ele o sustenta, rápido. — Eu tenho tanta inveja — sussurro. — Desculpa. Eu queria que existisse alguma coisa que eu amasse e que pudesse fazer pelo resto da vida, como você. Eu queria poder amar alguma coisa que eu soubesse que não fosse perder.

— Mas nós perdemos tudo — diz Jude. — E isso...

— Não se atreva a me dizer que é isso o que torna a situação bonita.

— É isso o que torna a situação bonita.

— Mas que droga, eu vou chorar um oceano inteiro.

— Ainda bem que você sabe nadar, espinhenta.

JUDE
CHORANDO EM BANHEIROS

A questão é que tenho mais experiência
do que gostaria com pessoas chorando
dentro de banheiros, apenas uma

da miríade de benefícios
do divórcio dos meus pais. A questão é que
vamos ao banheiro para nos limpar
das coisas que nos envenenam
se deixarmos que elas se acumulem em nós...

... e a questão de chorar
atrás de uma porta de banheiro
é que o choro soa como o chamado
de um bando distante
de gaivotas que vêm se banquetear, só que
é você quem entoa o canto
e se faz de banquete.

Conheço Florence há tempo o suficiente
para imaginar que ela não chora
tão facilmente e quero segurar sua mão
e garantir que *está tudo bem. Os dias vão passar*
e, de algum jeito, você vai aguentar
a estação do crepúsculo e ainda assim
vai ver.

Mas tudo o que posso dizer a ela
sem mentir
é que *está tudo bem. Não vou te abandonar*
e deixar que passe a noite sozinha.
Você vai ver.

JUDE

DE VOLTA À LOJA HIPPIE DE ROSQUINHAS, PRONTOS PARA CARBOIDRATOS E AÇÚCAR PÓS-CHORADEIRA, 22H51

— Tudo de boa? — pergunta o cara hippie atrás da bancada.

— Sim, tudo certo — respondo.

— Foi mal por atrair energia ruim, ou sei lá — fala Florence.

— Nem esquenta — diz o hippie. — Mas não escolhi meus sabores favoritos porque não sabia se vocês ainda iam querer.

— É, manda ver nas rosquinhas — libera Florence.

— Acho que eu concordei em comer qualquer rosquinha de sua escolha — digo.

— Ah, é mesmo — diz Florence. — A rosquinha mais esquisita que você tem. Qual é?

O cara hippie sorri.

— Por acaso, a rosquinha mais esquisita que temos é basicamente a rosquinha mais esquisita de qualquer lugar. Uma rosquinha em barra com cobertura de xarope de bordo e grilos secos. O Grilo Falante.

— Não gastou quase nenhuma energia pensando nesse nome, hein? — acusa Florence.

— Ouvi dizer que os grilos têm, tipo, gosto de nozes — comenta o cara hippie.

— Nunca experimentou? — pergunta Florence.

— Sou vegetariano — responde ele.

— Vai arregar que nem um franguinho? — Florence me pergunta. — Na verdade, frangos provavelmente amam grilos. Você vai... arregar que nem um humano?

Eu engulo em seco com força.

— Uma promessa é uma promessa. Se eu morrer, pode dizer aos meus pais que eu os amava?

— Vou falar que você os amava, mas não mais do que amava comer rosquinha de grilos. Grilosquinhas.

— Uma rosquinha de grilos saindo — diz o cara hippie.

— Traz duas — pede Florence.

— Espera. Eu concordei com uma — falo.

— A outra é pra mim — diz ela.

— Sério?

— Se a gente morrer, vamos morrer juntos.

Nós pegamos as rosquinhas. Levamos elas até a boca e pausamos.

— Quando eu disser três? — diz Florence. — Um, dois, três...

— *Hmmm* — digo. — Não tem tanto gosto de grilo quanto eu esperava.

— Que gosto você achava que os grilos teriam?

— Sei lá, mas eu saberia quando sentisse.

— É esquisito se eu disser que pensei que teria um gosto mentolado?

— Bom. Grilos são verdes. Não são? Menta é verde.

— Então, e a Marley?

— Ela não tem gosto de grilos — respondo, com a boca cheia. — Se é isso que tá perguntando.

— Você não me pediu pra dizer a ela que a amava se batesse as botas por causa da rosquinha de grilos. Só os seus pais — diz Florence.

— Bom, pois é.

— Problemas no paraíso?

— Quer dizer, eu não sei se traria conforto para ela se uma garota bonita aparecesse na porta dela e dissesse: *ei, seu namorado morreu quando estava comigo lanchando uma rosquinha de grilos que eu escolhi pra ele.*

— Bonita? Ah, que fofo.

— Só tô dizendo que você tem um rosto agradável.

— E você tem uma lábia boa para terapia de banheiro — elogia Florence.

— Lábia boa para terapia de banheiro? Ah, que fofo.

— A Marley faz você praticar suas habilidades terapêuticas com ela, no banheiro? Ela é de chorar em banheiros que nem eu?

— Eu não quero falar da Marley esta noite.

— Será que a Marley comeria uma rosquinha de grilos com você?

— Imagino que ela preferiria beber leite morno que escorreu do meio de uma bunda suada. Agora vamos mudar de assunto.

— Tá, beleza. — Florence pausa por um momento. — Qual é… o lance… com a Marley?

— Boa.

— Esses grilos secos realmente têm gosto de nozes. Sabe o que eu aprendi?

— Que o importante são os amigos que fazemos no caminho?

— Quase. Toda vez que você vir um troço estranho no cardápio, deve pedir.

— Acha mesmo?

— Porque, se for *realmente* nojento, aquilo nunca teria entrado no cardápio.

— Uma vez eu tomei sorvete de Cheetos apimentado em uma sorveteria — conto.

— E…?

— É, era estranhamento gostoso. A sua teoria confere.

Nós terminamos nossas rosquinhas de grilos e nos sentamos com vista para a janela, o letreiro néon de ABERTO banhando nosso rosto em um brilho rosado.

— É melhor a gente ficar de olho… Quer dizer, é melhor não perdermos a hora — digo. — Para não chegarmos atrasados no check-in.

— Você achou que ia me ofender ao dizer *ficar de olho na hora?* — pergunta Florence.

— Talvez.

— Você é um doce. Mas tá tudo certo.

— Tá.

— Obrigada por se importar com meus sentimentos.

Ficamos sentados em silêncio por um tempinho.

— Acha que sou dramática por chorar no banheiro de uma loja de rosquinhas? — pergunta Florence.

— Nem um pouco.

— Eu não consigo controlar quando algo dói demais.

— Ninguém consegue.

FLORENCE
PROBLEMA

Quando finalmente saímos para a rua, Jude diz: *ah, merda,*
faltam dez minutos pro check-in, então corremos a toda
de volta para o AAH. A noite parece completa

ao nosso redor. Eu me sinto completa na noite, ou talvez só
completamente na noite, e não fora do meu corpo,
observando o interior. O que não acontece a não ser

que esteja dançando. Uma partícula do meu cérebro testa
essa ideia, como passar a língua num dente mole,
enquanto o resto de mim bate papo com Jude...

Diminuímos o ritmo agora, ele é estranhamente gracioso
com o jeans escuro. Pernas longas, passadas longas,
um bate-papo que vai e volta entre nós dois

como numa corrida de revezamento, besteira, na real, papo
só para ouvirmos a própria voz, e digo a mim mesma
que é o brilho pós-choro (não saberia dizer, nunca choro

na frente de ninguém), que é porque me esforcei
tanto naquele palco esta noite, que é por isso
que estou tão solta, pisando em nuvens,

a perspicácia veloz de Jude que, de algum jeito,
correspondo em cheio. O letreiro do AAH brilha adiante
como uma linha de chegada e ergo a mão para Jude

num soquinho (*conseguimos*) e, quando ele retribui,
quero que me toque de novo.
Merda. O problema é

o espacinho entre mim e esse garoto
elétrico, carregado de partículas que só
eu consigo sentir. O problema é esse garoto que pensa

que sou bonita porque ele acha
tudo bonito. O problema sou eu querer alcançar
o passado dele com ambas as mãos e ouvir tudo,

achar as ranhuras, esperançosa de que a escuta
ajude a curá-las um pouco. O problema é que esta noite
minhas arestas também se suavizaram. O problema é,

em maior parte, uma garota em casa chamada Marley,
e eu jamais forçaria a barra. A moralidade de Jude
o cobre como a luz do sol — além do mais,

eu não sou "a outra" e posso superar isso,
sei que posso, mesmo que todos os campistAAHs ao redor
estejam olhando para mim e para ele na fila do check-in

rindo sobre como rosquinhas de grilos têm gosto
de Snickers. O problema é que há tanto que me dizem
que não posso ter. Preciso melhorar em não querer isso

depois de tudo. O problema sou eu. Sempre eu.

JUDE
ÁGUA-BENTA, OU NUNCA VI MARLEY CHORAR

Enquanto esperamos, o suor escorrendo transparente
e frio pelas laterais
do nosso rosto aquecido, eu me lembro de

quando aprendi que os povos do deserto consideram a água
sagrada, ou talvez eu não tenha aprendido
isso e minha mente conjurou
porque faz mesmo bastante
sentido que a considerassem assim.
Enfim, guardo isso como verdade.

Uma vez fui à igreja de um amigo
e na entrada havia uma pia
de água-benta com a qual ungir
a si mesmo, e pensei:
não é toda água sagrada?

Se os olhos são a janela
da alma, que apropriado
que eles devam agir como nascente
de água salgada como sangue
na alegria, na tristeza e na dor.

Pois o que é mais sagrado
do que sentir profundamente?
Sentir profundamente é estar vivo
e o que é mais sagrado do que viver
e sentir.

Acho que ninguém conhece uma pessoa
de verdade até vê-la
chorar. Até que ela tenha se apoiado
em uma pia de água-benta na entrada
do coração.

Acho que é por isso que entramos
no mundo chorando.

Tudo isso para dizer:
eu vi Florence chorar.
Eu nunca vi Marley chorar.

JUDE

FAZENDO O PRIMEIRO CHECK-IN, DEFINITIVAMENTE NÃO SUADOS E OFEGANTES COMO SE ESTIVÉSSEMOS NOS PEGANDO FRENETICAMENTE, 00H02

— Jude Wheeler.

— Tá bem... Jude Wheeler. Aí está você. Bem no finalzinho. Está se divertindo esta noite?

— Sim, senhora.

— *Senhora*. Mas que educado.

— Eu sou do Tennessee.

— Acho que isso explica. E o seu nome?

— Florence Bankhead.

— E de volta para o começo. Tá bem. Anotado, Florence. Divirta-se, pessoal.

— Tá bom — digo a Florence. — E agora?

— Não sei.

— Podemos ir para...

— Não.

— Você nem escutou o que eu ia dizer.

— Não acho que seja uma boa ideia.

— De novo, você nem sabe o que eu ia sugerir.

— Não importa. Acho que não quero voltar a sair.

— Espera, *o quê?* Essa é a Noite de Aurora. Você quer ficar entocada... — pego meu celular e confiro — à meia-noite e quatro?

Ela olha para longe, para nada.

— Eu não sei. Sim?

— Bom, que droga.

— Por quê? — questiona Florence. Ela tem uma expressão triste.

— Porque estávamos nos divertindo. Eu estava. Você não? Parecia que estava.

— É — diz ela, baixinho.

Ela se senta de pernas cruzadas na grama e começa a arrancar as folhas.

Eu me sento ao lado dela.

— Dá pra notar que tem algo pegando.

Ela dá de ombros.

— Quer me contar? Sou um bom ouvinte.

— Eu sei. Estava chorando na sua frente no banheiro há, tipo, uma hora.

Eu arranco uma folha chata e áspera de grama, segurando-a esticada entre os dedos, e assopro no centro para fazer um barulho de buzina, como um kazoo.

— Isso parece um ganso tendo um orgasmo — diz Florence, rindo.

— Você me conta o que tá rolando contigo e eu toco uma música de acordo com a minha flauta sexual de ganso.

— Nunca mais repita a frase *flauta sexual de ganso* perto de mim. Eu odeio ela com todas as forças.

— Foi você que botou a ideia na minha cabeça. Eu *nunca* teria pensado nisso.

— Não importa.

— Tá, eu vou chamar de flauta SG. Fala o que aconteceu.

— Me mostra como fazer uma flauta SG.

— Mostro depois que você me contar o que aconteceu.

FLORENCE
ENQUANTO SEGURO FLAUTAS DE GRAMA COM UMA AFINIDADE SÔNICA VISCERALMENTE REPULSIVA, 00H05

— Tô com dor de barriga — anuncio. — Acho que os grilos me pegaram, no fim das contas.

Jude apoia a mão sobre o peito.

— Eles me pegaram, parceira — sibila ele.

Eu não falo nada.

— Nosso plano não era ir comer mais coisas? Se é com isso que tá preocupada, podemos mudar os planos — diz Jude.

— Eu não quero acabar com a alegria da comilança.

— Eu vou ter que comer de novo daqui a, tipo, oito horas. E daí quatro horas depois disso. E assim em diante até morrer. Tenho certeza de que isso continua até, tipo, a cova.

Eu gosto tanto dele que quero explodir. Não seria uma explosão bonita. Não tipo confete. Quis dizer tipo uma explosão de sangue, entranhas e órgãos. Tipo em *Zombie House 2*.

— Acho que vou passar mal — aviso, e não estou mentindo. — Podemos só ficar sentados aqui por um segundo?

— Claro.

Pela primeira vez em horas, não tenho nada a dizer.

— Quer que eu te conte uma história ou coisa assim? — pergunta ele. — Para distrair sua cabeça da barriga?

— Claro — aceito. — Como você conheceu a Marley?

JUDE
AMOR À PRIMEIRA VISTA

Eu não acredito em amor
à primeira vista, não depois de os meus pais
citarem o amor à primeira vista deles como a semente
que germinou a união arruinada dos dois.

Mas eu acredito em ver alguém
pela primeira vez sob a luz dourada do crepúsculo
de um novo setembro e pensar
que não há pessoa mais bela
no churrasco da juventude de volta às aulas da Igreja Dickson
[Cross Point
para o qual eu havia sido arrastado por Noah, meu amigo.

Depois de um longo salto de fé,
um que exigiu de mim
fazer o cálculo de que, se ela amava
Jesus, pelo menos seria gentil
quando me rejeitasse,

nós começamos a conversar e descobrimos
que amamos mergulhar a batata-frita no refri,
assistir a *Friends* e a vídeos
de cabritinhos. Sob a luz certa,

pode-se decidir com facilidade
que alguém que não é completamente
nada das coisas que mais amamos
também não deve ser completamente

nada das coisas que mais odiamos,
o que talvez seja tudo o que se tenha
o direito de esperar do
amor, ou de qualquer outra coisa.

JUDE

ESPERANDO PASSAR O ENJOO POTENCIALMENTE INDUZIDO PELO CONSUMO EXCESSIVO DE GRILOS, 00H15

— Então foi assim que nos conhecemos — digo.

Florence, agora deitada de costas na grama, não parece impressionada.

— Então vocês dois decidiram que eram almas gêmeas porque gostavam de coisas de que todo mundo gosta.

— Quem disse que eu pensei que fôssemos almas gêmeas?

— Então o que vocês são?

— Eu não sei. Somos nós. Por que isso precisa, tipo, de um rótulo, ou sei lá?

— Quer dizer, por que vocês estão namorando se não acham que podem ser perfeitos um para o outro? Se não é especial?

— Eu entendo os cabritinhos e até *Friends*, tá, beleza, a maioria das pessoas gosta disso. Mas mergulhar batata frita no refri, isso é especial.

— Nossa, estou tentando não regurgitar os grilos.

— Ah, para. Você não gosta de mergulhar a batata no refri?

— Estou com medo de dizer sim, porque aí você vai querer se casar comigo.

— Eu não quero me casar com a Marley, e olha que ela também gosta de *Friends* e cabritinhos.

— Não?

— Bom, não sou muito fã da ideia de me casar com ninguém nesse estágio da vida.

— Você parece ser romântico demais pra estar assim tão calejado.

— Surpresa!

— Aí, sim, viu. *Isso* nós temos em comum. O que, ironicamente, é uma convergência mais importante do que gostar de *Friends* ou cabritinhos. Do que, aliás, eu gosto, porque não sou um monstro.

— Então agora eu te pergunto, Florence Bankhead: *howyoudoin'*?

Ela me olha.

— Sabe. De *Friends*.

— Não, é, eu sei.

— Mas também foi, tipo, uma pergunta séria. Como vai você?

— Quem tá perguntando? Joey Tribbiani ou Jude Wheeler?

— Jude Wheeler.

Ela sorri de leve e se senta.

— Melhor agora.

— Melhor agora no sentido de *vamos curtir e aproveitar ao máximo o resto dessa Noite de Aurora*?

— Acho que isso vai depender do que estamos falando em fazer. Envolve mais... — Ela pega o celular e busca algo no Google. — Entomofagia?

— Entocomo-é-que-é?

— Entomofagia. Comer insetos.

— Você podia só ter falado *comer insetos*.

— Quando podemos usar uma palavra como *entomofagia*?

— Justo.

— Então, para onde vamos? — pergunta Florence.

— Bom, eu estava pensando em conferir uma lanchonete que fica aberta a noite toda e tem uns waffles ótimos de cigarras. Ah, espera, isso é...

— É, é quase exatamente a coisa que eu *não* quero fazer.

— Eu só estava te amaciando para aceitar minha oferta de jogar boliche. Porque eu tenho certeza de que você vai achar que isso é insuportável de tão mediano, tipo adorar cabritinhos — digo.

— Existe um boliche que fica aberto a noite toda?

— Espera, você tá considerando mesmo?

— Mais uma vez, espero que isso não te leve a pedir a minha mão em casamento.

— A única coisa que vou pedir é licença para acabar com você no boliche.

Florence reflete por um momento, olhando para mim, e várias expressões diferentes passam por seu rosto. Então ela se levanta em um pulinho.

— Vai na frente, Grilo Falante. Você tá prestes a aprender do pior jeito possível que os músculos e a coordenação da dança têm muitas utilidades.

FLORENCE

NA PISTA DE BOLICHE DO PISTAS LAKER, QUE PELO VISTO VAI FECHAR DAQUI A TRINTA E CINCO MINUTOS, 00H25

— Gostaríamos de uma pista, por favor.

— Nós fechamos daqui a trinta e cinco minutos — diz a garota. — Ainda querem uma pista?

— Ah. Vocês não ficam abertos a noite toda? — indaga Jude. — O letreiro lá fora diz: "Bem-vindos, Campistas". O que meio que parece que poderia ser um problema? Está rolando um acampamento aqui, por acaso?

— Um acampamento… de boliche? — A garota não parece impressionada. — E fazemos o quê? Decoramos as bolas e os sapatos?

— Eu não pensei direito nessa piada — admite Jude.

A garota do boliche não parece ter mais do que 13 anos, mas ela está coberta de tatuagens.

— Ficamos abertos até mais tarde um dia por ano para… vocês. Então fechamos à uma da manhã e, quando fechamos, todo mundo precisa sair. Não importa se o jogo não acabou. Está ouvindo essas pessoas jogando?

Ficamos em silêncio, escutando os baques pesados e as comemorações abafadas.

— Eles chegaram aqui mais cedo — informa ela. — Então joguem rápido. Vocês precisam de sapatos?

FLORENCE
JOGANDO BOLICHE ÀS PRESSAS, 00H30

— Você acha que a família dela é dona desse lugar?

Jude está programando nossos nomes no sistema do jogo.

— Provavelmente — concorda ele. — Ou eles estão burlando um milhão de leis contra trabalho infantil.

— Fico imaginando quanta besteira ela aguenta dos patrões. Estava toda pronta para vir pra cima da gente, se precisasse. Resolver no soco.

— Ela lembra você, um pouco.

— Ah, é?

— Esperta. Indiferente. Pavio curto, mais ou menos.

Eu gosto de todas essas coisas em mim. Fico satisfeita. E desconfortável.

— Algumas pessoas não gostam de garotas de pavio curto — digo.

— Pessoas chatas.

— Pessoas chatas — concordo, aliviada.

— Eu gosto de saber que você não está só dizendo as coisas que acha que eu quero ouvir — comenta ele, rápido. — Eu sei que, quando você gosta de uma coisa, é de verdade. Você não mente.

Eu penso na minha falsa dor no estômago e tento não me encolher.

— Que cor de bola você quer? — pergunto.

— Azul. Que nem a sua.

— Bolas azuis para todo mundo. Três quilos e meio?

— Bolas azuis de três quilos e meio.

— Acho que esprememos todas as piadas de bola azul até secar.

— Espremer. Até secar.

— Sim, Jude, obrigada. Estou vendo que está vivo. Agora, eu sou a Coisa Um ou a Coisa Dois? — pergunto, olhando para a tela.

— Coisa Dois.

— Então rola essa bola pela pista. Eu vou pegar raspadinha para nós.

FLORENCE
TOMANDO DECISÕES CRUCIAIS SOBRE RASPADINHA, 00H34

— Você quer de framboesa azul ou de Coca?

— Gosto dos dois. Você tem preferência?

Odeio framboesa azul profundamente. Mas ele é tão fofo que eu quero morrer.

— Não, sem preferências — minto.

— Massa — responde ele, e pega a de Coca.

— Peguei batata frita também. Com queijo.

— Tá bom, Estômago de Aço. Acho que você já superou a rosquinha de grilos.

— Que nada, eu só vou forrar o estômago com queijo de plástico para não sentir mais os grilos pulando lá dentro. Essa é uma decisão médica.

— Top.

— Você já jogou?

— Aham.

— Todos os pinos ainda estão de pé.

— Eles são substituídos — argumenta ele — depois de serem derrubados.

— Ah.

Estreito os olhos, mirando a tela do sistema de boliche.

— O que aquela barra significa? — pergunto.

— Significa que tenho um *spare*. Espera. Florence.

— O quê?

— *Florence.*

— Jude?

— Você já... jogou boliche antes, né?

Uma mecha de cabelo escuro se curva sobre a testa dele. Estou tentando não olhar para ele. É esquisito não olhar para ele.

Eu acabo olhando cinco centímetros à esquerda da orelha esquerda de Jude.

— Já — digo.

— *Mentirosa.*

— Ai, meu Deus, não é nada de mais.

— É de mais, sim. Você nunca jogou boliche antes e eu tenho vinte minutos pra te ensinar como se joga. Anda. Vem até a ponta da pista. Eu vou te mostrar como se faz.

FLORENCE
BOA ESTUDANTE

Na versão da série de TV, alguém apoiaria os braços
ao redor do corpo da outra pessoa e mostraria a ela como
se golpeia com um taco de beisebol. *O segredo é alongar,*

diria, tão pertinho, tão baixinho, a cabeça colada
sobre o ombro. Jude diz: *eu vou te mostrar como se faz*
e eu fico gelada, quente, escondo o rosto na raspinha

e digo: *é, tá bom, tá,* então me levanto feito idiota.
Você precisa vir até a ponta da pista, diz ele,
ué, você vai jogar boliche dali de trás,

e me embaralho como se talvez estivesse prestes a ser
empurrada de um penhasco com sapatos de palhaço. Ergo
a bola, fecho a cara, balanço o braço para trás...

É agora que ele vai se aproximar de mim pelas costas? Será
que eu o quero assim, garoto-com-namorada, será que eu
gostaria dele depois disso? — Jude dá meio passo adiante

e para, porque eu alcancei a decolagem. A bola aderna
pela pista, os pinos girando desenfreados, e eu nem
mesmo penso, apenas faço duas piruetas como

a ferramenta que sou e finalizo numa mesura para Jude. *Uou,*
calma lá, diz ele, *dama dos* strikes.
Músculos de bailarina, respondo.

No fim das contas, parece que você não precisa de ajuda, comenta ele,
[e enganchamos
olhares e a um metro e meio de distância imagino a respiração
[quente
no meu ouvido, no meu pescoço, os dedos firmes no meu cabelo,
[dizendo:

você me surpreendeu, dizendo: *é essa a sensação*
do começo de algo, Florence...
e é então que eu sei

que preciso acabar.

JUDE
MAU NAMORADO

Será que ela precisava mesmo
da minha ajuda? Ela leva jeito.
Tem ótimos instintos
para o boliche e, como disse, *músculos de bailarina.*

Talvez eu não precisasse me aproximar tanto
para cheirar o cabelo dela (o aroma da chuva quando
cai) e deslizar minha mão antebraço

abaixo, saboreando a maciez quente
de sua pele com a ponta dos dedos enquanto lhe mostrava
como posicionar a bola (azul) para ter a melhor chance

de me derrotar, e senti-la se aninhar, mesmo que por um instante,
no vale do meu corpo, como se estivesse tentando
mapear os contornos de algum novo
país ao fazer uma impressão em argila.

E mesmo tudo isso me deixou guloso. Eu também queria
o ronronar de seus cílios
na minha bochecha; e deixar minha respiração acariciar
o ponto sob sua orelha que se torna
a curva do maxilar.

Mas ela acabou de fazer um *strike.*
Então não sou mau professor…
só um mau namorado. Se apenas

essa piedade fosse o bastante para me impedir
de descer pela obscura escada espiral,

você sabe qual,
aquela que só vai para baixo.

JUDE

NA PISTA DE BOLICHE DO PISTAS LAKER, QUE APARENTEMENTE VAI FECHAR DAQUI A CINCO MINUTOS, COMO ANUNCIADO SECAMENTE NO ALTO-FALANTE DEFEITUOSO, O QUAL FAZ COM QUE A FALA HUMANA SOE COMO UMA SÉRIE PERCUSSIVA DE PEIDOS NUM DUTO METÁLICO DE AR-CONDICIONADO, 00H55

— A gente só estava aquecendo — digo. — Acho que teremos que ficar com um empate.

— Empate é o cacete. E um cacete mole — diz Florence. — A gente vai terminar isso.

— Não temos tempo.

— Anda. — Ela começa a andar na direção da mesa de recepção e da funcionária rabugenta que trabalha ali.

— O que você tá fazendo? — pergunto.

— Olha só.

A funcionária encara Florence com uma expressão feia.

— Posso ajudar? Vamos fechar em alguns minutos.

— Qual é o seu nome?

— Ravyn. Com "y". Eu vou saber se pronunciar com "e".

— Ravyn. Oi. Meu nome é Florence. Então, meu amigo Jude e eu acabamos de chegar. Essa é a nossa última noite juntos, e ele está ficando cego, e gostaríamos de jogar boliche por mais um tempinho.

— Desculpa. Isso é terrível, mas preciso fechar. Meu chefe. Sabe como é.

Florence assente. Ela vasculha o bolso e resgata uma nota amassada de vinte. Ela a desamassa e a estala duas vezes, segurando-a pelas pontas. Então a apoia na bancada de vidro e a desliza na direção de Ravyn.

— Escuta. E se alguém que tivesse uma posição superior à do seu chefe dissesse que podemos ficar por mais algumas horas? Alguém, tipo, o ex-presidente Andrew Jackson.

— Andrew Jackson era um cuzão igual ao meu chefe. — Ravyn furtivamente estende a mão e desliza a nota para fora da bancada, guardando-a no bolso. Ela mexe a cabeça. — Vão se esconder lá atrás. Até todo mundo sair. Vocês têm duas horas.

— Tem certeza de que vai ficar tudo bem? — pergunta Florence. — Com seu chefe?

— Meu chefe de bosta que só me paga um salário mínimo pode ir para o inferno. Eu aceito um aumento temporário para ficar aqui assistindo a vídeos de dança em vez de com meus colegas de quarto insuportáveis. Dane-se. Espera aí.

Ela se inclina em direção a um microfone flexível e afunda um botão.

— ATENÇÃO, POR FAVOR, JOGADORES. O PISTAS LAKER VAI FECHAR EM TRINTA SEGUNDOS. ISSO SIGNIFICA QUE TODOS DEVEM DEVOLVER OS SAPATOS IMEDIATAMENTE. Beleza. Vão se esconder.

JUDE
NA PISTA DE BOLICHE FECHADA DO PISTAS LAKER, QUE AGORA É SÓ NOSSA PELAS PRÓXIMAS DUAS HORAS COMO UMA CENA DELETADA DE *CURTINDO A VIDA ADOIDADO*, 1H07

— Tá bom, todo mundo foi embora — chama Ravyn. — Se esbaldem. — Quando passamos, ela diz: — Presumo que o papo de ficar cego é besteira.

Florence sorri de leve.

— Meio que sim e que não.

— Eu não tô nem aí — fala Ravyn, e pega uma caneta de *vape* coberta por caveiras prateadas.

Ela a estende para nós, que recusamos educadamente e voltamos para a nossa pista.

— De quem é a vez? — pergunta Florence.

— Sua.

— Se quiserem refil das raspadinhas, é só vir buscar — informa Ravyn.

Ela parece estar com o humor consideravelmente melhor.

— Você não vai se encrencar? — pergunto.

— Esse lugar tem cara de que mantém controle de alguma coisa?

— Só da hora de fechar — responde Florence.

Ravyn se debulha em risadas.

— É, da hora de fechar. Mas não, tipo, mililitros de raspadinha.

— Talvez a gente aceite a oferta — respondo. — Falando em manter o controle das coisas, temos que garantir que não ultrapassemos a hora do check-in.

— Tô de olho.

Eu rolo a bola. Dois pinos restam de pé. Eu me viro para Florence.

— Eu vou precisar ouvir a sua explicação do porquê nunca jogou boliche antes.

Florence levanta a bola e posiciona os dedos nos buracos.

— Que foi? Eu preciso me explicar?

— Bom, mais ou menos. Quem é que *nunca* jogou boliche antes?

— Muitas pessoas nunca fizeram muitas coisas. Você já pulou de paraquedas?

— Eu teria pulado se existissem duas pistas de paraquedismo a dez minutos de distância uma da outra lá onde eu moro.

— Minha família só não é do tipo que joga boliche, acho. — Florence arremessa a bola, que cai imediatamente na canaleta. Ela bate o pé. — *Merda.*

— Eu sabia que a sorte de principiante ia acabar — falo antes de rolar a bola. — Então vocês não são o tipo de família que joga boliche. Que tipo de família vocês são?

— Meu pai é enfermeiro oncológico no hospital universitário de Madison, e minha mãe é professora de sociologia no UW.

— Então você foi a jogos de futebol americano?

— Então eu fui a Shakespeare no Parque. Era chato quando eu era criança, mas aí comecei a gostar muito. Imagino que sua família é do tipo que joga boliche?

— Aham. Minha mãe é recepcionista de um oftalmologista, e meu pai é eletricista. Total uma família que joga boliche. Tenho lembranças boas de jogar.

— Tipo?

— Espera. — Rolo a bola e faço um *spare*. — Tipo, teve uma vez, acho que eu tinha 11 anos, imagino... Nós descobrimos que a vovó estava com câncer. Eu fiquei muito arrasado porque era muito próximo dela...

— Era?

— Sou. Ela ainda tá viva. Ela sobreviveu e está bem agora.

— Ufa.

— Você estava, tipo, interrompendo minha história pra oferecer suas condolências preemptivas?

— Você não ficou com raiva, né?

— É claro que não. Que chuchuzinho interromper por esse motivo.

Florence sorri e me mostra o dedo do meio enquanto se levanta para jogar.

— Aqui está o seu chuchuzinho.

— Agora *essa* é a Florence que eu conheci e passei a amar nas últimas horas — digo.

Sinto uma pontada no âmago quando digo *amar* em voz alta. Eu já disse para Florence que a amo mais vezes nas últimas horas do que já disse para Marley durante o mesmo período. Eu *sei* que foi um *amar* de brincadeira, mas o fato de que estou me divertindo ao dizer um *amar* de brincadeira ainda faz com que eu me sinta um péssimo namorado. Eu volto a cair em espirais na minha mente.

Florence solta a bola com um baque de bater os dentes. Ela rola pista abaixo, chegando nos pinos com *momentum* o suficiente para derrubar timidamente um ou dois.

— Tipo, definitivamente tentem não quebrar a pista de boliche — diz Ravyn para nós, uma música dançante metálica saindo dos alto-falantes de seu celular. — Eu odeio esse trabalho, mas não é como se houvesse milhões disponíveis nesta cidade.

— Desculpa — responde Florence. — E desculpa para você — diz ela para mim. — Sua história sobre seu pai te levar para jogar boliche?

— Ah. Sim. Minha avó teve câncer e meu pai me levou pra jogar boliche e me deixou vencer, isso fez com que eu me sentisse melhor. E aí minha avó viveu e ainda me manda uma nota de vinte pila num cartão de aniversário todo ano. Fim. Não é uma grande história.

— Bom, sua avó viveu. Então isso é bom. E suspeito que não existam muitas histórias boas de boliche por aí. Não acho que seja você, é só... Acho que o boliche, como esporte, inerentemente não rende histórias cativantes.

— Uma vez eu saí com meus amigos para jogar boliche e demos nomes uns para os outros no placar, tipo *Lorde da Bosta* e *Dan Diarreia*.

— Vocês foram expulsos?

— Bom, não.

— Aconteceu alguma coisa por causa disso?

— Por causa de *Lorde da Bosta* e *Dan Diarreia*?

— É.

— Não, não aconteceu nada.

— Então essa história, na verdade...

— Pois é, não, ela meio que prova o seu ponto — admito. — Eu não estava tentando dizer que foi ótimo. Mas eu realmente acho que jogar boliche à uma e quinze da manhã com alguém que você acabou de conhecer depois de ter subornado a funcionária da pista de boliche para deixá-los ficar depois de fecharem é uma história tão boa quanto pode ser.

Florence sorri um pouco.

— Talvez você tenha levado essa.

Ela se prepara para a rodada.

Eu retribuo o sorriso.

— Ah, talvez, é? Quanta generosidade. Espera aí. Dá pra ver, pelo jeito que você tá segurando a bola, que vai dar uma pancada com ela. — Eu me levanto e me aproximo. Me posiciono atrás dela, uma mecha do seu cabelo faz cócegas no meu nariz. Apoio a mão em seu pulso, quase em cima da mão que sustenta a bola. — Então, quando você segura assim, ela sai girando para a canaleta. Você precisa segurar desse jeito. — Eu corrijo a mão dela.

Ela parece não recuar ao toque e desfere um lance sólido com a bola, derrubando metade dos pinos. Ela ergue o punho.

— *Bum*!

— Olha só você.

— Vamos pegar uns refis celebratórios de raspadinha.

Ravyn nem ergue o olhar do celular e acena com a mão para que passemos até a máquina.

— Vou misturar Coca e framboesa azul dessa vez — digo.

— Não vai causar uma explosão aí, Oppenheimer.

— Uma explosão provavelmente seria mais saudável do que uma segunda raspadinha.

— Vocês querem um pouco do que sobrou dos cachorros--quentes? — pergunta Ravyn. — Tenho quase certeza de que eles estão frescos dessa manhã. — Ela faz aspas com as mãos ao redor da palavra *frescos*.

— Eu vou recusar essa, mas obrigada — diz Florence.

— Tem certeza? Acho que as bactérias meio que evitam esses cachorros-quentes. Eu sei que nunca vi nem uma formiga comendo aquilo.

— É, acho que dessa vez sou do time das bactérias e das formigas — diz Florence.

Ravyn dá de ombros.

— Mais pra mim e meus colegas de quarto.

Nós voltamos para a pista e nos sentamos com as raspadinhas.

— Esse deve ser um lugar tão deprimente de trabalhar — comenta Florence.

— Acho que, se você não tiver muitas escolhas, é melhor do que passar fome — digo.

— Você conseguiria morar num lugar desses?

— Na pista de boliche?

— *Misericórdia*, por que eu te perguntaria se você gostaria de morar numa pista de boliche?

— Eu sei lá! Você disse um lugar desses. Estamos em um lugar.

— Eu quis dizer esta cidade, seu imbecil.

Eu começo a rir.

— Você descolou uma cheirada daquela coisa que a Ravyn estava fumando no vape quando eu não estava olhando? — pergunta Florence.

Minha risada intensifica.

— Não, é tarde e eu tô ficando abestalhado e sem-noção.

— O que a Marley fala quando você fica assim?

— Você tá obcecada com a Marley.

— Tô nada. Só curiosa.

— Eu não saberia. Nunca fiquei até tão tarde assim com ela.

— Sério?

— Não que eu me lembre.

Isso não está ajudando meus pensamentos em espiral. Considero mandar uma mensagem de texto para Marley. Provavelmente pegaria mal, mandando mensagem tão tarde (cedo?). Eu mudo de assunto. Digo para Florence:

— Eu meio que já moro numa cidade como esta. Dickson não é tão maior do que Harbor.

— Você não quer sair de lá? — pergunta Florence.

— Não sei — respondo. — Acho que um dia? Nunca pensei muito nisso. E você?

FLORENCE

NO PISTAS LAKER, IGNORANDO A CONVERSA POR TELEFONE, ATRÁS DE NÓS E ALTA PRA CARAMBA, DE RAVYN COM O PRIMO, ELES FALAM SOBRE HOCKEY, 1H30

— Eu sou, tipo, patologicamente obcecada por ir embora — digo a Jude.

Ele anda até a linha, faz um passo de valsa (*um dois três*) e derruba todos os pinos, menos um.

— É? — pergunta ele.

— É. Por muito tempo foi o Bolshoi.

— ... Bolcheviques?

— Bolshoi. — Ergo minha bola, olho para ela em vez de para Jude. — Uma companhia de balé. Na Rússia.

— E você tem permissão pra isso? Ir pra Rússia?

— Eu não sei se gostaria de ir, agora.

— Mas seus pais deixariam, se fosse permitido?

Dou de ombros.

— Eles me tiveram tarde — falo.

Ele pausa.

— Então eles são... mais velhos? O que uma coisa tem a ver com a outra?

— Não, quero dizer que eles me falam isso toda hora. Que me tiveram tarde, que eu fui a reviravolta na vida deles. Com aspas. Então às vezes eu tenho... tenho mais liberdade com as coisas. Tipo, se eu me mudasse pra Moscou, eles ficariam animados. Se eu me mudasse pra Moscou, em Idaho, eles ficariam animados. É quase como se... como se eles não tivessem visão nenhuma do que a minha vida vai ser. Eu não estava nos planos. Eles não têm expectativas.

— Porque tiveram você tarde.

— Porque eles me tiveram tarde, e porque quando nasci tinha um monte de coisa errada com meus olhos e agora todo dia é um presente mágico perfeito porque estou viva e posso enxergar. Por enquanto. Ou sei lá.

É minha vez e eu acerto na canaleta, com força. Escutamos enquanto a máquina que retorna a bola a cospe de volta. Continuamos olhando um para o outro como se à espera de alguém falar alguma coisa.

— Eu gosto muito de você — digo a ele (não sei por quê), como se aquilo tivesse sido arrancado num soco.

Jude pestaneja. Com força. Então pega a bola e a leva até a pista, e agora estou falando com as costas dele.

— Não desse jeito. Tipo. Eu gosto muito de você. Mas não confio que as coisas permanecem. Pessoas. Coisas que eu amo. Amo *fazer*, quer dizer. Não que eu ame você. Fazer coisas com você. Quer dizer. Eu gosto de você.

Jude não está jogando. Está escutando enquanto eu tagarelo como uma imbecil.

— Mas você ainda vai ser capaz de dançar quando sua visão cegar, né? Ainda vai conseguir mexer o corpo? — Ele parece genuinamente confuso. Ainda não se virou. — Eu sei que é diferente, mas pode me dizer como?

Pelo visto, acho que vamos ignorar a coisa do *Eu gosto de você*.

— O nistagmo faz meus olhos tremerem descontroladamente. Mas meus olhos só ficam assim quando não trabalham juntos. Então, tipo, se eu fechar um deles por mais do que alguns segundos, o outro treme. O que não seria nada de mais, afinal tenho dois olhos por um motivo, exceto que um dos meus olhos é... um olho preguiçoso, eu odeio tanto esse termo... Meu olho dorme até tarde, ou sei lá, mas é um olho preguiçoso e, quando estou estressada, ele fica errante. Sai de foco. E aí o outro olho treme. E parece que estou numa montanha-russa de bosta. Não consigo me equilibrar sobre as duas pernas. Muito menos uma só. Ficar na ponta. Não consigo pular, não consigo seguir meus próprios movimentos. É tipo... Eu não consigo enxergar nada e só quero dormir.

— Quando você fica estressada.

— É. E, se eu não estiver estressada, não há garantia de que isso não vá acontecer, que meu olho não vai ficar errante, mas, ainda assim, por muito tempo meus pais queriam que eu, tipo, vivesse num quarto acolchoado e fizesse alguma coisa com meu cérebro, como se *isso* fosse menos estressante, e eu tinha toda essa energia acumulada. É disso que me lembro sobre ser criança, e então graças a Deus eu consegui um médico que disse a eles que eu preciso extravasar a animação toda do meu corpo. Acho que eu tinha uns 5 anos? Meus pais me colocaram nas aulas de sapateado. Aí eu fiz todas as aulas do estúdio de dança, todos os gêneros, e eles me botaram na ponta quando tinha 10 anos. E eu trabalhei duro. Eu amei. Eu era... boa. E... não sei, tive umas conversas de verdade com meus pais quando tinha idade o suficiente para ser uma pessoa, sabe? Disse pra eles que não há garantias. Disse que queria dançar competitivamente. Sem expectativas, nem minhas nem deles. Eu só queria tentar. Então fiz a cirurgia para arrumar meu olho preguiçoso e aí a fiz de novo depois que passou o efeito, e agora eles só podem fazer isso mais uma vez. Tipo, não têm mais músculo pra usar. Eu não sabia que isso era algo que podia acontecer. Eu tinha 13 anos na última vez que fiz, e agora meu olho tá começando a vagar de novo.

Jude então se volta para mim, segurando a bola nos braços como se estivesse carregando um peso.

— Então na próxima vez que acontecer é fim da linha. Eu tenho mais uma chance. Foi o que me contaram três meses atrás, na última consulta com o oftalmologista. Isso é parte do motivo pelo qual meus pais trabalham no UW, eu tenho o melhor plano de saúde.

— Que bom — diz Jude, e consigo notar que ele diz com sinceridade, mesmo que claramente não saiba nada sobre o que faz com que um plano de saúde seja bom ou não.

Eu olho para ele. Tento me colocar inteira ali, naquele olhar.

— E presta atenção. Tipo, as crianças me chamavam de Capitão Jack Sparrow porque eu tinha que usar um tapa-olho para tentar fortalecer meu olho preguiçoso.

— Capitão Jack Sparrow? Que é famoso por não usar um tapa-olho, mas que, em vez disso, tinha dois olhos nebulosos proeminentes?

— É quase como se não fossem as crianças mais espertas me fazendo de chacota. Enfim, pelo ensino fundamental inteiro, toda tarde, eu usei aquela porcaria de tapa-olho. No sétimo ano, eu achava que tinha muitos amigos. No oitavo ano, descobri que estava errada. Agora eu tenho pessoas que gostam de mim, mas só de uma distância segura, e ainda estou meio que abalada... com aquela consulta com o oftalmologista. Eu fico esperando que eles voltem a me ligar para dizer que foi um erro. Mas meu telefone não está tocando nem vai tocar. Eu sei disso, e agora... Não sei. Acho que o que eu tô tentando fazer é me desculpar. Eu ainda não falei de verdade com ninguém a respeito disso e agora tem você e... Desculpa se estou vomitando coisas demais em cima de você. Estou aqui esperando que faça a coisa que o meu cérebro fica me dizendo que vai fazer.

— E o que é isso?

— Me deixar. Dar no pé. Não sei. — Tusso para encobrir aquilo e desvio o olhar. — Ainda é a sua vez?

JUDE
NO PISTAS LAKER, JOGANDO BOLICHE E ENTRANDO EM ESPIRAL, 1H43

A intimidade com a qual as palavras me atingem me dá uma sensação esquisita.

— Te deixar? — indago.

— Não é nada. Esquece. Ainda é a sua vez?

— Espera. O que você quer dizer com "me deixar"?

— Eu não quis dizer nada.

Eu apoio a bola de volta no suporte.

— Isso não faz sentido.

— É, bem, são tipo duas da manhã.

Eu me sento ao lado dela.

— Olha…

— Por favor, não faça com que eu me arrependa de ter me aberto com você.

— É só que *te deixar* tem uma conotação romântica.

— Bom, qualquer conotação desse tipo foi extremamente não intencional.

— Tem certeza? Eu não quero que a gente tenha um desentendimento.

Florence faz uma cara para mim.

— Sim, Jude. Tenho certeza. Você tem certeza de que não tá fazendo uma projeção esquisita pra cima de mim?

— O que é projeção?

— É quando tem alguma coisa rolando no seu cérebro e você acha que isso tá vindo de fora. De mim.

— Eu nunca ouvi falar nesse conceito antes.

— Você sabe o que dizem: depois que se come grilos pela primeira vez, aprender sobre projeção não está muito longe, meu freguês.

— As pessoas dizem isso?

— Provavelmente. E aí? Projetando?

— Não sei. Talvez. Meu cérebro faz umas coisas engraçadas.

Talvez meu cérebro seja a minha versão dos seus olhos, penso, mas não falo.

— Jude — chama Florence, baixinho. — Você parece meio distraído faz um tempinho. Tá surtando neste momento?

Eu me remexo, desconfortável, mudando o apoio do peso de uma banda da bunda para a outra. Sinto um frio na barriga.

— Mais ou menos.

— Tá a fim de me contar?

Observo meus pés.

— Você acha que os sapatos de boliche são feios de propósito para as pessoas não roubarem?

— Eles não são exatamente os sapatos mais funcionais fora do contexto de uma pista de boliche.

— Eu não gostaria de correr uma maratona com eles.

— Você tá pensando demais na Marley?

Mordo o interior do lábio.

— Acho que tô me sentindo meio culpado?

— Por quê?

— Eu me acho um péssimo namorado.

— Você tem sido um perfeito cavalheiro a noite toda.

— Eu sei, é só que...

— É só que o quê?

— Eu estou me divertindo mais do que deveria — admito.

Florence ri.

— Sinto muito?

Eu também rio.

— Acho bom mesmo você sentir muito. Como ousa.

— Que tal eu começar a fazer sons nojentos com a boca pelo resto da noite pra diminuir a sua diversão?

Florence começa a estalar os lábios e fazer um barulho de mastigação como se estivesse misturando macarrão com queijo.

Eu tapo os ouvidos com as mãos.

— Para. Tá tudo bem. Eu estou… espera só… projetando. Falei certo?

— Perfeitamente. Se quiser, posso fazer um esforço conjunto pra garantir que não estou interessada em você romanticamente. Isso te ajudaria a se sentir melhor?

Nem de longe, penso.

— Não precisa — digo.

Ficamos sentados ali por um tempo, sem falar. É silencioso, exceto por Ravyn bufando e gargalhando com alguma coisa que está assistindo no celular.

— Eu não devia ter reagido daquela maneira quando você se abriu pra mim — confesso, por fim.

— De boa — murmura Florence.

— Eu também gosto muito de você.

FLORENCE
PRÓXIMA VEZ

Quando devolvemos os sapatos, Ravyn bate
na nossa mão como se estivéssemos em um filme esportivo
dos anos 1980. Passo mais uma nota de vinte para ela

quando Jude não está olhando. Me sinto estranha fazendo isso,
mais estranha ainda por não o fazer. Semanas no acampamento
e o único dinheiro para gastar que eu gastei

foi gasto hoje à noite, então por que Ravyn não deveria
ficar com ele? Ela nos deu esse tempo e eu dei
a Jude meu coração, e... de que buraco saiu uma frase

dessa? Estou canalizando a Emily Henry esta noite
no norte do Michigan? Preciso parar. Mas ainda estou
em alguma outra história, porque, quando Ravyn apaga

as luzes, a escuridão se assoma sobre nós como
um filme de terror, se *espalha* e *espalha* e *espalha*
até nos deixar na última parcela

de luz. Então saímos, e Jude não está falando —
não como se estivesse bravo, mas numa pausa. Está tamborilando
o polegar e o dedo do meio num ritmo frenético, *um*

dois três, e eu paro para prender o cabelo. Estou pensando
no que não é. Pensando que *nós não*
jogamos xadrez, não atiramos em zumbi algum, nós

não nos beijamos nem vamos nos beijar. O caroço do nervosismo
na minha garganta. Faltam dez minutos
para o último check-in, vamos chegar a tempo se corrermos,

e, antes de dizer isso a Jude, a porta atrás de nós
é aberta. Ravyn diz, trancando-a: *sabe,
eu queria dizer, vocês dois são muito*

fofos juntos, e antes que eu possa gaguejar
uma palavra, antes que Jude possa cavar a cova
na qual ele claramente quer morrer, ela está destravando

o Hyundai Elantra que parece feito de renda bordô.
*Querem uma carona até o acampamento? Tô bem pra dirigir... Prometo
que não estava fumando diamba velha no vape*, diz ela, e eu entro
(capa de assento de zebra, "Tainted Love" no rádio)

antes que Jude possa dizer não. Meu pai,
o que teríamos dito um para o outro na volta a pé?
Ele nem consegue me olhar nos olhos.

JUDE
ÚLTIMO CHECK-IN

Nome?

Jude Wheeler.

Aí está você, bem no finalzinho.
Se divertindo esta noite?

Para dizer a verdade, sim, me divertindo mais
do que já me diverti com qualquer outro
ser humano desde que me
lembro, o que é um problema,
porque bons namorados não
se divertem mais com a garota que não é
sua namorada do que com a garota
que é.

E caras do bem não viram maus
namorados com uma garota
que conheceram horas antes.

E eles não se permitem imaginar
como seria estar com
a tal garota. Nunca cruza
a mente deles qual seria a sensação de segurar
a mão dela, roçar os lábios
com os seus. Porque
eles são melhores em se relacionar
do que seus pais (ou, pelo menos, mais
determinados a evitar os mesmos

erros), então eles tendem a lidar com
isso com mais cuidado
do que os pais — que deixaram sua união

azedar e desmoronar por motivo nenhum,
ou, pelo menos, por nada de que quisessem falar
a respeito — mesmo com outras pessoas
investidas no sucesso
do relacionamento. Porque eles escolhem
com cuidado, senão ambos os lados
do relacionamento ficarão arrasados,
e caras bons não deixam

as pessoas arrasadas sempre que podem
evitar que isso aconteça. Porque ser melhor
do que sua origem é a maior prova
de que a vida pertence a você. Quando tão pouco é seu.

Não esqueça, todo mundo vai se reunir no parque Lakeshore às seis
para ver o nascer do sol. Você não vai querer perder. É uma tradição.

JUDE
NO ÚLTIMO CHECK-IN, ESPERANDO POR FLORENCE, 3H03

— Foi mal, a mulher não conseguia encontrar meu nome. Ela ficava olhando embaixo do F, de Florence, em vez do B, de Bankhead. Acho que já passou da hora de ela dormir.

— Sabe, acho que já pode ter passado da minha hora também — digo.

— Jude.

— Eu só... Eu honestamente acho que não consigo mais ficar acordado.

Dou um bocejo exagerado, um daqueles tão enérgicos que soam falsos. Tudo o que precisei fazer foi pensar em bocejar e, então, bocejei, como sempre.

— Jude. Inaceitável.

— São três da manhã. Tipo, ir dormir é possivelmente a coisa *mais* aceitável.

— Isso é falta de cafeína? Porque a gente pode conseguir um pouco. Eu conheço um cara.

— Não me diga que é o Dr Pepper.

— Ah, esse cara não tem doutorado. Ele estudou na Escola das Lições na Marra. Na Faculdade das Ruas.

— Também não vai me dizer Mr. Pibb. Não diga.

— Ah, esse cara, na verdade, é uma montanha antropomórfica. Um parrudão rochoso. Um pedregulho daqueles. Um grandão montanhoso.

Apesar de tudo, agora estou rindo. O turno da Florence Bobalhona parece ter começado prontamente às três da manhã. E ela é divertida demais. O que não está ajudando minha determinação de sair de fininho.

— É o Mountain Dew? — pergunto. — Seu parrudão montanhoso atochado de cafeína é o Mountain Dew?

— É o Mountain Dew, mano. *Mama o Mountain* — diz ela em uma voz gutural horrorosa. — *Mama o Mountain, mano. Uuu uuu uuu.* Mama o Mountain, mano. Uma aliteração e tanto. É assim que chama quando todas as palavras soam parecidas?

— Eu real não faço a menor ideia.

— Bom, pesquisa no Google: *mano, enquanto mama o Mountain, mano.*

Ela ri da própria piada e vai andando até um dos *coolers* ali perto, abre, pega uma latinha suada de Mountain Dew, balança para tirar as gotas e a entrega para mim. Eu a seguro feito um boboca. Estava preparado para dizer não à Florence durona e sem rodeios e depois ir embora. Estou completamente despreparado para a Florence doce e boba.

— Você ficou chapada por contato só de tocar no assento da Ravyn? — pergunto.

Florence pega outra lata de Mountain Dew e a segura como um microfone.

— *Nãoooooo, é só que tá tarde pra cacete, cara, e eu quero zoaaaaaaar* — canta ela aos berros no microfone de lata.

Surpreendentemente, ela tem uma ótima voz, até quando está de palhaçada. Ela começa a dançar loucamente. Gira, pula e aterrissa num espacate. Nós dois nos desmanchamos em risadas.

— Tá bom — digo. — Você vai fazer a gente se meter em problema por estarmos bêbados e nenhum de nós tomou um gole sequer.

Ela cai de lado da posição de espacate e continua rindo.

— Vem me ajudar a levantar, Jude Mama Mountain.

Eu me aproximo e estendo a mão. Ela a segura com o peso todo e puxa. Eu tropeço para a frente na grama, caio ao lado dela e rolo de costas. Nós rimos por muito tempo, estamos absurdamente elétricos e eufóricos por conta do nosso bacanal de comidas e bebidas ultraprocessadas. Por fim, nós nos viramos de lado e ficamos um de frente para o outro. Florence apoia as palmas juntas sob a bochecha como uma cena saída de um livro de histórias infantis.

— Ei — murmura ela.

— Ei.

Eu junto as palmas e apoio o rosto nas costas da mão, imitando-a.

Devagar, ela estende o dedo indicador e aperta a ponta do meu nariz, dizendo "*bip*".

— Como foi que isso virou uma coisa?

— O quê?

— Associar narizes com buzinas.

— Eu acabei de fazer *bip* no seu nariz.

— É, mas você pode fazer *bi-bi* em narizes também. Buzinas de carros antigos se pareciam com narizes?

Florence perde completamente as estribeiras. Ela rola e fica de costas, as lágrimas escorrendo pelas bochechas.

— Você tá dirigindo seu carro velho e tem, tipo, um nariz humano hiper-realista desencarnado no meio do volante.

— Tipo, ele espirra às vezes.

— Jude!

Não dizemos nada por um tempinho enquanto a última torrente de risadinhas induzidas pela privação do sono se abranda.

Finalmente, Florence pergunta baixinho:

— Você estava mesmo cansado demais pra passar mais tempo comigo esta noite? Era verdade?

— Era — minto.

— Promete?

— Prometo — minto.

— É mesmo bom demais estar deitada.

— É, né?

— E se a gente tirar um cochilo?

— Aqui?

— *A-haaam*. Tipo, por uma hora. Podemos configurar um alarme no celular.

— E depois?

— Depois a gente passa mais um tempo juntos até o nascer do sol. Fechou?

Eu espero bastante antes de responder. Com sorte, ela vai atribuir isso à função cerebral diminuída pela madrugada. Estou saindo do controle. Agora também me sinto atormentado de culpa por mentir para ela. Não posso mesmo vencer nessa situação.

Florence não espera por mim.

— Cochilo — murmura ela. — Hora do cochilo.

Eu bocejo e pego o celular.

— Vou configurar o alarme pra daqui a uma hora.

— Perfeito.

Ela se aninha no chão, rolando para ficar de lado, e abraça os joelhos de encontro ao peito. Então fecha os olhos.

JUDE
FLORENCE DORMINDO

Fico acordado por alguns minutinhos
depois que ela adormece, escutando
a cena noturna dos grilos, observando

o subir e descer
da respiração dela, suave como uma bênção,
o cabelo espalhado na grama

de verão como punhados
de seda caídos pelo vento.

Deixa o sono concluir
este poema.

Deixa o sono concluir isto.

Deixa o sono concluir.

Deixa o sono.

Deixa.

FLORENCE
O SONHO EM QUE

a cada minuto você acorda
e confere
            que ele continua ali,
a meio metro de distância. A grama sob meu nariz
como uma pluma, grilos esfregando
as perninhas juntas
            para cantar. Um sonho
em que minha avó, morta há quatro anos
agora, me dá seu chapéu favorito.
Que sumiu depois
            do hospital.
Ela me disse: *Florence, seja corajosa,*
botou o dedo na ponta do meu nariz
e disse *bip*.
            Ela fez isso mesmo? Aquele chapéu
era de veludo, com um laço, eu poderia ir
a salões de dança usando-o. Eu poderia
ensinar a Jude como
            dançar o Charleston. Um sonho
em que andamos a noite toda, estamos em
alguma cidade europeia e restam apenas
horas até o nascer do sol,
            outras cidades, outras pessoas
que seremos, e no sonho acho que talvez
eu seja a Julie Delpy adolescente, o que seria
(para ser sincera) uma evolução.

Um sonho em que falo francês
com uma tartaruga. Um sonho em que um caminhão está
dando ré tão devagar, o apito estridente geme um
agora, agora, agora,
e é meu alarme, olhos abertos,
Jude está sorrindo para mim.

FLORENCE
PARQUE LAKESHORE, 4H28

Apenas os atrasadinhos estão aqui para ver o nascer do sol,
zumbis sob efeito de energéticos Rockstar
e alguns esquisitos extraordinários que foram

se deitar às nove da noite e acordaram
apenas para o amanhecer rosado. Jude e eu estamos
no meio-termo, e ele esperou por mim

do lado de fora do quarto enquanto eu pegava a colcha
que até então era quente demais. Nós a abrimos
na grama. O início da manhã carrega uma

fragilidade, como se o mundo fosse uma casca de ovo,
e tenho aquela sensação de novidade em mim também —
como se estivesse carregando uma bolsa

de armas para minha própria proteção,
e acabasse de ouvir que é seguro
largar tudo. Digo a Jude

que é a colcha da minha avó, feita em algum frio
invernal de Wisconsin meio século atrás, que
ela me visitou num sonho que tive esta noite

para dizer olá. *Olá*, diz Jude. Temo um pouco
encará-lo nos olhos, como se eu pudesse
me partir. Como se pudesse me fazer bem.

JUDE
OCEANOS INESPERADOS

Eu não estava pronto para o que vi
na primeira vez que a vi, alguns dias antes.
Uma vastidão de água imensa demais para avistar
o fim.

Um oceano no Michigan.

Um oceano de água doce com ondas de verdade
quebrando numa praia arenosa de verdade.

Há um maravilhamento em perceber que
há oceanos sem
baleias cor da meia-noite batalhando com
lulas cor de ferida no abismo do pesadelo.

Oceanos que não têm gosto de lágrimas.
Oceanos que podem saciar sua sede.
Oceanos no Michigan.
Oceanos inesperados.

Se este é um mundo com oceanos gentis
onde nunca se imaginou, então quem sabe
que outras maravilhas
estão guardadas onde menos se espera
encontrá-las.

Há tanta possibilidade
neste mundo. Não há nada além
disso.

FLORENCE

ESPERANDO PELO SOL NA BEIRA DO LAGO, 5H04

— É daqui a uma hora — digo a ele, olhando para o aplicativo do clima.

— O amanhecer?

— Aham.

— Não sabia que dava pra checar isso aí.

— O pôr do sol também, com precisão de minutos.

— Qual é a primeira coisa que você vai fazer quando chegar em casa?

— Talvez dar uma conferida no estúdio — digo. — Eles ficam me perguntando se posso ensinar uma das turmas de balé para os pequenos, a turma dos sábados de manhã, e eu estava preocupada que seria demais pra esse verão, com o AAH e tal, mas se eles ainda precisarem de alguém quando eu voltar... Não sei. Pode ser divertido.

— Pequenos como?

— Pequenos bem pequenos.

— Pequenitos?

— Ainda menores.

— Dá pra botar recém-nascidos na ponta?

Eu rio.

— Não. Tô falando de pequenos de 3 anos.

— Não consigo imaginar você ensinando balé para bebês.

— Seria uma anarquia, admito. Mas gosto deles. São desordeirozinhos. Você devia ver eles circulando pelo estúdio, são como mísseis capazes de detectar calor. Mas ensinar não é difícil. Na maior parte do tempo só preciso fazer eles pularem pra cima e pra baixo. Os pais gostam quando voltam cansados pra casa.

— Tipo filhotes de cachorro.

— Isso, exatamente. Balé de cachorrinhos.

— Eu quero um relatório completo, tipo, todo domingo.

Eu ignoro o comentário e pergunto:

— Qual é a primeira coisa que você vai fazer quando chegar em casa?

— Dormir por, tipo, um milhão de anos. E aí eu não sei. Depende se vou ficar na casa da minha mãe ou na do meu pai. Eles ainda estão decidindo essas coisas, quem fica comigo e quando. Como se eu fosse uma mala, ou coisa assim.

— Qual é a diferença entre elas? A casa da sua mãe e a do seu pai?

— Até agora? Meu pai acha que somos, tipo, parceiros, como uma dupla cômica num filme. Ele me acorda cedo pra ir pescar. Logo antes do acampamento, ele me disse que tinha uma surpresa e me levou de carro até um lugar de… arremessar machados? A uma hora de distância? Todas as outras pessoas tinham, tipo, 30 anos, estavam bêbadas e faziam um escarcéu. E arremessavam machados.

— Meu Deus — digo.

— É, exatamente. Foi exatamente "Meu Deus".

— Você morreu?

— Florence, eu literalmente estou aqui sentado te contando essa história.

— Eu sei, mas você *quase* morreu?

— Passou raspando.

— Isso nem é uma piada de machado. É uma piada de lâmina de barbear. Eu não sei como reagir.

— Foi de boa — diz Jude. — É como se o divórcio o tivesse feito esquecer de como ser meu pai, e ele… tem ficado acordado até tarde escrevendo um roteiro do Judd Apatow na cabeça dele sobre como devemos falar um com o outro. Tipo, no lugar do machado, ele perguntou: *como estão as coisas com a Marley?* Com uma piscadela de olho. E, antes do divórcio, ele fingia que não conseguia se lembrar do nome dela.

— Sério? Que droga.

— É — concorda Jude. — Foi o jeito dele de me dizer que não gosta dela. E agora tá agindo como se gostasse *e* possivelmente aceita saber se, tipo, eu e ela estamos transando?

— *Nãããããão.*

— Pois é. E é óbvio que não é isso que ele quer dizer. Tipo, pelo menos espero por Deus que não seja. Enfim, a casa da minha mãe é melhor. Ela continua a mesma, só que... mais triste. Mas ela também tem feito coisas que eu não a via fazer há algum tempo. E acho que isso é meio legal.

— Tipo o quê?

— Quando eu era criança, tínhamos uma cachorra. Uma cachorrinha branca de pelo encaracolado. E, na nossa casa, sempre discutíamos em família antes de fazer uma grande mudança, e meu pai tinha deixado claro que ele não queria que ela pegasse aquela cachorra, e eles brigaram por causa disso por semanas a fio. E Muffin, a cachorra...

— MUFFIN. MUFFIN, a CACHORRA.

— Sim, eu claramente não dei o nome da cachorra.

— Eu amei. Amei tanto.

— Muffin só viveu alguns anos. Foi muito triste, ela teve câncer nos ossos.

— Ah, cara. Eu sinto muito.

— É. Eu também. E, quando ela morreu, meu pai nem disfarçou o alívio. Foi uma situação bem merda. Então agora, há algumas semanas, minha mãe saiu e fez um depósito para uma nova cachorra e nós vamos buscá-la quando eu voltar.

— Um depósito? Ela não pode pegar de um abrigo? Adotar em vez de comprar?

Jude dá de ombros.

— Às vezes as pessoas precisam ser capazes de tomar decisões para si mesmas sem que o mundo desabe com tudo sobre elas por causa disso.

— Que profundo — digo, provocando. — Mas também concordo. Diz pra ela não botar isso na internet. Vão acabar com a raça dela.

— Ela não faria isso, não está tentando defender uma posição nem nada. Enfim, temos um gato, então precisamos de uma cachorrinha que possa ser treinada para não comer o gato. Esse é o motivo.

— Qual nome você vai dar pra ela? Pra cachorra?

— Minha mãe me perguntou se eu queria dar o nome — responde Jude. — Mas vou deixar que ela faça isso. Ela tem testado alguns. A cachorra tem pelos alaranjados, então agora ela está pensando em Bordo. Tipo uma folha de bordo.

— BORDO. BORDO, a CACHORRA.

— Você gostou?

— Eu amei tanto. Eu quero abraçar Bordo, a cachorra.

— Podemos fazer isso acontecer.

JUDE

NA BEIRA DO LAGO, OS PRIMEIROS RAIOS DE SOL ESPREITAM SOBRE O HORIZONTE, 5H49

— Ei, vem comigo — digo para Florence. — Pra cá.

— Por quê? — Ela se levanta.

— Porque a luz está incrível agora e eu quero fazer uma foto sua.

— *Fazer uma foto minha?*

Eu rio.

— Eu devo estar bem cansado pra deixar essa passar. É o jeito sulista de falar *tirar uma foto sua* — explico. — Sulistas não tiram fotos. Eles *fazem fotos*.

— Quer saber? — diz Florence. — Na verdade, prefiro assim. A arte não se trata de fazer coisas em vez de tirar coisas?

— De preferência. Apesar de as mamães e os papais que nos ensinaram essa expressão provavelmente não terem pensado nisso.

— Posso começar a falar assim?

— O quê?

— Fazer uma foto.

— Quer dizer, claro. Não acho que, tipo, a Polícia da Linguagem Sulista vai vir te pegar nem nada. Temos sido generosos com a licença do *cês*.

— Se algum dia eu for te visitar, vou me encaixar direitinho.

— Ninguém nunca vai adivinhar a verdade. Espera, fica parada aí.

— Aqui?

— Um pouco para a direita.

— Aqui?

— Mais um pouco.

— Tá bom?

— Perfeito. Tá... Agora faz alguma coisa dançante.

— Dançante? — Florence arqueia uma sobrancelha.

— Eu estava torcendo para você saber o que isso significa.

— *Hã*... que tal...

Florence se equilibra na perna esquerda, levanta a perna direita e então a ergue em direção ao céu ao longo do corpo, segurando a sola do seu sapato branco Chuck Taylor.

— Minha nossa, que é isso. Você é *flexível*.

— Eu literalmente abri um espacate na sua frente uma hora atrás.

— Eu sei, mas isso parece ainda mais avançado.

— Claro, vamos continuar discutindo enquanto estou aqui em pé sobre uma perna só.

— Desculpa.

Eu aponto a câmera e começo a fotografá-la. Ela é uma silhueta escura de encontro ao céu de amanhecer rosa-arroxeado e o novo sol. Parece uma escultura. Não, melhor. Uma árvore. Eu me aproximo dela, olhando as fotos enquanto ando, e as exibo. Espero que ela faça uma piada sobre como deveriam ter uma legenda de *Respira, não pira* ou *Você é linda* em alguma fonte cursiva. E, sendo sincero, ela teria todo o direito (não há nada de revolucionário na composição dessas fotos).

Mas Florence não faz piada. Em vez disso, enquanto observa, ela sorri de leve (talvez um pouco triste) e murmura:

— Elas são muito boas, Jude. Você me manda?

— Claro — prometo.

FLORENCE
PARQUE LAKESHORE, 6H18

— Escuta — digo a ele.

Jude se vira para mim.

— Que foi?

— Nada — digo, amarelando. Mas ele está me olhando agora. Então, acrescento: — Estive pensando.

Fica claro de imediato pela expressão dele que alguém já lhe disse alguma versão dessa frase recentemente, e que as coisas não deram certo a partir daí.

— Você já viu aquele filme *Antes do amanhecer*? — pergunto.

— Não — diz ele, com cautela.

— É ótimo. Tem o Ethan Hawke e a Julie Delpy. Eles estão bem novinhos, é um filme antigo. Os dois estão explorando a Europa, se conhecem num trem vindo de... Budapeste.

— Buda-péchi?

— É como se pronuncia Budapeste.

— Como você sabe?

— Porque eu vi esse filme.

— Ah. Você também gosta de comer pexx-to com sua paxx-ta?

— Jude.

— Foi mal.

— Escuta. No filme, eles estão vindo de Budapeste e indo para Viena, aí eles se encontram, pela primeira vez, no trem. Eles têm a noite inteira antes de o personagem do Ethan Hawke voltar para os Estados Unidos e a Julie Delpy voltar para a França, de onde ela é. E eles não têm nenhum dinheiro porque são estudantes universitários, então em vez de, tipo, procurar um albergue, eles decidem ficar acordados, e os dois ficam andando por Viena a noite toda, conversando. E isso é o filme inteiro.

O sol está começando a nascer. O rosto de Jude está todo iluminado.

— Adorei — diz ele.

— Te lembrou alguma coisa?

— Um pouco, talvez — confessa ele, rindo. — Então o que acontece?

— Como assim?

— Eles terminam juntos?

— Bom, claramente eles estão apaixonados. Mas o filme termina com eles dizendo que não vão manter contato.

— O quê? Nenhum contato?

— Nada de ligações nem cartas. Acho que eles não tinham mensagem de texto ou e-mail naquela época. Mas... Eles concordam em se encontrar em Viena dali a seis meses. Se os dois ainda sentirem a mesma coisa.

Jude apenas olha para mim.

— Isso não é o máximo? — pergunto a ele.

— Não sei se acho o máximo. Eles se encontram seis meses depois?

— Não descobrimos.

— Sério?

— Tem uma sequência. E é aí que descobrimos.

— Você vai me contar?

— Você devia assistir aos filmes! Eu já falei demais. Escuta, e se...

Jude é tão bonito (as maçãs do rosto, os olhos escuros e uma sombra sob eles) e pertence a outra pessoa. Eu não quero dizer isso, mas preciso:

— E se a gente fizer a mesma coisa?

JUDE
PARQUE LAKESHORE, COMEÇANDO A ENTRAR NUMA ESPIRAL, 6H23

— O quê, se encontrar em Viena daqui a seis meses? E então fazer um filme disso?

— Não, e se a gente não mantiver contato e se encontrar no próximo ano e passar a Noite de Aurora juntos de novo?

— Tipo, zero contato? Sem mensagens, sem falar, sem nada?

— Exatamente.

— Silêncio completo por um ano.

— Isso.

Eu quero dizer a Florence que essa ideia está partindo meu coração por motivos que eu provavelmente não conseguiria articular mesmo se tivesse tido mais do que quarenta e três minutos de sono, mas, em vez disso, tudo o que ofereço é um fraco:

— Por que a gente faria isso?

FLORENCE
POR QUE A GENTE FARIA ISSO

Todo ano, na véspera de Natal, o cara
que minha mãe namorava na faculdade liga
e ela leva o telefone para o solário,

fechando as portas francesas. E eles conversam
por um tempinho e não é um segredo — através das portas,
posso vê-la enrolando a franja do cobertorzinho,

o rosto meio rosado. E
é isso. Meu pai faz um drinque e nós jogamos
Scrabble, e quando ela sai

nós abrimos um presente antes de irmos dormir como
a família real britânica, e eu não sei
se meus pais tocam no assunto depois que vão para a cama.

Não sei se o outro cara é casado. Nem sequer sei
o nome dele. Se isso devia me incomodar. Mas a situação,
seja ela qual for, tem início e fim claros. Em algum canto

do Tennessee, Marley deve estar dormindo sob a própria
manta, feita pelas mãos amorosas de outra avó, e eu
não posso abandonar a dança, não agora, não quando

posso extrair os últimos momentos brilhantes desse
pôr do sol. Estar bem aqui, na beira. Eu sei
que há uma chance de que eu não dance no verão seguinte

na AAH, ou nunca mais, então talvez eu não precise cumprir
essa promessa. Me encontrar de novo com alguém
que pode se tornar minha pessoa favorita, sabendo

que não posso ser a dele. Chame de autopreservação. Chame
de orgulho. Me chame de controladora, mas pelo menos
posso dar o fora enquanto a coisa está ficando boa, e se eu voltar

no verão seguinte nós podemos ter outra noite como esta.
Algo limitado por tempo e espaço. Em vez de desejar o impossível
por um ano, de esperar o impossível, sabendo

que logo a perda vai se esgueirar para minha casa com suas facas
e cortar de mim todas as coisas
que eu estupidamente fingia serem minhas para guardar.

JUDE
E FEZ SENTIDO DE ALGUM MODO

Chame de privação de sono, mas fez sentido
o modo como ela explicou. *É uma chance de andar*
pelo mundo de um jeito diferente. Não é o que fazemos
como artistas? Buscamos modos incomuns de viver? Exploramos
novas experiências? Então, quando duas
pessoas normais que acabaram de andar por aí
e conversar a noite toda obviamente manteriam
contato pelo próximo ano, nós, não. Nós escolhemos
viver diferente.

E estava tudo bem e bom e claro,
sim, somos artistas, mas fiquei pensando também
que não preciso me sentir
culpado quando Marley me olhar nos olhos
esta noite e perguntar: *e aí, conheceu alguém legal?*
Porque posso responder, todo casual: *claro, mas ninguém*
com quem vou trocar cartas, e então estarei dizendo
toda a verdade.

Mas eis a outra questão:
Meus pais fizeram tudo
do jeito que se deve fazer
e olha só como as coisas acabaram
para eles. Talvez um compromisso forçado
de fazer as coisas do jeito que não se deve fazer
seria algum tipo de bênção.

JUDE
ADEUS

Tá, então acho que não vou botar meu número
no seu celular e *nada de stalkear na internet,*
senão perde a graça, e então abraçar,
abraçar, abraçar, se desvencilhar do abraço e ir
embora, mas arrumar desculpa para outro abraço; dormir

no voo de volta para casa, acordar
sobressaltado, conferir o celular e ver
se ela deu um jeito de mandar mensagem para dizer:
Só estava brincando, Jude. É claro que vamos manter
contato. Não acredito que você caiu
nessa... você devia estar bem cansado, mesmo que
ela não tivesse meu número
e, de qualquer maneira, meu celular
estivesse em modo avião.

Observá-la ir embora, buscando
em mim o grande gesto singular
que desfaria nosso recém-solenizado
casamento com um ano de silêncio e voltando
de mãos vazias.

Tirar uma foto da parte de trás de sua
cabeça. Meu professor de fotografia disse
um dia: *Às vezes a coisa mais cativante*
é o que uma foto não *mostra.*
Há poder na ausência.

O Deserto

JUDE
UMA PRESTAÇÃO DE CONTAS DE TODAS AS VEZES EM QUE QUASE CEDI

Eu pensei nela
não apenas nas noites em que a manta
era fina demais para me aquecer e me deixava tremendo,
nos dias em que me faziam querer mastigar
papel-alumínio e ajoelhar sobre Legos, nas horas
em que a mente clicava em círculos
de temor como se tentasse dar partida
num carro com a bateria morta…

Mas também nos dias quentes e amarelos, no brilho
das noites prateadas, nas horas
que fluíam ao meu redor,
tal qual cetim frio. Eu não queria nada mais

nessa terra do que ouvir a voz da garota que conheci
por doze horas; eu queria ouvir a voz dela
nas tardes tediosas no triste apartamento
de solteirão com dois quartos do meu pai num lugar
chamado Coventry Green, tudo da cor da carência —
carpete creme, paredes brancas cor de casca de ovo, teto de marfim,
venezianas baratas de plástico branco fosco,
uma piscina comunitária fedendo a tanto cloro que é óbvio
que alguém calculou que, *se isso chamusca o nariz, vai matar*
as algas; pinhas caídas e vespas afogadas boiando
na superfície como a armada de um império
da depressão.

Eu queria ouvir a voz dela nas noites
em que me sentava no sofá com minha mãe, a casa ainda sentindo
a ausência recente do meu pai, comendo um balde de KFC
e assistindo a *Gilmore Girls*, nossa risada forçada
um eco oco no vazio.

Eu queria, acima de tudo, ouvir a voz dela
depois de Marley me contar de Peyton e seu último experimento
[social-cristão
(que não foi filmado para o YouTube), que foi plantar nela a semente

de uma novíssima vida cristã (na exata noite,
uma ou duas semanas antes, em que eu estava me torturando
por me divertir demais jogando boliche com outra
garota) só para ver o que Marley faria, para ver se ela aceitaria
a estranha bênção que havia recebido,
e tudo o que eu podia dizer, em silêncio, através do choque
era: *Eu sabia* e *Bom, espero que demitam ele como pastor da juventude.*

E então veio a geada e eu não dormi de verdade
por três dias (meu próprio experimento social-cristão?),
e na madrugada eu caía numa espiral, pensando
em como o denominador comum no colapso
da união dos meus pais e no da união
com a Marley sou eu, e a única coisa
que me tirava disso era pensar
em como a garota com quem eu não podia falar
por um ano dormiu na grama naquela noite de verão, encolhida
como uma vírgula em uma história que continuaria, ou talvez
um apóstrofo, denotando algo que poderia ter sido.

E então havia todas as outras
vezes desimportantes em que eu queria ouvir
a voz dela, mesmo que na forma de uma mensagem, tipo
na *bombonnière* no cinema,
enchendo um copo de Mountain Dew
enquanto estou prestes a assistir com meu pai ao tipo de filme
que minha mãe sempre odiou, e eu tiraria uma foto
e mandaria para ela e diria algo do tipo:
Só dando um oi com nosso amigo montanhoso,
ou podia mandar uma foto que tirei da qual sinto muito orgulho
por nenhum motivo específico, talvez um pôr do sol
pelos velhos tempos. Talvez uma dela

diante do nascer do sol, a que acabei nunca
enviando porque não tinha para onde enviar, uma foto
para a qual olho sempre, junto com a foto
na frente da fogueira e a dela
indo embora por um ano.

Minha determinação afrouxou e encontrei os perfis dela
nas redes sociais, mas ela havia configurado todos no modo
privado, o que de alguma forma só me fez
gostar mais dela, ao mesmo tempo que me deixou numa espiral,
imaginando se ela havia antecipado minha parca
persistência, e eu sabia que não podia ser
o que cederia, o que se renderia e enviaria
uma mensagem a ela; pediria acesso
à sua vida; renegaria nosso próprio voto de silêncio.

Tudo o que eu precisava fazer era nada
para continuar tão perfeito quanto poderia ser.

FLORENCE
PLANOS

Durante anos mantive um diário e cataloguei
tudo, um despejo cerebral, expressei as agonias infantis
em palavras. EU ODEIO A NICKY E ODEIO QUE ELA FICA

ME MARCANDO NO PEGA-PEGA DO RECREIO, a caneta
atravessando a folha. Minha mãe costumava me chamar de
Fortes Emoções, tipo *calma lá, Fortes Emoções*

quando eu saía batendo em tudo pela cozinha com meu tapa-olho
depois de um dia sendo atormentada na escola. Ela achava que
expressar as emoções no papel ia me ajudar, me manter mais calma

no longo prazo. Quer dizer, ela também me ensinou a como desferir
um soco depois da primeira vez que fui cantada por um cara
(uma picape, estacionamento do Culver), então equilíbrio

em todas as coisas. Ignore-as, porém, e elas a deixam em paz.
Acho que a essa altura não sinto emoções talvez há meses. Só ando
fora de mim, dormente, como se não soubesse direito se estava

na casa certa.
Eu achei que não estaria aqui de novo.
Eu achei que a havia banido

depois daquelas primeiras semanas no meu quarto, às três da manhã,
[tipo
alguma música da Taylor Swift, insone, imaginando Jude com suas
[mãos
no rosto da outra garota — eu nem mesmo conseguia dizer o nome
[dela

na minha cabeça, estava destruída nesse nível. As mãos dele que eu
[conhecia tão bem, depois
de apenas uma noite, bronzeadas e seguras, e, meu Deus, eu as ficava
imaginando na minha cintura, firmes no meu cabelo, se eu tivesse
[insistido

um pouquinho, se tivesse sido uma pessoa pior e dito: *por favor, Jude, por favor* — e ele me odiaria por isso agora, mas não mais do que
[eu odiava
a mim mesma. Aquela febre, como uma fraqueza, um fogaréu,
[eu não tinha palavras

para isso. Contatei todos os meus amigos da colônia atrás do número
[dele,
dizendo que havia perdido meu celular quando não acreditavam
que eu já não tinha o número.

Ninguém tinha. Eu criei um contato vazio
com o nome dele. Escrevi

centenas de mensagens para ele que eram, na real, para ninguém.
[*Ele tem*
uma namorada, pensei, *e foi você que tomou essa decisão, você não pode quebrá-la*. Ele não tinha redes sociais, era interessante demais

para isso. Não que eu tenha passado horas buscando. No Google
[Imagens,
se digitasse "Jude Wheeler Tennessee", aparecia uma única foto
[granulada
do clube de fotografia da escola, ele na fileira do fundo. Era possível

ver alguns dos cachos dele e nada mais. Passei muito tempo olhando
para aqueles cachos. Havia quatro deles. Cinco? É difícil
contar cachos. Minha mãe entrou quando eu estava contando e

eu enfiei o celular debaixo das almofadas do sofá e disse para mim
[mesma:
já chega. Era agosto. Eu fui direto para o segundo ano e arranjei
um namorado. Rafe não estava de intercâmbio, a família havia se
[mudado

da Escócia alguns meses antes para que a mãe dele pudesse dar aulas
no UW, mas ele ainda tinha o sotaque e o corpo
de um jogador de futebol americano, cabelo loiro, botas marrons
[de cadarço

e pintava as unhas e tocava bandolim e todo mundo
queria ele, e eu disse a mim mesma que queria também. Gentil,
engraçado (mais ou menos), mas de um jeito ingênuo, e ficava
[tirando minhas mãos

dos botões da camisa dele no banco de trás do Range Rover do pai
enquanto dizia: *devagar, devagar, não tem pressa, eu quero, mas...*
e eu me afastava, fechava os olhos e pensava em Jude,

e então me forçava a apagar a lembrança dele
até as raízes. Alisava meu suéter. Dizia a Rafe: *desculpa,
vamos devagar*, e sorria. *Fortes Emoções*, eu dizia.

Na semana seguinte meu olho começou a tremer de novo.

SEGUNDA NOITE

JUDE
SOL DEFEITUOSO

Estou sozinho na frente
da Fogueira depois de procurá-la
em vão a semana toda no acampamento,
e estou esperando
que ela chegue, mas ela não
vem e que tipo de sol sou eu,

incapaz de manter alguém
na minha órbita, mesmo quando não tive
a oportunidade de ferrar com as coisas
porque não falei com ninguém (ela)
nem uma vez de jeito algum por quase exatamente 365 dias,
uns trinta minutos pra mais ou pra menos.

E, falando em sóis,
o fogo está tostando meu rosto castigado como
se eu tivesse passado tempo demais
sob o sol e o vento, e eu estou pronto
para partir derrotado, andar de volta
até o dormitório e tentar dormir, se
meus pensamentos em redemoinho deixarem
(não vão deixar, essa será minha própria
Noite de Aurora, não importa o que aconteça), e então

ouço a voz dela.

FLORENCE
MAIS

Não consegui o papel principal na peça do Satie porque
eu não fui até lá tentar. Eles não puderam dizer não
porque eu não deixei que dissessem. Mesmo esta noite,

girando nos *barrel turns*
que eu mesma coreografei — foi isso o que
eu disse à dra. Rojas, não queria estar *distraída*

por um *papel* sobre meu *amor por dança,* o que era
uma belíssima mentira —, sinto os pés pousarem mal, todo
o peso no interior, os calcanhares girando

de um jeito pelo qual vou pagar amanhã, mas pelo menos,
se eu cair, vai ser em algum lugar lá atrás,
eles podem me arrastar para fora pelas pernas

e tocar aquele som satírico típico do *vaudeville*. Pelo menos
aqui atrás não podem enxergar meu olho ruim
bem o suficiente para sacarem como deve estar

entortando fora do eixo; essa é a minha consolação, enquanto
estou lá atrás, pousando mal e surtando
como nunca porque sei que Rafe

está me assistindo dançar na transmissão. Quando
enfim acaba, pulo a reverência. Ando direto
pela coxia até a porta do palco e para fora,

e não há ninguém lá ainda, graças a Deus, não há ninguém
para me ver chorar. Nem mesmo
Jude. Eu dei um jeito nisso

esse tempo todo. A hora das refeições tem sido a mais difícil
de evitá-lo — mas nós ensaiamos tarde, então comemos
tarde, e quando vejo a cabeça dele na fila do bufê

eu corro. Como um pouco de granola no quarto. Almoços prontos,
nada de idas à cidade nem noite de brincadeiras, apenas eu na
[cabana
me acabando de suar para não ver o rosto dele, para que ele não

me veja desse jeito. Tão fraca. Rafe não se importa. Acho
que ele meio que gosta disso, a nova estudante nota oito,
debilitada, e é um modo mais nebuloso de ser, claro,

Matinês da Marvel a cada domingo em vez de academia,
sem proteína na dieta porque quem se importa, caramba.
Nós comemos Rolos no sofá do meu porão e nos pegamos

ao som de Phoebe Bridgers, e ele me conta sobre crescer
em Inverness. Ele gosta de mim em suéteres macios e
às vezes tranço meu cabelo toda chique no espelho

e boto perfume para cheirar como o docinho
que estou me tornando. No FaceTime na noite passada falávamos
dos nossos dias e então, do nada, Rafe disse que me amava

não importa o que aconteça, que não preciso ser especial ou perfeita,
e eu sorri e talvez tenha pensado também: *dane-se
você, eu sou especial e perfeita,* mas, se eu pudesse ter dois olhos bons,

por Deus, eu seria feliz por ser comum para sempre. Talvez então
meu estômago não subiria pela minha coluna toda vez
que vejo o garoto de jeans escuro com a câmera pendurada no
[pescoço,

talvez eu não fugiria como uma covarde. Talvez eu
passaria esta Noite de Aurora na minha cabana, como disse a Rafe
que faria (ele sabe sobre Jude? Não, ele não sabe, ele não

precisa saber, o que há para saber?) em vez de andar cansada
pela trilha até a Fogueira, ainda com a maquiagem do palco e as
[estúpidas
leggings e saia de dança, e é maior do que me lembro, o fogo,

provoca alguma coisa forte e quente em mim, e fico corada
ao perceber que não vejo Jude até estar bem
atrás dele. Ele, como a sombra de algo queimando.

JUDE
FOGUEIRA, 21H03

— Hey, Jude — chama Florence. — Desculpa, eu sei que você odeia isso, mas não posso me abster de uma das saudações mais comuns só por causa do seu nome.

Eu me viro e lá está ela. Parece diferente. Não consigo identificar bem o quê. Mais suave de algum jeito.

— Estou feliz demais por te ver para me importar — digo a ela, sabendo, pelo menos, que estou entendendo as coisas.

Nós nos abraçamos por um longo momento.

— Você veio — comenta Florence de encontro ao meu peito.

— *Você* veio. Eu quase desisti de você — falo sobre o topo da cabeça dela.

Florence tem cheiro de biscoitos açucarados.

— Jude. Por quê?

— Como assim, por quê? Olha como você tá atrasada.

— Nós não dissemos uma hora exata, não foi?

— Eu não sei.

— Já faz um ano e muita coisa aconteceu desde então.

— Parecia que era mais cedo no ano passado quando nos encontramos.

— Eu já estava aqui quando nos encontramos, né?

— Transformando um marshmallow em carvão.

Florence olha para mim de novo como se estivesse me enxergando pela primeira vez.

— Jude! Você veio!

— Você achou mesmo que eu não viria?

— Sei lá o que eu achei.

Nós nos olhamos timidamente sob a luz do fogo. Ambos começamos a falar ao mesmo tempo.

— Vá em frente — diz Florence.

— Não, você.

— Eu não... — Florence balança a cabeça.

Nós dois rimos.

— Isso é tão estranho — digo. — A gente não era assim tão desajeitado ano passado, quando mal nos conhecíamos.

— A gente estava fazendo alguma coisa certa. Devem ter sido os marshmallows.

— Precisamos de um ou três marshmallows para quebrar o gelo?

— Talvez só para passar o nervosismo.

Nós vamos até uma das mesas compridas arrumadas com pacotes de marshmallows comprados, biscoitos de água e sal, barras de chocolate Hershey's e espetos metálicos com cabos de madeira para assar marshmallows. Cada um de nós pega um espeto e perfura três marshmallows. Voltamos para a fogueira e nos sentamos.

— Não esquece — aviso. — Perto do fogo, mas não tão perto. Assim que você vir a fumaça saindo, tira.

Isso é um bom conselho para muitas das coisas que uma garota e um garoto fazem juntos, não é, Marley?, penso.

Florence está com uma expressão determinada.

— Eu vou fazer direito dessa vez. Um marshmallow dourado perfeito.

— Não acredito que era exatamente isso que estávamos fazendo há um ano.

— Não é estranho?

— Um ano.

— Um ano desde que nos vimos. Você não pulou a cerca, né?

A pergunta me paralisa. Conto a ela sobre Marley? Eu realmente não quero contar. É humilhante.

— Você pulou? — pergunta Florence de novo. — Você olhou as redes sociais?

— Ah.

— Do que você achou que eu estava falando?

— *Hm*. Pôquer?

— Você deu uma travada quando perguntei. Tem pulado a cerca no Texas Hold 'Em? Saindo pela colônia com todos os outros vaqueiros?

— Senti sua falta — digo, sorrindo.

— O suficiente pra pular a cerca?

— Não. Não pulei — minto, sabendo que provavelmente não será a última vez essa noite. — E você?

— Não. Ficou tentado?

— Você ficou?

— Eu perguntei primeiro.

— Você precisa virar esse marshmallow.

— Eu sei o que estou fazendo. E aí. Ficou tentado?

Olho para o fogo e então para Florence.

— Claro. Fiquei. Sua vez.

Florence levanta seu marshmallow soltando uma leve fumaça para longe do fogo e o gira, analisando-o.

— Bom, é claro.

— Eu disse que senti sua falta. Você sentiu a minha?

FLORENCE
FOGUEIRA, 21H10

— Dã, é claro que senti sua falta — digo a ele, e volto o marshmallow para o fogo.

Eu não quero encará-lo nos olhos, então me forço a fazer uma observação exagerada:

— Você tá mais alto? É esquisito se eu perguntar se você tá mais alto?

— Eu tô mais alto. Com um metro e oitenta e cinco.

— Quanto você tinha antes?

— Um metro e setenta e sete.

— Você passou o ano, tipo, comendo dezenas de ovos que nem o Gaston? Um copo gigante de leite toda manhã? Cultivou um bigodão de leite?

— Sim, Florence, eu era uma propaganda ambulante para os Fazendeiros de Leite dos Estados Unidos.

— Tá bom, mas isso seria incrível. Eu compraria umas vacas de você.

— Vacas?

Ele está rindo. Eu estendo a mão para tocar em seu braço.

— Você definitivamente está mais alto — comento, mas minha voz sai baixa e estranha.

— Você parece diferente também.

— Pareço? Quer dizer, é. Meu olho piorou, acho.

— Não. Eu nem percebi isso.

— Tudo bem se perceber.

— Eu sei — diz ele. — Mas eu não percebi. Quer dizer, o seu cabelo?

Está meio preso com presilhas para a apresentação. Eu as tiro. Meu cabelo cai ao redor dos ombros, e Jude ergue uma das mãos e então a baixa de novo.

— Cortei *curtain bangs* — digo a ele.

— *Curtain bangs.*

— Aham. Tipo a Stevie Nicks, se não me engano. Acho que estou pendendo para o visual dos anos 1970. Além disso, ajuda a esconder meu olho ruim.

Algo que eu nunca falei em voz alta.

— E está mais comprido também. Era cacheado ano passado?

— Aham — digo. — Era.

— Eu me lembrava do seu cabelo de um jeito diferente. Quando pensava em você.

— Você pensou em mim.

— É, Florence — confessa ele. — Eu pensei em você o tempo todo.

Por que eu quero chorar?, penso.

JUDE

FOGUEIRA, 21H12

— E você? — pergunto. — Pensou em mim?

— Eu disse que senti sua falta.

— Isso não significa que você chegou a pensar em mim.

— E como isso funcionaria?

— Eu já senti saudade de pessoas em quem não pensava.

— Você não precisa pensar nelas pra sentir saudade?

— Não necessariamente.

— Não sei se acredito nessa.

— Bom.

Dou de ombros.

— Tá, beleza, quando você tiver completado o raciocínio para fugir da resposta que eu sei que você quer dar, estarei bem aqui.

— Qual você acha que é a resposta que eu quero dar?

— Eu não disse que *acho*. Eu disse que *sei*.

Florence encara o fogo intensamente. Sombras dançam em seu rosto.

— Que é...?

— Que eu também pensei em você o tempo todo.

Florence me olha, analisando minha expressão para ver se eu traio a mim mesmo. E eu traio.

— É. Tá bom. Fui pego no pulo.

Florence volta o olhar para a fogueira com um sorriso indecifrável.

— É, Jude. Eu pensei em você o tempo todo. Tá feliz agora?

JUDE
O TEMPO TODO

Se você é um pouquinho parecida comigo,
o tempo todo nunca significa o tempo
todo. Significa que uma vez

você viu o amanhecer e desejou
que eu estivesse lá para tirar (fazer) uma foto
dele para você, do modo que fiz
daquela vez, com a sua sola do pé erguida
em direção aos céus como se você testasse
a temperatura ali.

Significa que uma vez você caminhou
por uma colina coberta de folhas no fim de outubro,
sem equilíbrio, como se estivesse
no convés agitado de um navio e desejou
que pudesse pegar meu braço emprestado porque ele vinha livre
de obrigação ou explicação.

Significa que uma vez, comendo rosquinha, você se lembrou
de comer uma encrustada de grilos
e imaginou o que eu estava fazendo
naquele mesmo instante e se cheguei a pensar
naquela noite. Se você é um pouquinho parecida

comigo, significa que uma vez acordou na calmaria
das três da madrugada e o som do vento
batendo contra a janela a lembrou
de mim, por algum motivo
ou motivo nenhum.

JUDE
FOGUEIRA, 21H22

— É, agora eu tô feliz — falo.

Florence tem uma linha fina de marshmallows no queixo. Estendo a mão e a limpo. Tocar o rosto dela faz disparar uma corrente elétrica por mim.

— *Hmm,* obrigada — diz ela, a boca cheia de marshmallows.

— Não queria te deixar parecendo que se agarrou com o duque da famosa Duke's Mayonnaise.

— Nós não tivemos uma conversa quase igual a essa no ano passado, mas sem envolver o famoso duque da maionese? E também: existe um duque famoso da maionese?

— Vocês não têm Duke's em Wisconsin? Lá de onde eu venho todo mundo ama.

— Por que de repente você virou esse cara fissurado em maionese?

— *Cara fissurado em maionese?*

— Você basicamente acabou de se revelar parte do fandom da Duke's Mayonnaise.

— Por simplesmente reconhecer a existência da Duke's Mayonnaise?

— Você claramente também ama ela.

— Minha avó costumava usar em sanduíches de ovos recheados e tomate.

— Era a avó que teve câncer e sobreviveu?

— Boa memória! A própria. Ela tratava todas as outras marcas como se fossem lixo radioativo.

— Respeito uma mulher que tem opiniões fervorosas sobre maionese.

— Agora olha só quem é a fissurada em maionese.

— Eu respeito pessoas que têm opiniões fervorosas a respeito de uma variedade de tópicos. Sou da ideia de que, se vale a pena ter uma opinião, vale a pena defendê-la fervorosamente — argumenta Florence.

— Sei disso a seu respeito — digo.

— Eu nunca te contei isso a meu respeito.

— Não, mas eu sei mesmo assim, de algum jeito. Não parece que nos conhecemos por muito mais tempo do que de fato nos conhecemos? Ainda nem nos conhecemos por vinte e quatro horas inteiras.

— Seja lá quantas horas forem mais um ano.

— Bom, o ano não conta, né?

— É, acho que não. Então, Jude, o que vamos fazer com nossa preciosa e selvagem Noite de Aurora?

— Você acabou de inventar essa?

— É de um poema. Mary Oliver.

— Ela escreveu sobre a Noite de Aurora? Ela frequentou o AAH?

— Você se acha engraçadão, né?

— Pra ser sincero, sim. Acho, sim.

— Mas, falando sério, qual deveria ser a nossa primeira parada?

FLORENCE
ESTRATÉGIA

A semana inteira eu assombrei o prédio de dança de manhã
até de noite. Coreografia, sim, classe moderna, sim, mas também
[meio que
comecei a fazer café para o diretor e o pianista

na sala dos funcionários. Fiquei para marcar o piso, conferir
os sinais de luz, insistir em carregar mais uma leva de toalhas sujas
para a lava e seca no porão. Qualquer coisa

para me manter ali por mais tempo. Além do horário. Sem chance
[de ver Jude,
sem tempo de ligar para Rafe. Tarde demais para jogar pique-bandeira
ou me inscrever para uma caminhada pela cidade, tarde demais

para a fila do refeitório. Apenas uma salada numa marmita pronta
antes de sobrarmos eu e Makayla, de volta no dormitório feminino,
[ela olhando
para mim como se eu fosse um aviso de perigo em pessoa. Talvez
[eu seja. Mas

ele ainda deve estar com Marley. Eu sabia no meu âmago. Tipo,
dá para imaginar Jude terminando com alguém? Dá para
imaginar *qualquer pessoa* terminando com Jude? Como que se tem

uma conversa casual com alguém que, noite após noite,
poderia desenhar um mapa do seu cérebro? Não, tinha que esperar.
Eu já me sentia uma fracassada. Não ia desistir desse jogo

que insisti que jogássemos e provaria a ele com certeza.

FLORENCE
FOGUEIRA, 21H28

— Pac-Man — sugere ele, com confiança.

— Pac-Man?

— Isso.

— Você acha que eu quero fazer isso ou é algo que você quer fazer e está tentando, tipo, inserir na minha cabeça?

— ... sra. Pac-Man?

— Jude.

— Nós podemos sair e comer um monte de fantasmas.

— Você nunca achou esquisito que é sra. Pac-Man quando é ela no título do jogo, mas, quando é ele, não é sr. Pac-Man? Tipo, será que ela é tão mais chique assim?

— Não — diz ele. — Eu sempre achei que fosse, tipo, por causa do patriarcado.

Eu o amo. Não. Não amo. Marley, ele tem Marley. E, mais importante (*dã*), eu tenho Rafe. Eu devia ligar para Rafe. Agora mesmo. Eu devia ligar para ele agora mesmo.

— Você basicamente está dizendo que devemos ir comer fantasmas em nome do patriarcado? — pergunto a ele.

— E também soube que o fliperama tem milk-shakes na Noite de Aurora. Mas a gente deveria ir, porque já são nove e meia. Somos, tipo, os últimos por aqui.

— Legal, vamos — concordo, com leveza. — Mas tudo bem se eu ligar pro meu namorado primeiro?

JUDE
A ÚNICA COISA QUE NÃO ME OCORREU

Eu não tinha planos
para esta noite (não tinha),
apenas a esperança de que ela
aparecesse. Eu sabia

que a partir dali eu teria que ver
se ainda éramos o que havíamos
sido, fosse o que fosse.

A única coisa que não me ocorreu
é que Florence apareceria
com um namorado.

E agora eu não sei
o que isso significa, se
somos o que havíamos sido
ou algo menos, se

essa dança
vai começar do zero.

JUDE
AFASTANDO-SE LENTAMENTE DA FOGUEIRA E INDO NA DIREÇÃO APROXIMADA DO FLIPERAMA, 21H31

Decido reagir de modo expansivo e exagerado para esconder minha surpresa (e os sentimentos que vêm junto e que tenho muito mais dificuldade para nomear).

— *Namorado*? Florence? Você tem um *namorado*? *Oooooh*.

Florence revira os olhos.

— Vai lá. Pode zoar. Eu mereço, com certeza.

Eu não tenho mais nada além de ficar repetindo alguma variação de *oooooh* com *você tem um namorado* como se estivéssemos no ensino fundamental. Acho que isso pode perder a graça rapidinho para nós dois.

— Então, qual é o nome dele? — pergunto, sabendo que vou odiar, mesmo (e especialmente) se for "Jude".

— Rafe.

— Aff?

— *Rafe*. Com um "r". *Ra-fe*.

— Posso chamar ele de Aff?

— Por que você ia querer chamar ele de Aff? Rafe já é curtinho. Você não tá economizando tempo nenhum negando o "r" dele.

— Eu me recuso a fazer uma piada sobre negar o "r" dele porque sou maduro e tô acima dessas besteiras juvenis — digo.

Florence bufa.

— Então o nome dele é soletrado como R-a-f? — pergunto.

— R-a-f-e — corrige Florence.

— Tá bom, então eu estaria negando a ele um "r" ao chamá-lo de Aff. E também dando a ele um "f" a mais não merecido.

— É preciso merecer o "f"?

— Às vezes.

— Às vezes?

— Você precisa merecer o "a-e-i-o-u" e, *às vezes*, um "f".

Florence ri como se não quisesse, mas não conseguisse evitar.

— Eu retiro o que disse sobre estar com saudade.

— Sem devoluções — nego, sentindo muito orgulho de como consegui varrer a mistura desconhecida de sentimentos pela Florence ter um namorado para debaixo do tapete de piadas.

— Acho que precisamos revisitar brevemente por que você queria tanto chamá-lo de Aff.

— Só parece o nome de um velho que usa macacão, com um palito de dente pendurado na boca. Indo pescar.

— *Jude*. Como *ousa* me colocar num relacionamento com um velho de macacão que gosta de pescar. *Eca*.

— Como é que essa revisitada está indo para você?

— Mal — diz Florence. — Está indo mal e eu me arrependo por essa coisa de revisitar. Ei, rapidinho...

Ela vem para o meu outro lado.

Eu olho para ela.

— O que foi...

— Eu preciso que você fique do lado do meu olho bom. Se estiver do lado do meu olho ruim, eu vou ficar me virando, tentando te enxergar, e aí vou começar a pender nessa direção e vou te atropelar pra fora da calçada.

— Provavelmente em direção à minha morte.

— Provavelmente em direção à sua morte, em uma explosão cataclísmica.

— Vou ficar do seu lado bom. Ei, você acha que foi daí que veio aquela frase?

— Minha condição parece específica demais pra ter resultado numa frase assim. Deve ter vindo, tipo, de quando as pessoas de antigamente matavam um ganso e você tinha que ficar do lado bom do ganso enquanto o matava.

— Do lado bom do ganso?

— Vou ter que pesquisar isso no Google pra você? Aliás, essa é oficialmente a segunda vez que acabamos falando de gansos.

— É fofo o fato de que você quer tanto me ver que me empurraria pra fora da calçada na tentativa de conseguir.

— Bom, não fique *tão* lisonjeado. Isso acontece literalmente com todo mundo. Mas tô feliz por te ver e eu quero te ver literalmente. Aliás, como vai a Marley?

JUDE
MENTIR É ERRADO

Mas eu preciso mentir.

JUDE

AINDA A CAMINHO DO FLIPERAMA, ERIGINDO UM ANDAIME INSTÁVEL DE FALSIDADE NO QUAL SE EQUILIBRAR, 21H34

— A Marley está bem. É, estamos bem.

FLORENCE
ESTAMOS BEM

Bem, tipo: talvez eles foram colher maçãs no outono e Jude fez uma foto dela sob as árvores.

Bem, tipo: Jude passou o Dia de Ação de Graças primeiro com a mãe e, então, viu o pai para a sobremesa. Marley o acompanhou, e eles deram as mãos quando ficou difícil. Então eles comeram um pedaço de torta juntos no parque.

Bem, tipo: por acaso, eles compraram a mesma coisa um para o outro de presente de Natal, a mesma coisa perfeita, tipo uma camiseta vintage da Pepsi porque os dois beberam Pepsi no primeiro encontro.

Bem, tipo: o pai de Jude passou a gostar tanto de Marley que ele prepara o jantar favorito dela aos domingos, e ele nunca cozinha, jamais, a não ser quando Jude e Marley vão visitar.

(O jantar favorito dela é macarrão com queijo feito no forno. Desculpa, é mais forte do que eu. Ela precisa ser meio básica na minha imaginação, senão eu choro.)

Bem, tipo: Jude pensou em mim o tempo todo, como ele disse, e, quando pensou, notou como gosta muito mais de Marley do que gosta de mim.

FLORENCE

A CERCA DE UM METRO E MEIO ADIANTE NA CALÇADA, 21H34

— Agora eu posso me juntar ao clube — digo a Jude.

— Que clube?

— O clube dos velhos casados. Vocês estão juntos há, tipo, um ano e meio agora? Dois anos?

— É. Acho que é isso.

— Para o ensino médio, vocês são basicamente casados. Ela é uma daquelas garotas que quer juntar os trapos logo depois da escola?

— Isso foi meio maldoso.

— ... Essa não era a minha intenção? Algumas garotas são românticas.

— Bom, alguns caras são românticos.

— *Você* quer juntar os trapos logo depois da escola? Vocês podem, tipo... Sei lá. Vocês podem fazer uma quadrilha? Com alguém cantando e tudo.

— Florence, você precisa me dizer exatamente como acha que ritos de namoro funcionam no Tennessee. Será que eu devo, tipo, cuspir um pedaço de palha da boca quando vou beijá-la? Devo oferecer a ela um robalo recém-pescado antes de cada encontro?

— Não, não quis dizer dessa maneira! Tipo, parte da minha família é da Escócia, meus avós por parte de pai vieram pra cá. Meu namorado é da Escócia. Nos casamentos e tal nós temos o *cèilidh*. Alguém canta as danças, o que significa que a pessoa dita os passos. E tem uma banda e é barulhento e quente e muito divertido. Os homens usam kilts.

Os olhos de Jude estão meio embaçados.

— Seu namorado é da Escócia?

— É.

— O Rafe. Ele é da Escócia?

— De Inverness.

— É assim que se diz? INN-ver-nãs.

— Eu poderia dizer com o sotaque, mas aí eu ia parecer uma babaca. Estadunidenses que fazem sotaque sempre soam babacas. É tipo… uma lei.

— Ele é aluno de intercâmbio?

— Não.

Jude parece estranhamente aliviado.

— Ah, então ele, tipo, nasceu lá e se mudou pra cá quando era pequeno, ou coisa assim.

— Na verdade, ele veio só no ano passado. A mãe dele foi recrutada pelo UW de Madison pra fazer algum tipo de pesquisa biomédica. E o chefe do departamento dela sabia que meu pai era escocês, então recebemos eles pra um jantar e aí no último outono começamos a nos pegar… a namorar.

— Então ele tem sotaque.

— Tem.

— Foi assim que você aprendeu a dizer Inverness.

— Jude, eu sempre soube como dizer Inverness. A Marley tem sotaque?

— A Marley não tem sotaque escocês. Marley tem o tipo de sotaque em que parece que ela engoliu a língua — diz ele, com uma acidez que me surpreende.

— E é… fofo? — pergunto a ele.

— Aham. É uma graça.

JUDE

CONTINUANDO A DESCER PELA CALÇADA DO LADO BOM DA FLORENCE, 21H39

— Me fala algo que ela costuma dizer — pede Florence.

Penso por alguns segundos.

— *Mmm. Hm.* Às vezes ela fala, tipo, *ei, vem pra cá, ó.*

— Ei, vem pra cá?

— É. Ou, tipo, *ei, vai rapando daqui.*

— Tá bom, então a primeira frase soa como algo normal e nada específico de uma região. E a segunda... ela tá sempre te dizendo pra sair dos lugares?

— Raramente.

— Mas ocasionalmente acontece dela dizer: *Jude, vai rapando daqui?*

— Vez ou outra.

— Qual é um lugar do qual ela pede pra você sair?

— Talvez se estivermos numa picape, dirigindo por uma estrada de cascalho.

— Ela fala pra você sair de uma *picape em movimento?*

— A caminho de tomar um banho de lama.

— Ela não deixa você ir tomar um banho de lama antes de sair da caminhonete?

— Ela é uma enlameada muito reservada.

— Uma enlameada reservada.

— O banho de lama é o tempo de reflexão dela. Tipo quando as pessoas meditam.

— Pra começo de conversa, parece que talvez ela simplesmente não ia querer te convidar pra ir junto, em vez de dizer pra você sair da caminhonete.

— Mas ela também é uma enlameada impulsiva.

Eu olho para Florence. O rosto dela está dividido igualmente entre a credulidade e a incredulidade ultrajante. A essa altura, Marley não passa de qualquer pessoa ridícula que eu queira que ela seja. Não sinto obrigação alguma com a verdade ou a realidade. A Marley verdadeira pode viver sua vida feliz com seu novo bebê Jaxton, ou Chaxton, ou Kayleeee, ou NeighLee, ou Kayxton, ou Neighxton, ou seja lá qual for o nome.

— Então o que você e o Rafe fazem? Atividades apropriadas para o uso de kilt?

FLORENCE

DEPOIS DE CONFERIR O MAPA NO CELULAR PARA GARANTIR QUE AINDA ESTAMOS A CAMINHO DO FLIPERAMA, E NÃO DESVIANDO PARA O MEIO DO MATO ONDE SEREMOS ASSASSINADOS, 21H42

— Atividades apropriadas para o uso de kilt?

— É — diz Jude. — Tipo, as pessoas não dizem algo em relação aos kilts?

— Que… Você não deve usar nada por baixo do kilt? Você está prestes a me perguntar se o Rafe usa cueca por baixo do kilt?

— Não. Não tô.

— Você tá bem?

Jude parece meio enjoado.

— Não, eu não vou te perguntar se você sabe se o Rafe usa cueca por baixo do kilt.

— Ele usa.

— Ah, bom. Que bom saber disso.

— Pra deixar registrado, eu nunca vi o Rafe de kilt. Mas, tipo, o que a gente faz de verdade… Rafe gosta de tocar, tipo, uns instrumentos esquisitos. Ele toca o bandolim, o acordeão da Fisher-Price e a gaita.

— Gaitas não são esquisitas.

— Ele toca o banjo com aquele suporte para gaita.

— Tem certeza de que ele não é do Tennessee?

— Não — respondo, rindo. — Ele se muda bastante e fala que é mais fácil carregar instrumentos pequenos. Teve que parar de tocar piano porque eles moraram em vários lugares em que não se podia ter um.

— E você toca com ele?

— Não. Quer dizer, eu canto às vezes. Não sou boa nem nada. Mas tô pensando em fazer umas aulas.

— Sério? Que legal.

— Pois é.

— Você parece meio desanimada com isso.

— Tipo, eu tô meio que em busca de outras coisas nas quais sou boa. Eu gosto de cantar. Entrei no coral. Saio pra ver vários filmes.

— Filmes.

— É, tipo os filmes da Marvel.

— Você parece meio desanimada com os filmes da Marvel.

— E eu devo parecer de alguma maneira específica em relação aos filmes da Marvel?

— Não sou um pregador nem nada quanto aos filmes da Marvel. Na verdade, eu não me importo com os filmes da Marvel. Quer dizer, eu os assisto. É basicamente isso de filme que tem pra ver.

— É assim que me sinto também sobre os filmes da Marvel. Então acho que não sei bem por que tem algum problema em me sentir vagamente chateada com isso?

Não fiz a pergunta com um tom maldoso. Realmente quero saber.

— Você só... Você só pareceu meio triste agorinha há pouco, e eu estava tentando descobrir o porquê, ou se você queria falar sobre o assunto — responde Jude.

— Isso é engraçado.

— O quê?

— Nada.

— O quê?

— Nada. É só que... às vezes penso que o Rafe gosta que eu esteja triste. Como se fosse o modo que eu *deveria* me sentir, ou algo assim? Ou ele me diz pra dar uma animada e, tipo, me compra um sorvete.

— Ah.

— Mas ele não quer saber de verdade por que eu estou triste. Às vezes acho que ele tem medo de saber o porquê.

— Algumas pessoas são covardes.

— Mas não você.

— Não — confirma Jude.

— O que a Marley faz quando você está triste?

Ele faz uma expressão de quem está prestes a dizer algo, mas então balança a cabeça.

— Ela diz que devemos ir para o grupo de jovens. Que vai me animar na hora.

Ele fala com uma risada irônica.

JUDE
VAI ME ANIMAR NA HORA

Eu nunca aceitei a oferta gentil de Marley
de me animar
por meio do grupo de jovens,

o que, é claro, se provou um grave erro
por muitos motivos, não sendo o menor entre eles o fato de
que eu havia subestimado de forma dramática a quantidade
e o tipo de diversão que eu poderia ter no grupo de jovens,

ou talvez, mais precisamente, *depois* do grupo de jovens, atrás
de uma picape Ram a diesel com um adesivo de para-choque
["Rollin' Coal",
apesar de suspeitar bastante de que esse não é o tipo de diversão
do qual Marley estava falando.

Ela sempre falava como se eu nunca tivesse ido
ao grupo de jovens, como se eu não tivesse
passado a vida inteira em Dickson, no Tennessee, onde
a gente meio que *sempre* acaba num grupo de jovens.

Eu fui com meu amigo Aiden uma vez
e o pastor da juventude falou conosco
casualmente, enquanto jogava boliche, sobre como
passamos longe da perfeição, e que é por isso
que precisamos da salvação de Jesus,

e eu pensei: *beleza, entendo por que preciso de Jesus,*
mas por que preciso do grupo de jovens
quando tenho um minipastor da juventude na cabeça

o tempo todo me lembrando de como passo
longe da perfeição?

e então, como se houvesse ensaiado,
eu rolei a bola pela canaleta.

FLORENCE

NO FLIPERAMA, QUE ESTÁ ABSOLUTAMENTE APINHADO DE PAREDE A PAREDE COM CAMPISTAAHS ESCANDALOSOS E DESAGRADÁVEIS, 21H50

— Uau — diz Jude, bisbilhotando pela porta. — Talvez a gente deva voltar mais tarde.

— Eles fecham às onze e meia. Se vamos jogar Pac-Man, acho que agora é a nossa hora.

— Quer dividir e conquistar? Você pode ir pegar as fichas e eu posso esperar na fila dos milk-shakes?

— Eu sinto que, se nos separarmos, eu nunca mais vou te ver de novo.

— Falou tudo. Tá bom. Deixa que eu vou na frente. Eu posso, tipo, manter os cotovelos erguidos e empurrar as pessoas pra fora do caminho.

— Meu cavaleiro de armadura reluzente.

Jude solta uma risada pelo nariz.

— Se você quer mesmo ser a pessoa que vai batalhar pra atravessar essa multidão, eu deixo.

No ano anterior eu teria dito sim, mas não estou com o humor para lutar mais. Nós abrimos caminho até a fila para a máquina de fichas.

— As pessoas estão olhando pra nós — digo a Jude.

— Devemos ser a mais nova fofoca do acampamento.

— Somos, é?

— Não sei. A gente não passou tempo junto o acampamento todo.

Ele não diz isso como se fosse uma crítica, é mais como um fato.

— E agora estamos dando rolê juntos? Essa é a fofoca?

— Acho que sim.

— A Makayla tá ali com a namorada dela.

Nós dois levantamos a mão para acenar um oi. Makayla imediatamente pega o celular e manda uma mensagem a jato para alguém. Eu pego o meu celular. Não é para mim.

— Eita — diz Jude.

— Sinto como se estivéssemos num aquário. Como se fôssemos peixes-beta.

— Eles não morrem, tipo, depois de um dia?

— Acho que eles lutam. Não sei. Odeio peixes. Você sabe se a máquina só aceita dinheiro?

Jude estica o pescoço.

— Ainda não consigo ver.

Uma das funcionárias passa correndo segurando um gigantesco urso de pelúcia.

— Com licença — chamo ela, estendendo a mão. — Você sabe se essa máquina só aceita...

— Preciso que saia do caminho — ladra a funcionária.

Dou um passo para trás e respiro fundo.

— Eita — exclama Jude.

— Eita — repito.

— Vai ficar tudo bem. Quanto dinheiro você tem?

— Tenho duas notas de vinte — digo a ele.

— Eu só tenho uma nota de cinco e meu cartão de débito.

— Que tal se eu comprar nossas fichas e aí mais tarde você pode comprar outra coisa?

— Vinte dólares em fichas?

— Há zumbis pra matar — lembro a ele. — Temos que fazer a vontade de Deus.

Jude ri de um modo meio obscuro que eu nunca escutei antes.

— Deus quer que a gente mate zumbis?

— É algo que o Rafe diria. A vontade de Deus. Desculpa. É ofensivo?

— Não — diz Jude. — Deus com certeza quer que a gente mate zumbis.

JUDE
O QUE VOCÊ ESPERA QUE O AMOR SEJA

Nos primeiros minutos que jogamos
A Casa dos Mortos 2, ela cintilou —

estava tagarela, cheia de vida. Explodiu
zumbi atrás de zumbi como se fosse o que
havia nascido para fazer. Um de nós morria

enquanto o outro, num frenesi, inseria
mais fichas na máquina para ressuscitar
nossos personagens. Isso me deu vontade de ir
com ela até uma casa cheia de monstros na vida real

e mostrar como
eu lutaria
por ela e ver como
ela lutaria por mim.

Depois de um tempo, porém, ela ficou
quieta e desanimada. Começou
a errar o alvo mais e mais. Tudo bem,

eu já não estava pensando
naquele jogo.

Eu pensava que isso é o que se espera
que o amor seja: entrar com alguém numa casa
cheia de monstros
e então lutar um pelo outro
até não aguentar mais a batalha.

JUDE

NO FLIPERAMA, QUE ESTÁ COMPLETAMENTE APINHADO DE CAMPISTAAHS ESCANDALOSOS E DESAGRADÁVEIS, 22H24

— Ei, como você tá? — pergunto.

Na tela estou morto. Florence ainda está resistindo.

— Você tá dando uma de Joey Tribbiani de novo? Porque ainda é péssimo — diz Florence, espremendo os olhos enquanto mira. — Deus, os gráficos nisso são piores do que me lembro.

— Joey Trib…

— Lembra? Ano passado?

— Ah, certo! Não. Eu estava perguntando genuinamente. Você ficou quieta.

Um zumbi pula das sombras e mata Florence com um golpe de espada. Ela suspira e apoia a arma no rack.

— Eu tô com dificuldade pra jogar — confessa ela finalmente. — Não consigo focar.

— Tá barulhento demais?

— Não, estou falando, tipo, mirar direito. Por causa do meu olho. Tela brilhante, sala escura. É difícil.

— Ah.

— Sou uma dupla ruim.

— Você é a melhor dupla. Eu nunca teria chegado tão longe sem você. Quer jogar alguma coisa diferente?

— Vamos tentar o Pac-Man. Acho que meus olhos aguentam esse.

Nós esperamos alguns minutos até a máquina do Pac-Man ser liberada e então nos aproximamos. Florence começa a se divertir de novo (pelo menos, parece que está se divertindo). Eu faço menção de perguntar uma coisa a ela, mas Miles passa com Nolan e Henry. São todos do meu andar no dormitório.

— Uma melhoria e tanto da Marley, mano — diz Miles em voz alta para mim ao passar.

Eu congelo. Eles sabem a verdade sobre Marley. Mas Florence me dirige um olhar.

— Somos só amigos, cara — digo a Miles.

O que eu não falo (porque eles sabem a verdade e vão me pegar no pulo) é: *Somos só amigos, cara. E, além do mais, Marley e eu estamos bem.*

— Seus amigos são grosseiros com a Marley — comenta Florence depois que eles se afastam.

— Pois é.

— Você não vai defender a honra da sua garota?

— O quê? Vou sair no soco com eles no fliperama? Levantá-los pelo cós da calça e arremessar os dois pra fora?

— Não sair na porrada, só… Sei lá. Falar *alguma coisa*.

— Tá tudo bem. O Rafe dá uma voadora em todo mundo que é grosseiro contigo ou fala mal de você?

FLORENCE

ARRASANDO NO PAC-MAN COMO SE EU FOSSE PAGA PARA ISSO, 22H29

— Não precisa sair no soco — digo, e até eu sei que estou soando irritante de tão puritana. — Você podia ter feito *alguma coisa*. Podia ter mostrado o dedo do meio pra eles e dito: "A Marley é gostosa".

Ele ri.

— Porque mostrar o dedo do meio pra alguém é a resposta social apropriada?

— Bom, é, às vezes.

— Nós fomos criados de modo diferente, acho. Essa só não é minha resposta automática.

— Se alguém estivesse sendo um babaca comigo e eu não mostrasse o dedo do meio pra pessoa, meu pai ficaria triste por mim.

— Isso é meio incrível — diz Jude.

Ele é apanhado por um fantasma e morre. De novo.

Eu enfio mais um punhado de fichas na máquina.

— Meu pai é bem incrível. Minha mãe também.

— Eles gostam do Rafe?

— Quantas perguntas sobre o Rafe.

— Você disse que ia ligar pra ele e aí não ligou.

Merda, penso.

— Eu me distraí. Não tem problema se eu não ligar. Ele não vai, tipo, surtar nem nada. E, sim, meus pais gostam dele. Pelo menos eu acho que gostam. Nunca disseram nada para o bem ou para o mal. Tentam ficar de fora da minha vida pessoal.

— Sua vida pessoal? É assim que eles chamam?

— Na real, é, sim.

— Que legal. Acho que, se eu pedisse pra minha mãe não se meter na minha vida pessoal, ela arrancaria as dobradiças da porta do meu quarto.

Eu rio com a imagem.

— Que brava. Ela tá com tanto medo assim de você engravidar alguém?

Aquele som familiar de *uá-uá-uá* da máquina. Jude foi comido por mais um fantasma. Dessa vez é ele quem alimenta o jogo com fichas.

— Engravidar? — pergunta ele.

— Quer dizer. É? Ou, tipo, ela só não quer que você se envolva com ninguém ou...

Jude não está falando. Ele mexe o joystick para a esquerda e a direita. A máquina está apitando como se fosse um brinquedo de parque de diversão.

— Seus pais não são assim? — pergunta ele finalmente.

— Tem um pacote de camisinhas no meu banheiro. Muitas conversas sobre consentimento. Ginecologista com uma visão positiva do sexo. Eu devo contar pra minha mãe quando enfim acontecer, se eu quiser, e aí podemos sair pra tomar um sundae.

— Um sundae.

— É.

— Tipo uma recompensa?

— Não, quer dizer... Quando minha mãe quer ter uma conversa séria comigo, nós vamos pra Frosty Treat e comemos sundaes com calda quente dentro do carro.

— Ah. Isso faz mais sentido do que, tipo, fazer um desfile pra celebrar que você transou.

— Não sei. Acho que fazer um desfile espalhafatoso parece legal. A gente devia se sentir bem com o sexo quando nós decidirmos fazer.

— Mas você ainda não fez.

— Um desfile? — Faço de propósito. — Você nunca me viu girar um bastão. Eu seria *incrível*.

Jude enxerga o drible pelo que ele é, e sorri.

E eu o valorizo por não insistir no assunto, então falo a verdade:

— Não, eu ainda não transei.

— Eu também não.

— Nem com a Marley? Sério? Depois de dois anos?

— Ah, a Marley fez... *hã*. Não. Nem depois de dois anos.

— A Marley fez sexo?

Ele está meio que transpirando um pouco. Jude não quer mesmo falar dessas coisas. Estou surpresa por ele não ter morrido de novo.

— A Marley é mais religiosa do que eu — justifica ele. — E eu não sei se quero.

— Nunquinha?

— Com ela.

JUDE
MENTIR É ERRADO, A CONTINUAÇÃO

Uma vez ouvi a história
de uma garota que fingiu um sotaque britânico
no primeiro dia de escola,
de brincadeira, e recebeu tanta atenção positiva
que manteve a farsa,

e por um ano inteiro teve que falar
com um sotaque falso porque se comprometer com a mentira
por quanto tempo fosse preciso era menos humilhante
do que admitir a verdade.

FLORENCE
O PONTO NULO

Há um lugar para o qual posso ir, basta
virar a cabeça. À esquerda, queixo baixo, deixo
o olho direito pairar na beira. O tremor

cessa. Toda essa tensão acumulada que eu não
sabia estar sentindo some. O ponto nulo.
É como me acho numa pirueta, como mantenho

o humor sob controle, como imagino que a bondade seja sentida
caso se esteja buscando bondade. Como encontrar um eco de si
em outra pessoa, exceto por tê-lo encontrado

em si mesma. Mas não vou mais para esse lugar. Eles tiram isso
de você com treino. Os oftalmologistas, os especialistas, os
[fisioterapeutas,
eles dizem aos seus pais para corrigi-la

quando você inclinar a cabeça. Minha mãe dando tapinhas no meu
[ombro
quase pedindo desculpas, toda vez que acabava me encontrando
assim — como uma pequena Joana d'Arc

à escuta de Deus, como um compositor provocando
um contraponto à sua melodia, eu ficava ali parada,
absorta nesse vasto oceano. Ondas de alívio rápido

e então a calmaria. O único jeito de eu enxergar
do jeito que o resto do mundo o faz. Eu acho que o amor é
assim. Acho que o sexo pode ser assim, com a pessoa

certa. O ponto estável no mundo tremente. Quando inclino a cabeça agora, sinto que é errado porque me disseram que é errado. Eu quero voltar a conhecer a retidão.

JUDE
SENDO MASSACRADO PELO PAC-MAN, 22H34

— Você não acha que a Marley é gostosa? — questiona Florence.

— Claro.

Eu odeio isso.

— Então você não se sente tentado?

— É, mas...

Eu odeio tanto isso.

Eu morro, até que enfim, e me afasto do console.

— Você quer jogar mais uma vez? — pergunto a Florence.

— Sabe o que eu acabei de perceber?

— O que você acabou de perceber?

— Eu nunca vi uma foto da Marley.

— O quê? Não. Eu te mostrei uma.

— Não mostrou.

— Você tem *certeza*?

Analiso o rosto de Florence em busca de alguma indicação de que ela está tirando uma com a minha cara, do jeito que esteve me provocando a noite inteira.

— Tenho *certeza*. Eu quero ver uma foto dela.

— Agora? Você finalmente tá interessada o suficiente pra pedir isso *agora*?

Claro, teria sido legal se você estivesse tão interessada assim em ver uma foto da Marley no ano anterior, quando eu ainda tinha uma e não havia deletado cada uma do meu celular e então a bloqueado em todas as redes sociais.

— É, agora. — Florence parece determinada.

— Eu... Agora não.

— Por quê?

— Porque não é... conveniente.

— O quê? Você precisa reunir um bando de cavalos pra puxar uma foto pra fora do celular ou algo assim? Você precisa ir até o banco e abrir o cofre que guarda uma foto dela? Você precisa que outra pessoa gire uma chave ao mesmo tempo que você, como se fosse disparar o míssil de um submarino?

— Como você sabe como lançar o míssil de um submarino?

— Filmes. A Marley não é sua tela de bloqueio?

— Não, é só que...

— Ei, se vocês dois não vão jogar, precisam sair da máquina. Não podem só ficar aí na frente batendo papo — repreende um funcionário do fliperama, um pouco pomposo demais. — Além disso, vamos fechar daqui a vinte minutos.

Enxergo uma oportunidade para fazer um desvio.

— Então vocês vão fechar em vinte minutos, mas é tão importante que outra pessoa tenha uma chance de jogar Pac-Man que você precisa vir aqui encher nosso saco? — pergunto.

— Se você quiser bancar o espertinho, pode ir embora agora — diz o funcionário.

— Só tô perguntando — digo.

— Não tenho tempo pras perguntas dos pirralhos do AAH.

— Se você odeia ter que lidar com os pirralhos do acampamento — começa Florence —, talvez não devesse trabalhar no fliperama de uma cidade turística. Tipo, a gente tá num país livre.

Ele dá a volta no balcão e faz um gesto com o polegar, indicando a porta.

— Tá bom, já pra fora. Vocês dois. Tchauzinho. Tenham uma boa Noite de Aurora. Tenham uma boa vida. Mas façam isso em outro lugar.

— Você é um querido — diz Florence.

— Fora — repete ele, nos guiando em direção à porta.

— Espera, eu preciso fazer xixi — reclama Florence. — Posso ir ao banheiro pra não me mijar?

O funcionário revira os olhos e acena o caminho para o banheiro.

— Então vai. E depois disso, fora.

— Eu te encontro lá na frente — diz Florence para mim. — Ei, me dá aquela nota de cinco.

Ela fala com tanto propósito que eu não faço nenhuma pergunta, só entrego minha nota de cinco. Quando ela me encontra do lado de fora, está sorrindo.

— O que foi? — pergunto, percebendo que desperdicei minha chance de tentar encontrar uma foto de Marley.

— Logo antes de sair eu enfiei a nota de cinco no jukebox e programei "My Humps", do Black Eyed Peas.

— *Florence*. Você não fez isso.

— Fiz, sim.

— Cinco pila? O que mais você botou pra tocar?

— "My Humps". Cinco pila só de "My Humps".

— Florence.

— Que foi?

— Isso são *vinte* vezes.

— Então agora eles têm uma trilha sonora pra fechar. Vamos.

Nós gargalhamos enquanto saímos às pressas dali.

FLORENCE

ANDANDO PARA LUGAR NENHUM, 22H52

Estamos na esquina da rua Lake e da rua principal, e Jude parece que vai desmaiar. Ele se apoia num poste de luz, rindo.

— Você consegue pensar numa música com menos *sex appeal* do que essa? — pergunto a ele. — Ela também fala como se fosse uma operadora de telefone das antigas. Tipo, "conectando, por favor! Agora discando... aquela bunda toda dentro do jeans!". Zero convicção. Se você vai se referir aos peitos como "lady lumps" ou uma "massa de moça", é melhor sustentar essa ideia. Kelis me convenceu por completo de que os peitos dela podiam ser milk-shakes.

— Florence, você precisa parar ou eu vou morrer, e quando o sol nascer vão ter que fazer, tipo, um enterro viking pra mim lá no lago.

— Aham, porque tantos vikings morreram por causa da Fergie.

— Eu sou sempre a favor da precisão histórica — declara Jude. — É triste. Você sabe que eles podem simplesmente tirar o jukebox da tomada.

— Primeiro eles precisam tirar ela do lugar — argumento, confiante. — A tomada está atrás e aquela coisa deve ter mais de duzentos quilos, fácil.

— Você checou.

— Chequei.

— Você sabe que aquele fliperama estava cheio de campistAAHs que agora nos odeiam, né?

— Se nos odeiam, eles não têm bom gosto.

— Não têm bom gosto?

— Bem. Talvez bom senso. Enfim, seu colega de quarto foi mesmo muito grosso com a sua namorada.

— Pois é — concorda ele, e pega o celular para olhar a hora. — Você quer ir comer alguma coisa? A lanchonete ainda deve estar aberta.

— Essa é a sua tela de bloqueio?

Ele olha rápido para mim.

Eu levanto as mãos.

— Não preciso ver se for pessoal.

— Não, é só...

Jude me entrega o celular.

Eu toco na tela. É a imagem de uma vidraça com luzes por trás. Sirenes policiais? É bonita à primeira vista, como uma árvore de Natal, e então é perturbadora.

— Que incrível. Você que tirou?

— Aham.

— Eu amei.

Nós nos entreolhamos.

— Eu não tenho nenhuma foto da Marley no meu celular — confessa ele, baixinho —, porque nós terminamos no minuto em que cheguei em casa no verão passado.

— Jude.

— Ela andou se pegando com o pastor da juventude.

— Jude.

— E agora ela tá grávida. Ou talvez ela já tenha tido o bebê. Eu não sei.

— *Jude.*

Ele dá um sorriso pálido.

— Esse é um assunto importante o bastante para a gente ir tomar um sundae e ter uma conversa séria a respeito?

— Por Deus, sim. Acho que essa é a única coisa que *podemos* fazer.

JUDE
A GRANDE DERROTA

Agora posso vasculhar
meus bolsos, oferecer
minha derrota coberta de fiapos a Florence
para que ela a examine com sua lupa.

Agora posso explicar a Florence que menti
para ela sobre Marley e Eu (o sucesso
triste da humilhação, não o sucesso triste do filme
de mesmo nome) porque eu queria
tão desesperadamente não ser visto
como algo fácil de ser descartado
e abandonado.

Tudo o que eu queria era parecer alguém
que vale a pena manter. Isso não é querer
demais. Vale a pena mentir se
for para proteger isso.

FLORENCE
MOTIVOS

Às vezes sinto que não consigo ler as pessoas
em nada. (Boa abertura de piada sobre percepção de profundidade —
aquela garota não enxerga ninguém direito! —, é engraçado

apenas se eu contar, e então é engraçado por pena.)
A noite toda andei pensando que algo estava errado.
Que estou tentando explicar demais quem sou,

que estou falando demais de Rafe, que eu sou
demais, ponto-final. Não é um sentimento novo, mas essa noite
eu culpei Jude. Como se ele houvesse se fechado

logo depois de eu mencionar meu namorado, como se ele tivesse
se obscurecido um pouco. Como se Jude fosse um livro favorito
[que fui
reler e então, de repente, estava escrito na língua do pê,

e se eu gostei? *Sim, Florence, você meio que gostou* —
depois de sentir-se tola no ano anterior, como se tivesse
inventado tudo, numa ânsia a sós, julho e agosto inteiros abrindo

aquela mensagem vazia para ele e querendo, querendo,
querendo... Esta noite fiquei meio inebriada com a vitória
[mesquinha,
o pensamento de que ele queria agora o que não podia ter.

Que ele estava me comparando a Marley. Que eu talvez estivesse vencendo. E agora me sinto como uma grande fracassada, porque o garoto que amo (não, *um* garoto que amo, *Meu Deus, Florence*)

[sangrava

diante de mim e eu estava ocupada demais comigo mesma para notar.

JUDE
NA LANCHONETE STAVROS, ESTUDANDO MENUS LAMINADOS, 23H05

— Então, Florence, caso você tenha se esquecido da aparência das tiras de frango, parece que temos fotos úteis de cada item do menu — informo.

— Sendo sincera, isso *é* útil. Quantas vezes eu pedi tiras de frango e elas vieram, tipo, o que é *isso* aqui na minha frente? Algum tipo de remo peludo amarronzado? Pequenas caudas de castor? É de comer?

— Tô com vontade de comer panquecas.

— É mesmo?

— Panquecas talvez sejam minha comida favorita — declaro.

— Que é isso.

— O quê?

— Panquecas não são uma comida favorita.

— Elas podem ser.

Florence revira os olhos.

— Não. Mas eu não só vou deixar passar esta noite, como também acho que vou me juntar a você e pedir uma pilha de panquecas.

— Também preciso de um sundae — digo.

— Então vou me unir a você no sundae.

A garçonete, que poderia ter qualquer idade entre 25 e 55 anos, se aproxima e anota nosso pedido. Nós dois pedimos uma porção grande de panquecas com café e um sundae com calda quente. Por alguns momentos nós nos entreolhamos como se esperássemos que o outro fosse falar, mas ninguém fala.

— Então — começa Florence.

— Então — repito.

Ela brinca com uma colher, virando-a nos dedos.

— Você gostaria… de falar sobre a Marley?

— Não necessariamente.

— Tá bom, mas parece que está precisando. — Florence soa como se, ao mesmo tempo, quisesse muito escutar sobre a Marley e não ouvir nada sobre ela.

Eu pego um saleiro de plástico.

— Você já fez aquela coisa de girar uma moeda e então bater com o saleiro no topo da moeda para rachar a parte de baixo e aí, quando alguém pegar o saleiro, *bum*, sal por toda parte?

— Por que eu, ou qualquer outra pessoa, faria uma coisa dessas?

— Por que alguém colocaria "My Humps" para tocar vinte vezes num jukebox? Para ser um agente do caos no mundo.

— *Touché*. — Florence deixa passar um momento e então diz: — Boa tentativa de mudar de assunto. Embora apenas confirme que você precisa se abrir sobre a Marley.

— Você tá sempre fazendo piada comigo sobre a Marley. Parece que isso é só você querendo saber da última fofoca quentinha, ou sei lá.

Florence sorri um pouco.

— É, bom, não tenho aversão a saber de alguma fofoca quentinha e esquisita de vez em quando, mas, acredite ou não, eu me importo de verdade com você e parece que ainda está magoado.

— Ah, é?

— Jude, eu te conheço por muitas horas a mais do que o necessário pra ver que você está magoado. O que é, tipo, zero horas e talvez cinco minutos. Tipo, logo de cara eu suspeitei que tinha acontecido alguma coisa.

Meu rosto fica quente e vermelho e desvio o olhar.

— Aliás, eu realmente não ligo que você tenha mentido a respeito dela — esclarece Florence.

— Sério?

Ela me encara fundo nos olhos.

— Meditação enlameada?

— Meditação... Ah, cara, eu esqueci que falei isso.

— Marley! Enlameditando!

— Marley, a enlameditadora!

Nós rimos até chorar, mas para mim isso se transforma num choro de verdade. Espero que Florence não consiga notar a diferença.

A garçonete chega com nossas panquecas, café e sundaes. Ela se aproxima como se fosse contar um grande segredo:

— Sabe, vocês podem mergulhar pedaços da panqueca no sundae e fica muito bom.

Florence olha para ela.

— Isso é, sinceramente, uma *ótima* ideia, e o tipo de coisa que não pensaríamos em fazer a não ser que alguém nos contasse.

— Você ficaria surpresa em saber quantas pessoas fazem exatamente esse pedido — diz a garçonete, indo embora.

Eu enxugo os olhos e suspiro.

— Você falou com alguém sobre isso? — pergunta Florence.

Eu balanço a cabeça em negativa.

— Nem com seus pais?

Eu rio.

— Os dois estão, tipo, tão enfiados na própria merda, e com tanto cinismo em relação ao amor que seriam inúteis.

— E os seus amigos?

— Bom. Eis a piada. Eu não tenho muitos amigos. — Faço aspas com as mãos enquanto falo. — Quanto mais a gente progride na escola, mais eu meio que me afasto dos amigos que tenho.

E então eu fiquei tão a fim de Marley que deixei minhas amizades minguarem, quase digo em voz alta, mas não o faço.

Florence mergulha um pedaço de panqueca no sorvete derretido e na calda quente, então o come.

— *Hmmmm*, Jude, você precisa provar isso. A panqueca é uma esponja de sorvete e calda. Essa é minha nova comida favorita.

— *Panquecas não são uma comida favorita,* foi o que você disse.

— Mas panquecas com sorvete e calda são. Então, você não falou disso com ninguém?

— Não.

— Você vai se sentir melhor se falar. Vamos. Desembucha.

Eu me afundo na cadeira. Encaro a parede atrás de Florence. Há uma foto autografada de um homem extremamente peludo com um avental branco e um cara alto e bronzeado. Parece que é dos anos 1980. Alguma celebridade que não reconheço.

— Foi extremamente vergonhoso. Tipo, a Marley me dizia que estava se guardando para o casamento, mas acontece que ela só estava comigo. E não era como se eu, tipo, estivesse tentando transar com ela, mas ainda assim.

— Que droga — diz Florence, baixinho.

— Mas, além disso tudo, eu fico pensando que sou exatamente como meus pais, no sentido de que não posso ter relacionamentos duradouros. E talvez eu esteja aprendendo isso agora para que eu nunca me case nem nunca faça uma criança passar pelo que meus pais estão me fazendo passar.

— Aposto que você não é como seus pais. Nem um pouco. Na verdade, não, eu *garanto* que você não é como seus pais.

— Como você pode ter certeza? Nem os conhece. Você mal me conhece.

— Eu te conheço o suficiente.

Olho para a outra parede. Há um relógio no formato de luva do estado de Michigan. Eu dou um gole do meu café generosamente açucarado e deixo o sabor agridoce se dissolver na língua. Então como uma colherada de sorvete. Florence espera por mim.

— Então eis… — Eu paro porque essa parte é difícil de dizer em voz alta, mas o olhar de Florence é tão suave em minha direção e ele parece um lugar fácil no qual pousar. — Então eis a outra questão. Eu fico me perguntando o que há de errado comigo. Que ela pôde dizer que me ama e então fazer uma coisa daquelas comigo. Tipo, por que eu sou tão cheio de erros. Por que eu mereço isso.

— Você não merece — assegura Florence. — Não merece mesmo. Não tem nada de errado com você.

FLORENCE

DEPOIS DE PEDIR UMA SEGUNDA RODADA DE PANQUECAS PORQUE ISSO AQUI VAI DEMORAR, 23H18

— Foi por isso que menti — confessa ele. — Eu não conseguiria aguentar você me olhando como se eu fosse algo estragado.

— Ei, você está falando do meu amigo Jude. Pega leve. — Eu me preocupo em ser cautelosa com o que vou dizer em seguida. Que pode soar como se eu sentisse pena de Marley. E talvez eu sinta só um pouquinho, e talvez eu não sinta nada. — A questão é que... — Faço uma pausa. — A questão é que a Marley com certeza deve ter entrado nesse relacionamento com você com, tipo, uma quantidade catastrófica de estragos pra se comportar do jeito que se comportou.

— Eu odeio isso — diz Jude, áspero e rápido. — Odeio quando as pessoas usam o trauma como desculpa para se comportarem mal. Pode ser um motivo, mas não é uma desculpa. Não é um passe livre da culpa.

— Não estou arrumando desculpas pra ela.

— Tá bom — duvida ele.

— Não é isso o que eu tô dizendo. O que eu tô dizendo é que *você* não é a pessoa estragada aqui. É ela quem deve ter sido criada com todo mundo na igreja e na família dizendo que o único valor verdadeiro dela era, tipo, a "pureza". E aí você é o namorado dela, e ela não consegue suportar você a olhando como se ela fosse "suja", ou coisa assim, isso acabaria com ela. Então a Marley finge que não quer transar. Mas ela, tipo, tem 16 anos. Ela definitivamente quer mandar ver como o resto de nós...

Jude cerra os dentes um pouco.

— Tá bom, má escolha de palavras. Ela quer, tipo... fazer *coisas* como todo mundo, então faz isso com alguém de quem ela não precisa de respeito.

— *Hm.*

— Não sei. Isso não é uma desculpa. Mas do meu ponto de vista parece que, por mais que isso seja uma droga, a traição da Marley tem muito a ver com ela e não tem muito a ver com você.

Ele está brincando com a panqueca no prato.

— Pode ser — diz ele depois de um minuto. — Pode ser.

— E, quando falo que você merece coisa melhor, é isso que quero dizer. Você merece alguém que vai pensar em você, e se importar com você, e fazer o possível para deixar sua vida melhor. Em vez de só te usar como uma muleta esquisita.

— Florence.

— O quê?

— Você tá parecendo uma terapeuta.

— Bom, eu faço terapia.

— Ah. Espera, sério?

— Sou uma garota de 17 anos que tá ficando meio cega de um jeito estranho e imprevisível, e minha mãe é professora universitária em Madison, Wisconsin. É claro que faço terapia.

— Quando você fala dessa maneira...

— Pois é.

— Ajuda?

De repente, eu me sinto exposta daquele jeito que eu odeio. Mas também acho que Jude precisa ouvir isso.

— É. Ajuda. Ajuda bastante, na verdade. Eu fiz por um tempo no ano passado, no outono. Depois que meu olho começou a tremer de novo. Minha procura por outras coisas nas quais sou boa... É uma sugestão da terapia. E estou, tipo, me debatendo em uma gaiola, eu fico... violentamente ressentida toda vez que penso que *rá rá, claro, eu vou só dar um passeio ali até a sala da banda e me sentar na primeira cadeira como tocadora de* tuba, *obrigada pela terapia, Love...*

— Esse é o seu terapeuta? O nome dele é dr. Love? — Jude parece incrédulo.

— O nome dela.

— Doutora Love. Amei.

— Eu também. E parte da minha frustração com isso provavelmente tem a ver com essa necessidade que tenho de, tipo, trucidar todo mundo. Deixar todos comendo poeira. Isso é culpa minha. Eu consigo, tipo, ser feliz tocando tuba sem ser incrível nisso. Posso cantar só porque é algo que me faz bem. Eu não preciso ser, tipo, a Adele...

— E dançar?

Eu pauso.

— Dançar?

— É. O objetivo é, tipo, ser capaz de dançar só porque você ama isso, e não porque se trata de algo em que você é boa?

Fico quente, fria. Reprimo à força a vontade de socar alguma coisa. Em vez disso, faço o que aprendi: dou um sorriso tão gentil quanto consigo e então escondo a boca. Dou um gole na água.

— Acho que esse é o objetivo — digo quando consigo falar de novo.

— Porque você pode fazer arte simplesmente porque ela nutre sua alma.

— Eu sei.

— Você não precisa ser a melhor em...

— *Eu era a melhor.* — As palavras saem como mísseis. — Eu era. A melhor. Eu seria a *melhor*. E eu não posso sair disso pra, tipo, alguma porcaria com música *new age*, dançando descalça e sacudindo lenços para as velhinhas na casa de repouso. Não posso fazer isso! Não consigo. Eu prefiro nunca mais fazer *nada*.

Jude estende a mão e toca meu ombro, e eu não vou chorar.

— Então o que você está dizendo é que sua terapia está indo muito bem — diz ele.

Solto uma risada pelo nariz.

— É um trabalho em andamento. Mas ano passado eu não conseguia nem chegar até aqui. Você já... Você já pensou nisso? Em terapia?

JUDE

PREPARANDO PARA ATACAR UMA SEGUNDA RODADA DE PANQUECAS, QUE QUASE IMEDIATAMENTE COMEÇA A PARECER UMA FALHA GRAVE DE BOM SENSO, 23H26

— *Terapia?* — questiono, como se a palavra fosse pegajosa na língua. — Porque minha namorada do ensino médio pulou a cerca e acabou grávida?

— Isso não parece o bastante?

— Não sei.

— Então que tal seus pensamentos?

— O que tem eles?

— Você não me contou ano passado que fica preso em umas espirais de pensamento?

— Eu falei isso?

— Por quê, não é verdade?

— É, é, sim, mas eu não me lembro de te contar isso.

— Eu não inventaria uma coisa dessas.

— Você é uma boa ouvinte — elogio, impressionado com a memória dela.

— Então, terapeutas podem ajudar com esse tipo de coisa. Eles podem prescrever medicamentos.

Dou uma mordida na panqueca e afasto a mão, mas acidentalmente deixo o garfo pendurado na boca.

Florence percebe e dá uma risadinha.

— Você faltou à aula no dia do garfo?

Eu tiro o garfo da boca.

— Você acabou de testemunhar um Típico de Jude. Eu tô sempre botando o garfo na boca e afastando a mão pra pegar mais comida, mas acabo deixando o garfo na boca por acidente.

— Meu lance é que eu, literalmente, tô sempre errando a boca com o garfo por causa da minha percepção zoada de profundidade.

Nós rimos mesmo que isso seja uma droga.

— Então, é, medicamento — falo. — Acho que eles provavelmente têm medicamentos pro meu problema.

— Com certeza eles têm — concorda Florence.

— Eu não sei se vou curtir.

— Por que não?

Com delicadeza, Florence morde um pedaço da panqueca no garfo.

Agora eu noto como Florence come com hesitação. Acho que ela não comia dessa maneira no ano anterior.

Dou de ombros.

— Eu só fico preocupado. Não sei.

— Com o quê?

— Tipo... a função do medicamento não é te deixar diferente? — pergunto.

— Não. É fazer com que você seja quem é. É o seu cérebro dando curto-circuito que te faz diferente.

— Tenho medo disso, tipo, mudar quem eu sou. E se não conseguir mais tirar fotos boas?

— Jude. Você realmente acredita que as partes da sua mente que te deixam infeliz são as responsáveis pela sua arte?

Florence baixa o garfo e seu olhar perfura o meu.

Uma de suas pupilas é maior do que a outra.

— E se for?

— Sem chance. Desculpa. Eu não acredito *nem um pouco* nisso.

— Você não acha que, se eu começasse a tomar medicamentos para os meus pensamentos, que isso iria afetar minha fotografia?

— Eu não acho nem um pouco. Ou, se afetar, vai te deixar ainda melhor. Você vai enxergar o mundo com mais clareza. Não consegue ver como *não ter* pensamentos em espiral te deixaria livre pra botar energia em outros lugares?

— Você toma medicamentos pra alguma coisa? — pergunto.

— Não para a saúde mental, mas eu tomo Advil quando tenho cólicas. Não é muito diferente.

— Meu cérebro tá de TPM?

— Do próprio jeitinho dele — diz Florence.

— Vou pensar nisso. E pensar nisso. E pensar nisso. E pensar nisso. E pensar nisso. E...

— Boa, Jude.

— Eu tento.

JUDE
QUIETO

Agora estou me perguntando se poderia existir
para mim um lugar longe
do tumulto do meu próprio raciocínio,

no qual não preciso semicerrar os olhos para ver
através do turbilhão dos meus pensamentos.

Uma vez li em algum lugar que há mais
em nós que não somos nós do que de fato *somos*
nós, com isso quero dizer que nós contemos
mais bactérias do que contemos
nós mesmos. Quanto
meus pensamentos são bactérias
autorreplicantes? Meu cérebro é mais
não eu do que eu?

E se eu pudesse tomar um
antibiótico mental e me tornar
mais eu mesmo? O que eu encontraria lá?
O que restaria? Se há apenas o murmúrio

da neve caindo; o vento varrendo a grama;
o ruído do cair da noite;
de uma hora virando duas.

E se minha mente aprendeu uma nova linguagem
de serenidade e ficou quieta só por um tempo?

Mostro meu cartão de débito, pago,
e vamos embora sob a lua, que brilha
silenciosa como um templo no berço do céu.

FLORENCE
MAPA

O que estou aprendendo sobre a cidade de Harbor, bem aqui em
[cima,
como uma coroa na cabeça do Michigan, é que ela pode se
[transformar
no lugar que as pessoas precisam que seja. Durante todo o verão

é uma cidade de praia para famílias de férias, então é inteira lojas
[de doces
e lojas de chapéus de sol e lugares vendendo geleias — e então no
[inverno
tem as faculdades de artes liberais, o motivo para os botecos e a
[pequena

livraria independente (que infelizmente não fica aberta para a
[Noite de Aurora)
e o café com as mesas de xadrez e a música punk tocando
alta demais nas caixas de som. Lugares da cidade oculta de Harbor

dos quais só se pode ver traços no verão. E na Noite de Aurora,
o último domingo de todo junho, as duas cidades de Harbor ficam
[abertas
para nós, como um presente. E, sim, somos só adolescentes com
[dinheiro para torrar

depois de uma semana dando duro no AAH, fazendo arte e
[desejando
que a gente pudesse escapar uma noite para tomar sorvete, e, sim,
[provavelmente somos
uma irritação na Noite de Aurora por causa disso, os funcionários
[devem odiar ficar acordados

até as duas da madrugada para que a gente possa beber café e se
[sentir descolado,
e, sim, eu dou uma gorjeta grande para todo mundo porque me
[sinto culpada. E é meio, tipo,
uma cidade da Disneylândia higienizada e feita sob curadoria,
[tudo disposto

ao longo de quatro quadras impecáveis, todas as arestas da cidade
[aparadas. Mas em sua maioria
ela é mágica. Eu quero parar de pensar nos modos como minha vida
poderia ser melhor. Depois de retornar ao AAH para o check-in e
[Jude me oferecer

o braço para descer de volta a colina, eu o seguro o caminho inteiro
[até o café,
minha mão apoiada em seu cotovelo, e ele fica olhando para mim.
[Olhando
para mim como se eu fosse o mapa de um lugar que ele mal consegue
[acreditar ter encontrado.

FLORENCE
NO CAFÉ ANARQUISTA QUE EU MEIO QUE TEMO UM POUCO ENTRAR, 00H14

— Dá pra escutar a música daqui de fora — digo.

Estamos bisbilhotando pela janela. A placa diz "Aberto", mas a cafeteria está escura demais para enxergar qualquer coisa no interior.

— Como as pessoas conversam lá dentro? — pergunta Jude.

— Não sei. Não é esse o lugar que as pessoas vão pra jogar xadrez?

— Com uma trilha sonora do Metallica. Bizarro.

— Não sei se é Metallica. Parece Anti-Flag, ou coisa assim. É tipo uma música que quer te devorar e então palitar os dentes com seus ossos.

— Florence.

— Que foi?

— Você tem medo de música punk?

— Eu não tenho medo de música punk. Eu não saberia da Anti-Flag se tivesse.

— Parece que você tem um pouco.

— Eu só queria jogar xadrez com você — digo a ele. — E acho que não consigo jogar uma partida enquanto a música tá tentando derrubar o governo.

— Anda — fala ele —, vou comprar um café pra você.

E, quando ele abre a porta, a música basicamente dá um soco na nossa cara.

— Não tem ninguém aqui — digo a ele.

Preciso falar um pouco alto para ser ouvida. É apenas um piso que parece nunca ter sido esfregado e um monte de mesas nojentas com tabuleiros de xadrez pintados no tampo e que parecem que vão tombar e todas as peças de xadrez vão cair e essa MÚSICA.

— O quê? — Jude se aproxima.

— Essa música!

— O quê?

— Essa MÚSICA!

— O QUÊ?

Não tem ninguém no balcão. O menu está escrito numa fonte que não consigo ler. Viro a cabeça um pouco, o que alivia a pressão no olho ruim.

— O nome daquele drinque é O Fim da Farra? — pergunto a Jude.

— Sim. É um drinque com chá, parece chá gelado de framboesa.

— Chá gelado de framboesa é um fim de farra?

— O nome do descafeinado é Mate Seu Entusiasmo.

— Legal. Esse é um lugar legal — comento.

— Você tá sendo sarcástica?

— Para ser sincera — começo —, não sei ao certo. Eles têm comida?

— Como é que você ainda tá com fome?

— Nem tô. Só quero saber como eles dão nome para as comidas.

Jude olha ao redor.

— Sopa do dia! — aponta ele. — Ah.

— O que foi?

— A sopa do dia é Vai Se F.

— Eles não escreveram a palavra? Esse lugar parece muito convencido pra não escrever a palavra.

— Não, eles escreveram a palavra.

— Ah.

— Eu não queria dar a eles a satisfação de pronunciá-la — diz Jude. — Odeio esse lugar.

— Esse lugar odeia a gente.

— Que esse lugar se f!

— Que se f! Que se f no inferno!

Tem um sino sobre o balcão. Eu o toco com força, mas não dá para escutar por cima da música. *Morra morra morra morra morra!* O cantor está entoando.

— EI! — grito.

Jude parece momentaneamente apavorado e então parece encantado.

— EI! — grita ele.

— EI!

— EI!

— EI! EI EI EI! — gritamos juntos. — EI! SOCORRO! EI, ALGUÉM NOS SOCORRA!

JUDE
O SOCORRO CHEGA, 00H15

Uma funcionária aparece saindo dos fundos.

— Mas o que é *isso*? — indago.

— Ela! É ela! — diz Florence.

— A gente te conhece! — Eu estalo os dedos algumas vezes, refrescando a memória. — Do boliche, não é? Ano passado?

— Ravyn! — exclama Florence. — Eu me lembro agora. Seu nome é o máximo. Com um "y". Não com "e". Você vai saber se a gente pronunciar com "e".

O reconhecimento passa pela expressão da garota. Ela parece um tanto quanto chapada e como se a memória não fosse seu ponto forte.

— Ah, sim — diz ela, devagar. — Eu mantive a pista aberta até mais tarde pra vocês.

— Isso! Você nos deu acesso livre às máquinas de raspadinha! — falo.

— Pode apostar, cara. — Ravyn dá uma risada profundamente chapada.

Ela está visivelmente mais feliz do que da última vez que a vimos.

— Você tá curtindo o trabalho novo? — pergunta Florence.

— Faço mais dinheiro agora com as gorjetas. Não preciso desinfetar sapatos de boliche fedorentos. Eu sou a gerente.

— Parece que o destino a recompensou com um emprego melhor depois de demonstrar tanta gentileza com a gente — digo.

— Claro, claro — concorda ela, rindo de novo. — Ficamos abertos a noite toda, então vocês nem precisam me pagar pra ficar aberto até mais tarde. O que vão querer?

— É preciso ter passado por uma farra pra pedir um Fim de Farra? — pergunta Florence.

— A gente não pede identidade — informa Ravyn.

— Um Fim de Farra pra mim — pede Florence.

— Dois — digo.

— Dois Fins de Farra — fala Ravyn.

Ela os prepara.

Florence tenta entregar uma nota de dez a ela. Ravyn recusa com um gesto.

— Talvez com um pouco mais de carma positivo eu consiga um trabalho ainda melhor — comenta Ravyn.

— Tomara — diz Florence, e enfia a nota de dez no pote de gorjetas.

— Vou baixar um pouco o volume da música pra que vocês possam conversar — diz Ravyn, com uma centelha endiabrada no olhar.

Então eu me lembro de como Ravyn estava convencida de que eu e Florence éramos um casal. Nós nos sentamos com as bebidas a uma mesa com um tabuleiro de xadrez pintado na superfície.

— Tá se divertindo? — pergunto a Florence.

— Aham. E você?

— É. Agora eu gosto desse lugar.

— Eu também, ainda mais agora que conseguimos escutar nossos pensamentos — diz ela. — Quer jogar xadrez?

— Eu sou uma vergonha nesse jogo.

— Que bom, porque eu também sou.

Ela pega uma caixa de peças de xadrez de uma prateleira ali perto e começa a arrumá-las no tabuleiro.

— Espera, o bichinho…

— O cavalo?

— Isso.

— Tá, ou você está me enrolando ou estava sendo modesta sobre como não é uma jogadora de xadrez.

— Não pode ser tão difícil assim.

— Jude. Você nunca jogou xadrez antes?

— Qual é o verdadeiro significado de "jogar xadrez"? Não poderíamos facilmente dizer também que o xadrez está jogando com a gente?

— Não poderíamos nem vamos dizer.

— Ei, você nunca teria jogado boliche.

— Não, e você foi um instrutor excelente, e agora eu vou te ensinar a jogar xadrez.

FLORENCE
O GAMBITO DA RAINHA, 00H24

— Tá bom. Os peões andam dois espaços no primeiro movimento, depois disso é um só. Eles capturam na diagonal. — Eu movimento as peças para ilustrar. — Os cavalos andam em formato de "L". Os bispos, em zigue-zague. As torres, essas coisas de castelo, andam em linha reta em qualquer direção. Os reis são como peões, mas, se capturar o rei, você vence o jogo. E as rainhas podem fazer qualquer coisa.

— Qualquer coisa?

— Exceto pular outra peça. As rainhas são tudo. Elas são as vespas-mandarinas do xadrez.

— Eu não vou me lembrar de nada disso, sabe. Não me lembraria nem se não tivesse passado da meia-noite.

— Tá tudo bem. Não me importo de te derrotar.

Jude ri.

— Esse Fim de Farra não vai me manter acordado. Vamos precisar de um expresso em seguida.

— Eca.

— Você não se sente supersofisticada quando bebe um expresso?

— Não muito. Eu não sei como as pessoas bebem essas coisas com gosto de gasolina.

— Eu coloco bastante creme no meu — diz ele. — Bastante açúcar.

— Como é que isso não é só um latte?

— É mais barato — explica ele. — Como o Rafe gosta de beber o café?

Pela primeira vez desde que Jude me contou que estava mentindo a respeito da Marley, eu percebo, por inteiro, que ele não está mais namorando ninguém.

— Não sei — confesso.

O que eu sei é que estou ficando vermelha.

— Ele não bebe?

— Ele bebe bastante chá. Aquele chá English Breakfest, da PG Tips, dois cubinhos de açúcar e um pouquinho de leite.

Jude mexe o peão na diagonal por três quadrados. Eu não o corrijo.

— Como ele é? — pergunta Jude. — Acho que é isso que tô tentando descobrir.

— Através do tipo de chá que ele bebe?

— Vamos lá. Eu tô mandando a real aqui.

— O Rafe é... Sei lá. Ele é muito legal. Os pais dele são ótimos. O irmão pequeno tem 13 anos, cabelo ruivo e gosta de Minecraft. Ele tem um gato...

— Eu quis dizer: como o *Rafe* é.

Eu reflito. Nós jogamos xadrez. E com isso quero dizer que Jude mexe as peças por aí enquanto eu lanço minha rainha numa caçada.

— O Rafe quer saber se as pessoas estão felizes — digo, enfim. — E ele quer que as pessoas façam as coisas do jeito certo.

— Essas são boas qualidades — comenta Jude. — Ter essas duas qualidades ao mesmo tempo, quer dizer.

— Você acha?

Na verdade, elas não são coisas de que eu gosto no Rafe.

— Aham. Marley nunca quis que eu fosse feliz, mas ela queria que eu fizesse as coisas do jeito certo. Ou, pelo menos, o que era certo na cabeça dela. Tipo, saíamos pra dirigir e algum cara me cortava e eu xingava sem pensar, e então a Marley meio que só... ficava quieta? Mas era um tipo diferente de silêncio. Eu podia ouvir a desaprovação dela.

Faço um pequeno ruído de nojo.

— E era como se o ar ficasse eletrizado — continua Jude. — Ela queria que eu me sentisse estranho. E mal.

— Acho que o Rafe... meio que se sente confortável com a ideia de que eu não sou, tipo, uma pessoa feliz. Contanto que seja um relacionamento de banho-maria.

— Eu não penso em você como uma pessoa infeliz.

— É. Acho que não sei se sou. Ele não quer que eu tenha *problemas*, disso eu sei. Tipo, ele tá sempre conferindo como eu tô, tipo, "tá tudo bem"? Mas não quer mesmo saber a resposta se for não. Então de repente é uma briga. Como se eu estivesse estragando o dia dele se ficar enjoada depois do almoço, ou se tiver uma prova de química avançada com a qual estou estressada. Ele começa a listar as coisas que eu posso fazer. Tipo, posso fazer cartões pra me lembrar da tabela periódica! Posso arranjar um tutor! Pra ele, é necessária uma solução imediata, mesmo que pra mim seja só estresse normal. Mas ele não consegue só olhar pra mim e dizer: *você vai se sair bem na prova*. Ou: *química é um saco*. E...

Jude captura minha torre com um peão, corretamente. Estou surpresa.

— E...? — pergunta ele.

— Não sei. Parece ruim.

— Você pode me contar.

— Às vezes acho que ele meio que gosta do fato de que eu estou, tipo, doente. Que tenho essa condição no olho.

— Ele *gosta?*

— Não é que ele gosta. Mas é que isso o faz se sentir mais... seguro. Como se eu valesse menos por causa disso. Ou, não, isso é cruel. É mais como se... como se houvesse menos chance de que eu vá largar ele. Como se ele pensasse que *eu* penso que ele é o melhor que consigo arranjar, em termos de namorado.

— Uau.

— Provavelmente eu tô pensando demais — digo rapidamente. — Devo estar inventando coisas.

— Ele aparece pra te ver dançar? — pergunta Jude.

— Aham.

— E o que ele acha?

— Não sei.

— Ele não curte? A sua dança?

— Não, quer dizer... Não sei. Eu costumava estar no estúdio, tipo, todo dia, ou fazendo aulas ou ensinando ou limpando. E agora tô fazendo uma única aula de dança moderna, e ensinando as criancinhas nos domingos. E eu sei que ele está mais feliz por eu estar mais presente.

— Ok — diz Jude, com cuidado. — Talvez isso seja um pouco egoísta, mas não é ruim.

— Certo.

— Mas ele sabe como *você* se sente em relação a não dançar tanto?

— Como *eu* me sinto?

— É.

— Ah. Não sei se eu sei como me sinto em relação a isso. Ou ao menos... se sinto alguma coisa.

Jude mexe a rainha como se fosse um míssil guiado por calor.

— Xeque.

— Xeque? Você sabe dizer isso quando coloca meu rei em perigo? Ai, meu Deus, você esteve me enganando esse tempo todo?

Então eu olho para o tabuleiro.

— Jude. Você não tá nem perto do meu rei.

— Ah.

— Por que você disse xeque?

— As pessoas falam xeque!

— As pessoas falam xeque?

— Quando jogam xadrez, elas falam xeque! Tipo, ei, checou o que eu fiz? Não esquece de checar o que tá fazendo pra não fazer besteira.

Eu suspiro, pego meu bispo e faço o movimento que devia ter feito cinco rodadas atrás.

— Xeque-mate — digo a ele.

— Isso significa que eu ganhei, né.

— Sim, Jude — digo. — Parabéns. Você ganhou.

— Deixa eu ir pegar um café pra gente. Ravyn? — chama ele no balcão.

Ela ergue o olhar do livro. Está lendo *Almoço nu*.

— Sim?

— A gente quer dois lattes. E dessa vez eu vou pagar.

— Vocês querem umas balinhas de erva pra acompanhar? Elas são boas. Pedacinhos de pêssego.

— Tipo o doce? Ou feito de pedaços de pêssego?

— Tipo o doce — diz ela.

— Não precisa. Mas obrigado.

Jude espera pelo café no balcão. Eu olho para os ombros dele sob a camiseta, o formato dos braços, a inclinação enquanto ele está pensando.

— Obrigada — digo quando ele volta com as bebidas.

— Posso te contar uma coisa? — pergunta ele.

— Sim, claro.

— Acho que você é a pessoa mais legal que eu conheço.

Fico corada de novo.

— De onde saiu isso?

— Lugar nenhum. Do ar.

— Obrigada — falo. — Acho que você é a pessoa mais legal que eu conheço.

— Eu não estava jogando verde pra colher maduro — diz ele. — Eu realmente quero que você saiba. Você é legal porque sabe quem é. Mesmo quando não sabe. Você é legal porque escuta quando as pessoas falam e é muito inteligente, e você se movimenta como... como se a gravidade não tivesse efeito em você. E...

— O quê? — Mal consigo respirar.

Jude estava me encarando, mas agora ele engole em seco e olha para as mãos.

— E você é linda — continua ele. — E, se o Rafe acha que ele é o melhor que você consegue arranjar, acho que ele tá prestes a tomar um sacode pra ver se fica esperto.

FLORENCE
LINDA

Eu não sei de muitas coisas ao certo. Quer dizer, sei que minha mãe
não come nenhuma sobremesa que tenha aquelas lasquinhas
de coco por cima, das quais ela nem mesmo vai fingir

gostar, que ela vai lavar a boca na pia
se vir uma única lasca branca no bolo. Eu sei
que, se meu pai estiver falando com alguém com sotaque,

ele vai passar a falar com aquele sotaque em questão de minutos.
[Na cara
da pessoa. E que ele nem vai perceber enquanto
todos ao redor morrem por dentro. Eu sei que

a Terra gira em torno do sol, que um pedido de entrega de sushi
naquele restaurante da rua State leva quarenta e cinco minutos
no mínimo, e eu sei que Rafe nunca vai terminar comigo,

jamais, que serei eu que terei que fazer isso quando
a hora chegar. E eu sei que essa hora vai chegar,
que eu não me casarei com Rafe, que eu nunca me casaria com
[alguém

que acha que sou algo tão garantido. Eu sei que Jude
esperou a noite toda para me dizer que ele me
quer. Eu soube no instante em que o vi se iluminar

como uma chama na Fogueira, eu soube, e também sei
que não aguento a escolha desse momento. Não aguento
a piedade na voz dele, *pobre Florence se envolveu*

numa situação ruim, pobre Florence com seu mau gosto para homens — já recebo pena o suficiente. Sei que, por mais que eu queira beijar Jude neste momento,

eu também quero muito dar um soco nessa boca.

JUDE
AS PEÇAS DE XADREZ NÃO SÃO MAIS AS ÚNICAS COISAS DISPOSTAS SOBRE A MESA, 00H30

— Um sacode pra ver se fica esperto? — questiona Florence, com ironia, arrumando as peças no tabuleiro de novo.

Eu imediatamente me sinto estúpido pela bravata da madrugada.

— É.

— De que tipo? Quem vai dar o sacode?

— Eu não sei.

— Você?

— Por que você tá dizendo assim? *Você*.

— Como estou dizendo?

— Tipo, com uma risadinha.

— Desculpa, mas é engraçado.

— O que é?

— Você aí todo *Rafe vai tomar um sacode daqueles* — provoca Florence, forçando um tom grave de voz como se estivesse me imitando.

— Por que você é assim? — murmuro, e mexo um peão.

— Assim como?

— Eu só estava tentando fazer um elogio, me processa. Nossa.

— Eu esqueci que os garotos esperam que a gente se sinta muito grata por receber algumas migalhas.

— Garotos?

— Desculpa. *Homens*. Homens machos como você.

— Eu te chamei de linda.

— *Linda*. Famosamente o melhor elogio que um homem macho pode dar a uma mulher.

— Quer saber? Esquece. Retiro o que disse.

Florence dá de ombros, movimenta o peão e não responde.

— Não, mas, sério, por que você é assim? — pergunto. — Tipo, na verdade eu meio que estou feliz por não termos nos falado o ano inteiro.

— Está?

— Sim, estou. — Pressiono as laterais da cabeça com as mãos. — *Grrrrrr*. Que droga. Eu odeio que a coisa mais gentil te provoca.

É minha vez de fazer uma jogada, mas não me importo mais com o jogo.

— Dizer que sou linda e então insultar a mim e ao meu namorado numa tacada só não é bem o que eu chamaria de a coisa mais *gentil*. É definitivamente uma *coisa*. A mais gentil? Não. Sua vez. — Ela aponta com a cabeça para as peças de xadrez.

— Espera. Uau. Como foi que eu...

— Bom, é meio óbvio como você insultou o Rafe.

— Era você que estava reclamando dele. Desculpa por concordar. Nunca mais vai acontecer. Além disso, no ano passado você estava sempre insultando a Marley.

Florence balança a cabeça em negativa.

— Não. Nunca aconteceu. Eu me lembraria.

— Você fez isso implicitamente.

— Não mesmo.

— Era óbvio. Você ficava perguntando dela de um jeito sarcástico, como se ela fosse inferior a você.

— Ela não parecia muito legal. E agora parece menos legal ainda — diz Florence.

Ela não está errada, penso.

— Então qual foi o crime grave que eu cometi contra você? — pergunto.

— Eu não preciso que você me conserte dizendo como sou linda. Seja qual for o problema que eu tenho com o Rafe, não tem nada a ver com não me sentir linda. Não preciso da sua pena. Não preciso das suas migalhas.

— Eu não estava tentando consertar você. Nem estava sentindo pena de você. Quando eu digo "linda", quero dizer de um jeito diferente.

— Como?

JUDE
LINDA

O problema com as palavras
é como se alcança
o final do significado delas

Sozinho
Alegria
Tempestade
Doçura

e então se viaja para fora
daquele círculo de luz
escuridão adentro
e espera continuar
na trilha.

Oceano
Tempo
Perda
Porta

Quando eu digo linda,
significa algo diferente
para mim do que quando os outros
dizem; tem mais
peso. Sei disso
pelo modo como os outros dizem,
jogando a palavra por aí como se não pesasse nada,
como se fosse fácil de aguentar,
como se não custasse nada.

Mas o problema é que,
quando eu tento explicar,
chego ao final do significado.

Cavalos
Vento
Amor
Morrer

Viajo para dentro da escuridão.
Nada mais tem forma.
Não consigo ver o caminho de volta.

Eclipse
Mãe
Maré
Outono

Nenhuma palavra significa mais
para mim do que *linda*, e às vezes parece
que vou passar a vida inteira tentando
explicar o que quero dizer
quando a digo.

Júbilo
Visão
Murmúrio
Crepúsculo

FLORENCE
TENDO FAVORITOS, 00H35

— Tudo em você — diz ele. — É isso o que quero dizer com linda. O que eu quero dizer é que, mesmo quando você está me irritando, você ainda é minha pessoa favorita no mundo.

Jude está encarando os pés, o que é bom, porque tenho certeza de que estou prestes a chorar.

— Isso não pode ser verdade — digo a ele. — Ora.

— Bom, tá, tipo a minha pessoa favorita que não é uma avó.

— Você tem muita certeza de que não sou uma avó.

— Quer dizer, você não é a *minha* avó.

— Pessoa *favorita*, é?

— Agora eu vou defender minha posição.

— Insistindo ainda mais? Nós nos conhecemos há, tipo, quinze horas no total.

— Quando estava com a Marley, eu meio que abandonei meus outros amigos. Não por escolha, mas sabe como é. A gente se afastou.

— Ah, então eu sou a sua pessoa favorita por um processo de eliminação?

Jude me olha direto nos olhos agora.

— Não.

Ele fala com uma firmeza, em voz baixa, que me faz ter que desviar o olhar porque sinto vontade de chorar de novo.

Jude continua:

— Eu não quis dizer o que disse mais cedo de um jeito, tipo, toxicamente masculino. Não sei se isso faz sentido.

— Sobre o Rafe?

— Aham. Eu não quis dizer que, tipo, eu ou um cara grandão ia aparecer e ensinar uma lição a ele.

— Ah, não? Você não vai surgir com os fundamentos do MMA e fazer o Rafe se arrepender do dia em que nasceu?

— Não, vou poupá-lo de uma lição de vida administrada pelo MMA.

— Sobre mim. Uma lição de vida sobre mim. Eu sou a nota de rodapé na história de, tipo, autorrealização de outra pessoa.

— Tenho certeza de que você sabe que não é uma nota de rodapé.

— Deus, espero que não.

— Você vai ser uma daquelas pessoas sobre quem se escrevem biografias, no plural.

— Agora você tá só puxando meu saco — digo a ele.

— Não tô. Estou sempre em busca de bons nomes para biografias.

— Tipo?

Jude abre um sorriso largo de repente.

— *Enlameditando: a história de Marley Sievers.*

Solto uma risada bebendo o latte.

— *Marley e eu: a história de Jude Wheeler.*

— Ah, nem pensar. Nem a pau que eu vou virar, tipo, o subtítulo da biografia *daquela* garota...

— *Nem a pau: a história de Jude Wheeler.*

— *Eu te odeio tanto, Florence Bankhead: um romance.*

— Um romance muito longo.

— Uma saga. Uma trilogia!

— Eu odeio trilogias. O segundo livro é sempre uma porcaria.

— Olha. Eu não quis dizer que você podia conseguir coisa melhor que o Rafe — diz Jude.

— Mas quis dizer, sim.

— Eu quis dizer, sim — admite ele, baixinho.

Jogamos xadrez por mais um tempo, sem falar muito, mas rindo quando Jude intencionalmente faz jogadas ruins como uma piada: *Não tô nem aí, a Rainha tá dormindo com o Bispo. É um grande escândalo na Terra do Xadrez. Ela quer estar ao lado dele, mesmo que isso signifique que será capturada. Ela não resiste a um amor condenado.*

— Ei — chamo. — O que mais vamos fazer esta noite? Eu acabei de beber essa cafeína toda, sinto que devemos... nos mexer.

— Mexer?

— Vamos pra algum lugar! Vamos sair daqui. Sempre dizem isso nos filmes, mas ninguém diz isso na vida real. Vamos sair daqui. Pra algum lugar em que possamos conversar.

— Não tem mais ninguém aqui.

— Vamos voltar para o AAH. Temos o check-in final às três horas, de qualquer jeito. Estaremos lá a tempo.

— O que tem de bom pra fazer no AAH?

— Você já ouviu falar na lenda? O elevador assombrado no prédio de dança? Eles colocaram lá para conseguir mudar o piano de cauda de andar, e...

Jude me olha como se eu o estivesse matando lentamente.

— ... e dizem que o fantasma de Michael Flatley está lá — conto, um pouco frenética.

— Quem... é Michael Flatley?

— Michael Flatley. O Lorde da Dança? Jude.

— *O quê?* Eu não conheço os vários lordes e damas da dança.

— Não são vários lordes e damas. O *Lorde* da Dança, no singular. Ele liderou uma trupe de dança irlandesa nos anos 1990 chamada Riverdance. Eles eram *gigantescos*. Aí ele passou a dançar sozinho.

— As pessoas gostavam de cada coisa esquisita nos anos 1990. Minha mãe disse que por um breve período as pessoas adoraram canto gregoriano. Enfim, agora ele tá morto?

— Acho que sim?

— E ele não ressuscitou nem nada?

— Não, ele assombra esse elevador. *Uuuuuuh*. Sinistro.

— Florence...

— Jude.

— Você ainda não precisa ligar pro seu namorado?

— Por quê?

— *Ligue pro seu namorado* — declama Jude. — *Um romance.*

— Posso fazer isso mais tarde — digo rapidamente. — Anda. Anda, vamos sair daqui…

JUDE

COM UM DESTINO CLARO, 1H47

— Legal ver vocês dois de novo — diz Ravyn enquanto andamos até a porta. — Eu fico esperançosa ao ver o amor jovem sobreviver.

Florence ri disso mais alto do que eu gostaria.

— *Nós?* Ah, não, essa é literalmente a segunda vez que nós saímos.

— Cara, não acredito. — Ravyn dá sua risada rouca e fumacenta do baseado. — Tá falando sério?

— Juro — confirmo.

— Vocês saem juntos uma vez por ano? — pergunta Ravyn.

— Aham — responde Florence.

— Bizarro — comenta Ravyn, com admiração.

Dou um aceno de cabeça para Florence.

— Ela tem um namorado.

— Que não é *você?* — questiona Ravyn, perplexa. — Acho que é óbvio, se vocês só estão saindo uma vez por ano.

Florence assente e começa a dizer alguma coisa, mas eu a interrompo:

— Ele é *escocês* e veste kilts e suéteres grossos. Ele se parece com um Gerard Butler jovem e fala que nem o Shrek. Ele leva escondido o próprio haggis nos encontros no cinema e o mistura na pipoca. Ele...

— *Jude*. De algum jeito, você tá me deixando com muita raiva e muito tesão ao mesmo tempo — avisa Florence.

— Eu só estava mirando na raiva — digo, sincero.

— Mas vocês dois obviamente têm uma química doida — fala Ravyn.

— Legal! Mas não somos... — diz Florence.

— Não, não, é. Eu só tô comentando. Sem ofensa. Não tenho filtro — completa Ravyn, sem necessidade.

— Ah, não me ofendi. Mas enfim. Acho que vou te ver no ano que vem, imagino?

Ravyn ri.

— Parece que sim, hein?

Nós nos despedimos, saímos e começamos a andar em direção ao AAH.

— Ah, Ravyn — comento.

— As visões da Ravyn — diz Florence.

— Nós não fizemos essa piada nem uma vez no ano passado?

— A gente ainda não a conhecia o suficiente pra fazer sentido.

— Agora todo mundo se conhece bem o suficiente pra que ela dê opinião sobre nossa química — pontuo.

— O quanto isso foi esquisito? — Florence olha para os pés quando diz isso, mas imagino que esteja se concentrando no próprio equilíbrio.

— Eu fiquei feliz que o Rafe não estava aqui pra ficar puto de maneira absoluta e incompreensível.

Florence bufa.

— Acho que eu nunca o vi puto da vida, nem mesmo levemente perturbado com nada, seja de maneira incompreensível ou não.

— Isso deve ser legal — digo.

— É? — Florence não parece feliz.

— Não sei. Você que me diz. Estou feliz por não ter que lidar com um escocês puto da vida por ter passado a mínima impressão de química a semiestranhos.

— Tudo bem.

Solto uma gargalhada.

— *Tudo bem*. Uma avaliação *empolgada* dos nossos juízes.

— Não, tudo bem. Sei lá. Não pensei nisso.

Analiso o rosto de Florence.

— Mentira — digo a ela.

— Então agora sou uma mentirosa?

— Não uma mentirosa, tipo, em geral. Não uma pessoa fundamentalmente desonesta.

— *Não uma pessoa fundamentalmente desonesta*. Uau, um decreto favorável do Juiz Jude. Ei! Não, Juiz *Jude-y*. Seu nome, mas com um "y" no final.

— Achei que era isso que você estava dizendo na primeira vez. Mas, é, voltando ao assunto, acho que você pode não estar sendo totalmente honesta a respeito disso.

Eu sei que estou arriscando irritar Florence, mas insisto. Não sei por quê.

Florence dá de ombros.

— Eu não sei o que dizer.

— Você *realmente* nunca pensou se é legal que o Rafe nunca fica com raiva?

— Eu devia ter pensado?

— Eu teria pensado.

JUDE
EU PENSEI MUITO NISSO

Toda vez que meus pais mancharam
a noite de vermelho,

eles não gritaram, eles ferveram.
Eles não bateram, eles viraram
as costas e se trancaram em
quartos separados, mas ainda assim

furaram um ao outro como
a água fura a pedra — eles desgastaram
um ao outro lentamente até não sobrar
nada além de um vale vasto e desolado.

FLORENCE
UM MONSTRO

Não faço bagunça acerca disso. Gosto da limpeza,
de uma linha direta, como um raio mortal. Você errou?
Consequências. Você me disse uma coisa babaca

na cafeteria, tipo: *Nossa, por que você é tão carente,*
Florence, então deu seu sorriso atlético e disse:
só tô brincando haha? Consequências. Rápida e veloz,

faça-os sangrar. Como deve ser. Você fica
com minha amiga no banheiro do estúdio
e espalha que ela é rodada? Ah, consequências,

meu querido amiguinho iludido. De que outro jeito você
vai aprender? Não, você não pode ir com a gente ao cinema.
E, não, não vamos te avisar quando formos ao Jamba. Sim,

eu vou contar para qualquer garota que sequer te olhar
o grande bosta que você é, então vá se sentar no canto
e pensar no que você fez. Se deixar as pessoas

pisarem em você, elas não vão parar. Vão te empurrar
até uma sala vazia, quebrar seus óculos, te chamar
de aberração. Vão fazer isso o ano inteiro. Durante todo o ensino
[fundamental

elas vão sentir cheiro de sangue na água. Você mesma precisa
[colocar um fim nisso,
botar elas no devido lugar, e então você acha que acabou... mas
continua pelo resto da sua vida. Tá. Você quebra

o contrato social, se senta ao meu lado no ônibus #7 com seus
[joelhos de homem velho
pressionando minhas coxas, me diz que eu seria mais bonita se eu
[sorrisse
por baixo de todo esse cabelo loiro, enquanto meu belo e inútil

namorado encara o exemplar do Bukowski? Sim, eu vou
forçar minha bota no seu peito do pé, vou gritar: *você não é
meu pai! estranho perigoso!*, vou rir na sua cara porque

você acha que tem chance comigo?, e quando eu arrasto Rafe
para fora na parada seguinte e ele pergunta *o que aconteceu?*
[Aquilo foi
mesmo necessário? — é, essa será a primeira vez que eu realmente
[me sinto pequena.

FLORENCE

DE VOLTA AO AAH, AVALIANDO O PRÉDIO DE DANÇA ESCURECIDO, 2H01

— Como vamos entrar? — pergunta Jude. — Acho que todas essas janelas parecem deslizar para cima. Você acha que talvez dê pra me dar um impulso ou…

— Eu tenho a senha — digo a ele. — Não há necessidade de atos heroicos.

— Eu não sabia que os estudantes tinham senhas para os prédios de artes.

Eu abro a porta.

— Bom, eu coreografei um monte de peças esse verão, e a dra. Rojas me deixa vir mais tarde pra marcar a posição das coisas no palco.

— Cara, tá escuro aqui dentro.

— As luzes devem se acender automaticamente. Você só precisa agitar os braços.

— Eu tô agitando os braços. Nada de luz.

— Está? — pergunto a ele. — Toma cuidado. O fantasma do Michael Flatley vai te pegar.

— Eu quero muito saber o que vai acontecer quando o fantasma do Michael Flatley me pegar. Vou precisar me juntar a uma trupe de dança irlandesa?

— Na verdade, acho que ele te desafia pra uma competição de sapateado.

— Sério?

— Não, não é sério, Jude, porque o fantasma do Michael Flatley não está no prédio de dança do Acampamento de Artes Harbor. Na verdade, eu acho que ele nem está morto, agora que parei pra pensar.

— Bom, você é uma estraga-prazeres.

— Ouço muito isso — digo a ele.

Passo as mãos na parede em busca dos botões do elevador. Quando encontro o botão para descer, as portas se abrem imediatamente.

Jude olha para mim sob a luz repentina.

— Oi — diz ele.

— Oi — digo.

Minha barriga se contrai.

— Você primeiro. Por que as paredes estão acolchoadas? Como se fosse dia de mudança.

— Eles transportam muitas coisas aqui dentro. Objetos para as apresentações, o piano. Outras coisas. Aqui, senta, não é desconfortável.

— Tá bom. O que tem lá em cima?

— Estúdios, escritórios. Um bom segredo sobre o prédio de dança é que tem uma lava e seca enorme no porão e podemos usar de graça.

— Sério?

— Aham. Bailarinos usam muitas roupas. Espera, opa…

As luzes se apagam dentro do elevador. Apenas os botões estão iluminados.

— Você não está mais com raiva de mim — comenta ele.

Eu só consigo enxergar um pouco do rosto dele.

— Eu nunca estive com raiva de você — digo, já que é mais fácil dizer isso no escuro.

— Nunca?

— Esta noite — explico a ele. — Eu não estava com raiva de você esta noite. Sobre o Rafe. Ou sobre qualquer coisa. Eu só acho que é bom ser direta. E tento dizer o que penso.

— Você "não está aqui pra fazer amigos"?

Eu rio.

— É, eu provavelmente seria muito bem-sucedida num reality show, infelizmente.

— Eu ainda não acredito naquela coisa que você disse antes, sobre não se importar com o Rafe não ficar bravo.

— Você tá forçando um pouco a barra.

— Você forçou um pouco a barra com a Marley. Mais do que um pouco. Só estou devolvendo a insistência.

— Tá bom. É. Eu pensei nisso. Mas não tenho certeza se minha opinião sobre o assunto faz sentido.

— O que você quer dizer?

— Eu não gosto de pessoas raivosas — conto. — Mas também não gosto que o Rafe não fica com raiva.

— É, o tipo de cara de que eu menos gosto é o cara que fica bravo. Que sai batendo nas coisas e gritando com as pessoas e, tipo, não consegue se controlar.

— Eu odeio esse tipo de cara também.

— Mas você quer que o Rafe seja assim?

— Não, eu... Eu odeio ser a única que é afetada por alguma coisa. Tipo, o Rafe fica com raiva se acontece alguma coisa com ele, fica todo mal-humorado e quieto. Mas, se alguma coisa de ruim acontece comigo, aí ele dá um enorme passo para trás.

— Você precisa de, tipo, raiva por associação.

— Eu preciso não ser a babaca sempre — digo a ele. — Às vezes eu preciso que meu namorado *também* seja o babaca. Só por um minuto. Atrás de uma porta fechada, ou sei lá. Tipo, eu queria poder dizer "dane-se aquele cara!", e ele diria, tipo: "é, dane-se aquele cara!", e então apenas seguir em frente, em vez de ele me explicar que eu devia me sentir diferente do que me sinto.

— Bom — começa Jude. — Dane-se aquele cara.

— Dane-se aquele cara.

— Eu realmente não gosto de raiva.

— É?

— É. Eu sinto que é um tipo de contagem de pontos.

— Como assim?

— Eu observei minha mãe manter um registro na cabeça de todos os modos que meu pai fez besteira. Tipo, ele deixou uma caneca sobre a bancada? Um ponto. Ele não encheu o tanque do carro quando estava vazio? Um ponto. Ele se esqueceu da minha consulta com o dentista ou me deixou na escola e alguém ligou pra ela pra perguntar onde eu estava, isso era o pior... quando *ela* recebia uma ligação por causa de uma coisa que meu pai fez, era nessas vezes que as coisas ficavam ruins... cinco pontos bem grandes.

— Você sabia? Quantos pontos alguma coisa valia?

— Aham, é tipo coisa de sobrevivência, sabe? — diz Jude. — Você se mantém atualizado pra saber quando se esconder no quarto para evitar a repercussão. Tipo, um silêncio ruim tem um peso diferente de um silêncio bom. Eu não sei como explicar de outra maneira.

— E ela gritava com ele?

— Não. Ela ficava quieta. Um silêncio ruim. E era como se meu pai nem se importasse. Ou como se ele estivesse esperando por isso, talvez não o incomodasse? Acho que eu nunca falei essas coisas em voz alta antes. Às vezes eu me perguntava se ele estava determinado a seguir em frente e fazer exatamente o que queria, se estava disposto a pagar o preço, caso o preço fosse que minha mãe não ia falar com ele às vezes.

— Mas isso te afetou.

— O quê?

— Você. Era você o esquecido na escola. Era você que não ia limpar os dentes no dentista. E aí era você se escondendo debaixo da cama quando tinha um silêncio ruim.

— Eu não me escondia debaixo da cama.

— É uma metáfora.

— Eu costumava me esconder no armário.

— Jude...

— Tá tudo bem. Não é como se eu não estivesse bem.

— Por quanto tempo foi assim?

— Eu não sei. Bastante tempo.

— E você e Marley nunca brigaram?

— Quer dizer, não desse jeito. Eu nunca vou brigar daquela maneira com ninguém. Eu quero… — Ele não termina a frase. — Eu não sei o que eu quero — diz, por fim.

— Eu acho… Acho que não quero alguém bravo — declaro. — Acho que eu quero alguém que saiba como me desarmar.

— Ah, é?

— Talvez seja algo injusto de se desejar. Eu não deveria botar isso nas costas de ninguém.

JUDE
DESARMAR

Me pergunto se as pessoas que desarmam
bombas já desejaram, por outro lado,

que elas fossem indestrutíveis
e que pudessem levar a bomba
a algum lugar quieto,

sem ninguém por perto,
e deixá-la explodir
ao redor delas

para que pudessem sentir
todo seu calor e potência.

JUDE

NO ESCURO DO ELEVADOR DE CARGA DO PRÉDIO DE DANÇA, PARCAMENTE ILUMINADO APENAS PELO BRILHO FANTASMAGÓRICO DO PAINEL DE BOTÕES, 2H08

— Eu gosto do cheiro daqui — falo.

— O quê, tipo o de um porão mofado? — pergunta Florence, torcendo o nariz de modo teatral.

— Exatamente. Me lembra do entrepiso no qual eu escondo os corpos.

— Os corpos das suas piadas que deram errado?

— Na mosca, Florence. Na mosca. Não, mas me lembra desse prédio antigo no centro de Dickson onde eu tive a minha primeira aula de fotografia. Aqui tem cheiro de prédio antigo.

Florence se senta de pernas cruzadas, encostada na parede acolchoada.

— Eu gosto de como o acolchoado abafa o som. É aconchegante.

— E se isso fosse a sua casa? A vida inteira eu fui obcecado com casas pequenas.

— O quê, tipo as que aparecem em reality shows, ou coisa assim? Daquelas pessoas que compram essas casas para se gabar de como elas têm tão poucos sapatos?

— Não, estou falando, tipo, de como vemos um casebre minúsculo ao lado dos trilhos de um trem e nos perguntamos se, sei lá, ali mora um trabalhador da ferrovia.

— Ah, saquei.

— Aqui dentro tem um clima meio confessional.

— Confesse seus pecados, Jude. Seja absolvido.

— Eu... Eu tô cansado demais pra pensar em qualquer coisa engraçada.

— Isso não te impediu de fazer a piada do entrepiso um minuto atrás.

— *Aaah*, Florence. Na mosca de novo.

— Eu costumava ir me confessar.

— Sério?

— Claro. Pelo jeito que você falou, poderiam pensar que eu acabei de te dizer que sacrificava animais.

— Não, é só que eu não achava que você era...

— Uma católica não praticante.

— Isso te faz parecer tão desgastada pelo mundo.

— Eu até estudei numa escola católica por alguns anos.

— Que loucura! Você usava uniforme?

— Aquele de que os pervertidos gostam? Aham. Você é um pervertido? Foi por isso que perguntou?

— Eu estava era procurando alguma coisa pra zoar você de volta. Eu fui a uma missa da meia-noite na véspera de Natal quando era criança, com um dos meus amigos.

— Você percebe que, tipo, três quartos das suas histórias envolvem ir pra igreja com algum amigo?

Eu rio.

— Foi mal, eu não mencionei que sou de uma cidade de quinze mil habitantes no Tennessee? Então, confissão. É que nem na TV?

— Em boa parte. É óbvio, eu não estava fazendo confissões tão dramáticas como na TV, mas tem aquela coisa na separação e o acordo todo.

— Foi esquisito? Confessar seus pecados pra alguém?

— Acho que talvez fosse, se eu estivesse desembuchando coisas mais escandalosas.

— De que tipo de pecados estamos falando?

— O quê, devo me confessar pra você agora, padre Jude?

— Se você já se confessou, não é mais um pecado vivo. É tipo um cartucho vazio de espingarda.

Florence ri e pensa por um momento, com um sorriso leve no rosto.

— Ah. Você sabe. Ciúme. Raiva. Um punhadinho dos Sete Pecados Capitais. Maldizer Deus por me fazer tão imperfeita. O de costume. Tá. Agora eu me confessei. Sua vez de confessar alguma coisa.

— Agora vai parecer que eu só estou copiando você se eu disser que amaldiçoo Deus pelas minhas imperfeições.

— Sem chance que você faz isso.

— Tão confiante.

— Eu sou.

— Como você sabe?

Ela vira lentamente a cabeça para mim.

— Jude. Eu sei.

— Mas como?

Ela vira a cabeça de volta, olhando para a frente.

— Porque eu não acredito que você acredita em amaldiçoar imperfeições. Acho que você é atraído por elas. Acho que você as ama.

— O que te faz pensar assim?

— Estou errada?

— Não.

— Tá bom, então eu acabei de me confessar. Você ainda me deve uma. Aqui, que tal essa: você acha que nosso experimento funcionou? — Florence soa hesitante ao perguntar.

— Que experimento?

— Aquele no qual ensinamos ratos a falar inglês. Jude. Tenha santa paciência. Eu sei que são, tipo, duas e meia da manhã, mas vê se acompanha.

— O quê? Não sei.

— Aquele em que ficamos *sem nos falar*, sabe, por um ano inteirinho.

— Ah. O que "funcionar" significa nesse contexto?

— Foi bem-sucedido? Foi uma coisa boa? Diminuiu a dor da nossa existência? Deixou o mundo mais bonito?

FLORENCE

PROVOCANDO A SAÍDA DA VERDADE NO ESCURO, 2H14

— É meio engraçado que você esteja descrevendo desse jeito — comenta Jude.

— Como assim?

— Como se fosse uma ideia ruim. O que meio que faz parecer que você acha que foi uma ideia ruim minha.

— Então você acha que foi uma ideia ruim.

— Eu entrei no avião e a mulher ao meu lado estava comendo um pacote de amendoins, um amendoim por vez. Ela mordia com os dentes da frente, como um esquilo, e então o segurava e o analisava como se fosse algo que ela estivesse considerando exibir no MOMA. E aí ela comia o resto. E eu pensei… — Ele não termina a frase.

— O quê?

— Eu pensei: *ai, meu Deus, eu preciso mandar mensagem pra Florence falando da Mulher-Esquilo*. E eu não podia. E aí pelo resto do ano eu tive essa vontade a cada dez minutos.

— Ah.

— Então, é, em resumo, acho que foi uma ideia muito ruim. Por quê, você gostou?

Quando ele me oferece algo assim, uma abertura, uma confissão, eu quero dar a ele algo em troca. E também quero me fechar num estalo, como uma ostra. Eu respiro através do sentimento.

— Posso te mostrar uma coisa? — pergunto a ele.

— Pode.

Eu pego meu celular.

Jude olha para a tela.

— Por que você tá me mostrando sua lista de contatos? *Hm*, espera. Quantos contatos você tem? Quem é Brendan Domingo?

— Um cara chamado Brendan que eu conheci num domingo, provavelmente. Eu não sei. Não lembro.

— Mas você colocou o "Domingo" ali pra conseguir se lembrar?

— Parece que sim, não é?

— ... Quem é Evie Sorvete? E Harrison Minha Mãe?

— Evie trabalha na Frosty Treat. A gente fica tentando marcar um rolê, ela quer me mostrar um filme chamado *Barbarella*. Harrison Minha Mãe... Ah. Esse é um dos assistentes da minha mãe. Eu fui até o escritório dela pra ajudar a mudar algumas estantes de livros de lugar e o conheci. Ele quer me chamar pra sair quando eu fizer 18 anos.

— Ah.

— Não se preocupe. Ele tem, tipo, 22 anos e é nojento, e também parece que não vê a luz do sol há anos.

— Por que você guardou o número dele?

— Provavelmente pra eu me lembrar de não responder às mensagens dele. Eu não vou sair com ninguém cujo nome aparece como Harrison Minha Mãe.

— *Quando* ele mandar mensagem.

— Eles costumam mandar.

— Florence.

— O quê?

— Por baixo dos panos, você é uma psicopata?

— Quer dizer, você achou que era segredo?

— Espera. Calma. Jude. *Jude Wheeler*.

— É.

— Meu nome tá no seu celular. A não ser que eu seja o seu segundo Jude Wheeler.

— Você é o meu primeiro. Meu único Jude.

— Mas meu número não está aí, né? É, tipo, um contato vazio.

— Eu sei.

— Então... por quê?

— Eu estava, tipo, perdendo a cabeça querendo falar com você, então escrevi um monte de mensagens mesmo que eu não pudesse enviá-las.

— Florence.

— Você acha que eu sou patética.

— Eu nunca poderia pensar que você é patética.

— Eram mensagens patéticas que eu queria enviar.

— Tipo o quê?

Meu rosto está quente. Pelo menos ele não consegue me ver no escuro.

— Tipo, dizendo que senti sua falta. Sinto saudade. Mensagens às três da manhã. Essas coisas. Não sei. Podemos não falar disso?

— Acho que já estamos falando. Por que você só não pegou meu número com alguém?

— Eu não queria incomodar você. E a Marley.

— Claramente a Marley foi incomodada de outras maneiras. E você nunca seria capaz de me incomodar.

— Isso não é verdade.

— Quer dizer, se você me cutucar, tipo, cem vezes seguidas, eu posso ficar meio incomodado.

— Justo. Mas... Quer dizer. Jude, você é muito mais gentil do que eu.

— E...?

— Você não acha que eu ia sapatear em você? Tipo, de um jeito monstruoso.

— Eu não acho que sou um capacho.

— Não é.

— Você acha que eu sou um capacho?

— Não. Não acho mesmo. Eu só sei que, enquanto as coisas ficam mais estranhas e pioram com meu olho, eu, tipo... Eu, não... Às vezes estou bem e me sinto como eu mesma e às vezes eu só fico com raiva.

— Por isso a terapia. Não é pra isso que serve a terapia?

— Quer dizer, é, a terapia me deixou consciente disso. A terapia me deu palavras para isso e estou tentando não ser desse jeito. Mas eu não estou, tipo, curada. Ainda fico com raiva. E não quero ficar com raiva de você.

— Está ficando pior?

— O quê? A raiva?

— Seu olho. O que significa quando seu olho fica pior?

— Tipo, a sensação? O que eu sinto?

— Isso. O mundo fica opaco ou... Quer dizer, você não precisa falar disso, se não quiser.

— Não. Tudo bem. O mundo não fica opaco nem nada assim. Fica meio embaçado. Eu perco... a noção de espaço, é esse o termo. Eu esbarro nos cantos, erro as maçanetas. Eu, tipo, erro os copos quando estendo a mão até eles. Não consigo mais me equilibrar sobre uma perna só. Coisas assim. E fico cansada.

— Cansada? Emocionalmente?

— Bom, sim, mas também... Eu não sei se é assim pra mais alguém. Eu nunca conheci outra pessoa que lida com isso. Mas, tipo, meus olhos ficam cansados. Meu rosto fica cansado. Andar por aí é difícil. Eu só quero vestir coisas macias e escutar audiolivros com meus olhos fechados e dormir.

— Faz sentido.

— Mas isso significa que estou desconectada de tudo. Da minha vida.

— O Rafe ajuda?

— Ele não piora, acho. Nós meio que nos desconectamos juntos. Ele é uma boa pessoa com quem cair no sono no sofá. Eu vi a primeira metade de muitos filmes este ano.

— Eu assisti aos filmes de *Antes do amanhecer*.

— Assistiu?

— A todos eles.

— O que você achou?

— Eu amei. Quero ir pra Europa.

— Você devia ir pra Europa.

— Nós devíamos ir. Vamos pra Viena. Vamos pular o AAH do ano que vem e viajar. Fazer um mochilão.

— Ainda estamos no ensino médio. Meus pais nunca deixariam, Jude — digo, rindo.

— Os meus também não. Vamos.

— Com que dinheiro?

— Com o dinheiro do meu concurso de fotografia. Vamos pegar um avião, vamos viajar. Vamos fazer isso...

JUDE
CONTINUANDO A CONFISSÃO, 2H21

— Calma aí, calma aí — interrompe Florence. — Dinheiro do concurso de fotografia?

— Achei que tivesse te contado — digo.

— E quando você teria feito isso? É óbvio que podemos descartar logo de cara depois que os participantes do concurso foram anunciados.

— Nas horas que levaram até o presente momento.

— Cara, nós dois sabemos que você não tocou nesse assunto. Então podemos dispensar a evasão para que eu possa te parabenizar?

— Eu ganhei mil pila num concurso de fotografia.

— *Mil pila?!* Jude! Preciso de detalhes. Agora.

Espero que Florence não possa me ver corando, mas de algum jeito nós nos aproximamos tanto no escuro que ela provavelmente consegue sentir o calor irradiando das minhas bochechas. Talvez seja, tipo, a situação em que, se você andar do lado errado dela, ela continua a se aproximar até o empurrar para fora da calçada. Eu tento soar casual:

— Então, o Parque Estadual do Tennessee fez um concurso de fotografia no qual se podia ganhar coisas e o grande prêmio era mil pila, e eu tirei uma foto no outono passado no Parque Estadual de Montgomery Bell, bem perto de onde moro.

— Posso ver?

— Claro. — Pego meu celular e rolo a tela até encontrar. — Aqui está.

Florence se inclina para olhar, e sinto o calor de sua pele. Ela segura meu pulso para estabilizar minha mão e encara a foto por um longo tempo sem dizer nada.

— Você está tentando pensar numa piada ou... — indago.

— De jeito nenhum — diz ela, baixinho. — Essa é uma foto muito, muito boa.

— Eu nem conseguia acreditar que tinha ganhado.

— Era um concurso estadual?

Florence ainda está segurando meu pulso. Não vou reclamar disso.

— É. Várias pessoas se inscreveram. Profissionais e tal.

— Acho que agora você é um profissional, Jude.

— Eu tô honestamente chocado por ter ganhado. Enfim. A arte é subjetiva, né?

— Sim, claro, mas essa é, de modo objetivo, uma das fotos de natureza mais lindas que eu já vi.

Meu rosto arde.

— Isso significa muito pra mim.

— Não tô falando isso da boca pra fora. Não tô puxando seu saco. Esse é o seu futuro. O início dele. Você vai viver fazendo arte e ser pago por isso.

— Você acha?

— Acho, sim.

Penso em como ela é incrivelmente graciosa, mesmo enquanto sua capacidade de dançar como antes está minguando.

— Ei, vamos tirar uma foto sua — sugiro.

— Agora?

— A luz tá muito legal. Vai ser complicado, mas acho que consigo... Aqui, mexa-se um pouquinho... — Eu me levanto e dou uma empurradinha de leve para Florence se aproximar da luz do painel de botões. Eu me agacho com o celular. — Tá bom. Eu vou tirar uma foto da sua silhueta contra o painel. Boa. Tá, agora... — Eu mudo de posição. — Vou tirar uma foto do seu rosto agora. — Tiro algumas fotos e analiso o que fiz. — Ah, sim — murmuro. — É. Elas ficaram muito boas.

— Deixa eu ver — pede Florence.

Ela se ajoelha ao meu lado e nossos ombros se tocam. Ela segura meu pulso de novo enquanto mostro as fotos. Estamos muito próximos e ela tem o cheiro de baunilha apimentada de um livro antigo. Florence diz alguma coisa, mas não a escuto porque ela está, quase que sem perceber, acariciando o osso do meu pulso com a ponta do dedo indicador e esse aroma esse aroma esse aroma está me deixando inebriado.

JUDE
EU CONFESSO

Florence, como Florença, a cidade.

Florence, cidade da pintura renascentista.

Florence, parecendo, ela própria, uma pintura
renascentista sob a luz cinza de solstício
do painel de botões do elevador, iluminada
como um objeto de adoração.

E o que circunda a adoração
senão a confissão? E então

eu confesso: neste delírio
da meia-noite, eu nunca vi
uma pessoa tão linda.

Eu confesso: nesta câmara pequena e difusa,
construída para elevar coisas pesadas,
meu coração é a elevação dos pássaros céu adentro.

Eu confesso: nesta segunda coleção de horas que te
conheço, minha pele anseia por explorar o país
que é você, meus dedos mapeando bulevares e rios.

Eu confesso: nesta proximidade, meus lábios cantam
pelos seus, o sangue flui rente
à superfície. Quente e exuberante como agosto.

FLORENCE
O PONTO NULO, PARTE DOIS

Minha mente se aquieta no escuro.
A ordem disso está toda errada,
não há uma tela entre mim

e esse calor. Nenhuma forma,
só a chama, o cabelo escuro dele, cachos
franzidos nos quais eu poderia enrolar os dedos.

Estou errada. Isso está certo. Bem
aqui. E, se eu inclinar a cabeça um pouco
para a esquerda, o queixo para baixo, meu coração

rodopiante vai ficar imóvel. Ele está olhando para
minha boca. Cada borda em mim
ele agora conhece, encontra a graciosidade

nelas de qualquer jeito. Em mim, feroz, ferida,
e comprometida, e quando
eu lembro, eu me faço recuar

e respirar. Encaro. De novo o mundo
se sacode. A cegueira não é uma metáfora para
a cegueira. Eu sei, eu vi isso o tempo todo.

JUDE
NO OUTONO

Eu me viro uma fração para encará-la, suas mãos ainda agarrando meu pulso e sua imagem fantasmagoricamente elétrica.

Ela também se vira para me fitar.
Seus lábios se abrem como se prestes
a falar, mas ela permanece em silêncio.

Eu me lembro de um tempo... Eu era criança,
numa viagem de escoteiro, descendo um rio de canoa.

Chegamos a penhascos altos dos quais era possível
mergulhar para a água cristalina lá embaixo.

Eu subi com os outros
e observei enquanto eles revezavam,
bradando até o rio os silenciar
e eles retornarem, gritos exultantes
ecoando das rochas.

Finalmente era minha vez. Os pés no limiar.
Alguém atrás de mim disse: *é hora*
de pular. Às vezes você só precisa
pular.

E foi o que fiz; eu pulei e, enquanto despencava
pelo vazio cintilante entre
o céu e a água, minha mente estava limpa
como a luz estelar, imaculada de tormento.

Às vezes só é preciso pular
e encontrar a quietude na queda.

Eu pulo.

JUDE

PULANDO E CAINDO, 2H28

Ela se afasta, soltando meu pulso.

— Jude — diz Florence suavemente.

Eu recuo num impulso.

— Desculpa. Desculpa. Eu... — Passo os dedos pelo cabelo.

— Não, é que...

— Eu não estava... Quer dizer, eu... — Aperto as têmporas com as mãos. — Desculpa. Sinto muito. — Posso sentir o rosto latejando de sangue.

— Não, Jude, é que... Eu preciso fazer uma coisa. Você pode... — Ela não me encara.

— Aham.

— Você pode esperar mais um pouquinho?

— Claro. Escuta, eu não sei o que eu estava...

— Não, não se preocupa, só... espera. — Florence aperta o botão para abrir as portas. Elas obedecem ao comando e o corredor iluminado pela placa de saída parece um clarão comparado ao elevador. — Só vai levar um segundo e aí a gente pode...

— É, é, leve o tempo que quiser. Eu só vou ficar...

— Tá bom. Um segundo.

Florence sai do elevador. Ela não olha para trás enquanto pega o celular, começa a digitar furiosamente e se apressa pelo corredor.

Eu a observo até que as portas se fecham e fico no escuro de novo. Meu batimento cardíaco batuca nos ouvidos em meio ao silêncio enclausurado. Agora esse espaço parece um mausoléu. Sufocante. Sem ar. Os minutos passam a conta-gotas. De repente, o elevador começa a descer.

FLORENCE
CATÁSTROFE

Eu vou tentar ser casual. São quase três da manhã,
mas ainda posso soar casual, certo? Vou ligar
e ouvir a caixa postal. De qualquer maneira, a essas horas

ele tem o Não Perturbe ativado, direto para a caixa postal! Vou só
[explicar

que andei pensando muito enquanto estive
aqui, que a dança tem sido difícil, sabendo

que eu terei que largá-la, difícil, a coisa da cegueira, difícil (difícil!),
que eu preciso de algum espaço dentro da cabeça. Tudo isso é
[verdade.

Nada disso é mentira. Ou é?

Vai ficar tudo bem, mesmo se

ele atender, mesmo se disser que me ama — realmente preciso que ele
não diga que me ama. Eu não quero terminar isso
sendo a vilã. Mas eu *sou* a vilã, estando com o Rafe,

querendo o Jude, querendo tanto o Jude que chega a arder, e
nós vamos… Deus, eu não sei o que vamos fazer quando eu desligar
[esse telefone.

Vamos fazer alguma coisa. Deus. Então eu vou para casa. Casa,

onde estarei pelos próximos dez meses, mesmo se eu passar meu
[último ano

numa relação à longa distância com Jude, a nove horas de viagem
de Dickson, no Tennessee, e, depois de quinze horas juntos,

vamos passar o dobro do tempo por semana no FaceTime, mas acho
que a conta fecha. Acho que dá para dirigir, apesar de isso não
[importar,
já que eu não sei dirigir. Jude dirige. Jude pode ir

me ver, ficar no quarto de hóspedes, podemos sair pela rua Willy
um fim de semana por mês e eu não vou fazer o que sempre faço,
isso de que estou tão convencida de que vamos nos divertir

que falo demais das coisas, digo, *esse restaurante vai mudar*
sua vida, como se fosse a personagem de um filme do Zach Braff
quando, na verdade, sou só uma decepção. Não. Vou me comportar.
[Vou brilhar.

Eu sei que não vou fazer besteira. Quer dizer,
na verdade não, eu sei que vou
fazer besteira, e em pé ali na escada, meu campo de visão

faz aquela coisa em que dá um solavanco para a direita, aquela coisa
que não é ansiedade nem nistagmo, mas é o encaixe
entre ambos e, sim, estou catastrofizando (minha terapeuta

chama isso de catastrofizar), e eu sei que, se rasgar o plano agora,
vou pender mar adentro. Então mantenho o curso. Mantenha o
[curso!
Firme e em frente, Florence! Eu me encosto na parede de concreto

e ligo para ele. Uma vez, duas, vai para a caixa postal...
Viu? Bem! Tá tudo bem! E então, é claro, ele atende.

JUDE

DESCENDO, 2H30

As portas se abrem para outro corredor escuro e ali, em pé, está uma garota, vestida como uma bailarina, que parece um pouco velha demais para ser uma campistAAH. Ela está segurando um saco de roupa suja e mandando mensagem no celular. Quando ergue o olhar, parece surpresa, mas não chocada em me ver.

— Oi — digo, sem jeito.

— Fantasma do Michael Flatley? — pergunta ela, entrando.

Ela aperta o botão do primeiro andar. As portas se fecham e começamos a subir de novo.

Eu poderia ter aproveitado um minuto ou dois sem outra humilhação, penso.

— Aham — respondo. — Quer dizer, é por isso que tô aqui. Não sou o fantasma. É óbvio.

— Não há como confundir o Lorde da Dança.

— Acho que não.

— Você sabe que o Michael Flatley está vivinho da silva, né? Tanto quanto a lenda do AAH.

— Eu nem sabia, antes desta noite, que ele era o Lorde da Dança, que dirá se estava vivo ou morto.

— Parece que alguém poderia ter pesquisado isso no Google antes de a lenda começar.

O elevador para.

— Enfim — diz a garota. — Feliz Noite de Aurora.

As portas se abrem e ela vai embora.

Distante no corredor, consigo ouvir Florence por cima do ruído dos passos da garota. Ela está falando com alguém no celular... Deve ser Rafe. A voz está distante, mas ainda consigo distinguir o que está dizendo. As portas começam a se fechar, mas eu as seguro abertas para conseguir entreouvir.

FLORENCE
CATÁSTROFE, PARTE DOIS

Ei, sou eu.

Não, eu sei que é tarde, sinto muito. Você estava…

Não, estou bem. Nada aconteceu. Quer dizer, aconteceu uma coisa. Mas não, tipo, *comigo*.

Foi mais tipo… tipo, estive pensando. Eu sinto que… Eu não quero mais que continuemos juntos. Significa que quero ficar sozinha.

Estou mentindo. Não quero ficar sozinha.

Eu refleti muito e agora é a noite antes de o acampamento acabar e eu só… acho que não é justo com você. Tudo que está acontecendo comigo. Eu preciso de espaço para lidar com isso.

Aham. É, estou falando da coisa do olho.

Não, mas quer saber? Essa não é a única coisa. Estou cansada de me sentir como se fosse demais para alguém. Estou cansada de me sentir como se tivesse que me diminuir. Eu tenho, tipo, emoções fortes, não é como se fosse algo que eu pudesse evitar…

Não.
Bom, eu não falei que você é uma pessoa ruim, falei?

Para. Não, para. Eu também não *acho* que você seja uma pessoa ruim. Eu só não sei se devemos continuar juntos agora.

Depois? Bom, eu não sei quanto a depois.

Rafe, eu não vou mudar de ideia a respeito de nós.

JUDE
NO OUTONO, PARTE DOIS

Eu não vou mudar de ideia a respeito de nós.

Tipo: *Eu entrei nesse elevador com Jude*
apaixonada por você, e ainda estou apaixonada
por você e sempre estarei.

Meu coração parece que acabou de enfiar
um garfo numa tomada.
E é algo que sei, porque fiz isso
quando tinha 4 anos.

As portas do elevador se fecham
como uma metáfora exagerada
demais acerca do fim das
possibilidades, silenciando o som
de Florence dizendo a Rafe: *eu não vou mudar*
de ideia a respeito de nós.

Eu repito isso na mente tantas vezes
que as palavras começam a se dissolver, como um diálogo
quando se está assistindo à TV enquanto pega no sono.

Eu começo a me perguntar se ouvi mesmo isso
ou se foi conjuração do meu cérebro afobado para me punir
e me machucar. Não seria a primeira vez.

Eu vou esperar. Não vou apressar
o julgamento. Nada da loucura
da falta de comunicação das histórias adolescentes.

Ou talvez eu não vá esperar. Só há um jeito
de saber com certeza se o que ouvi
foi o que ouvi. Aperto o botão
para abrir as portas do elevador...

FLORENCE
CATÁSTROFE, PARTE TRÊS

Eu também te amo.

Sim, babaca, é sério. Você foi muito bom para mim, de diversas maneiras. E eu pensei tanto em você nessas últimas semanas.

Eu tentei.

Tentei mesmo.

Estou dizendo a verdade.

Podemos conversar mais sobre isso quando eu voltar, tá bom?

Tá, daí você decide. Só me avisa. Se você quer dar uma caminhada e conversar mais a respeito disso...

É. É, tá bom. Tchau.

JUDE
CAÍDO

Eu também te amo.

Eu aperto o botão para fechar
as portas do elevador como se elas tivessem acabado de se abrir
para um salão lotado de pessoas e eu
estivesse ali, em pé, completamente
pelado, o que é uma ótima forma de descrever
como me sinto neste momento.

Eu me sento no escuro, mortificado; o rosto ardendo —
agora o painel de botões do elevador zomba de mim
com a obscuridade de sua luz:

Você quase consegue ver. Está tão perto. Você consegue
distinguir bem o bastante para saber que está sozinho
nessa escuridão e que alguém sempre será melhor
do que você. Peyton. Rafe. Sempre vai existir alguém
que elas preferem a você. E, no fim das contas,

o quanto sou melhor que Peyton? Tentando beijar uma garota
que tem um namorado? Como eu pude deixar esse momento
se apossar de mim dessa forma? Tanto que eu fiz com que Florence
se sentisse compelida a reafirmar

seu amor por Rafe. *Você arruinou tudo,*
entoam meus pensamentos em espiral. *Pelo menos com Marley*
suas mãos estavam limpas. Não há como voltar atrás com isso.
Minha mente não me dá um momento de descanso. A única bênção

é que ela é uma pessoa que não preciso mais ver.
Eu não preciso esperar até que ela volte e me diga
o que já sei, que cometi um grave
erro enquanto estava inebriado de panquecas e falta
de sono e da animação embriagante de estar perto dela. Na real,
[nós não temos que

voltar a nos falar de novo, nunca. Posso sair deste elevador, retornar
ao check-in, dizer a eles que estou indo dormir,
então, na solidão (com sorte) do meu dormitório,
relembrar os eventos dos últimos minutos
repetidas vezes na cabeça até ficar exausto demais
para continuar acordado e, assim, me render ao sono,

no qual o turno dos sonhos pode assumir o comando
da ruminação cíclica sem fim, me despertando
a cada hora até o momento de jogar as coisas numa
mala e chegar ao translado do aeroporto. Eu acho
que é exatamente isso que farei. É tudo o que posso fazer.

(Teria sido tão fácil
não estragar tudo.)

(Tudo que eu precisava fazer era não
tentar beijá-la, algo que eu tenho
feito com sucesso quase
a vida inteira.)

Olhe pelo lado positivo:
talvez você não seja tão tóxico
de amar na sua órbita
quanto pensa. Afinal,

parece que você empurrou Florence
de volta para os braços de Rafe.

Ir embora sem adeus ou explicação
é errado, mas eu preciso ir.

FLORENCE
EU NÃO VOU MUDAR DE IDEIA A RESPEITO DE NÓS

Ele não está lá quando volto, mas isso já era
de se esperar. É o final lógico da história. As portas se abrem,
se fecham. Eu me sento no piso e depois de um minuto

está escuro de novo. Talvez ele tenha saído
para pegar um ar, ido ao banheiro. Eu estico
a cabeça na entrada do banheiro masculino do porão,

mas está vazio. Aceno para Chloe, a assistente lavando
seus collants na lavanderia, tento não
parecer uma idiota. O calor do desejo, o calor

da vergonha. É provável que eu mereça isso. Devo ter
feito algo de errado, talvez estivesse subindo
nele a noite toda, o ácido na barriga, ao me ouvir

sendo eu mesma, toda arisca e melancólica e errada
para ele, e eu sou bonita, então sei por que ele me queria,
mas acho que ele pensou melhor. Pego o elevador assombrado

até o último andar e vasculho os estúdios, como num esconde-
-esconde. Parte de mim quer olhar debaixo do grande piano, e
então eu olho, como uma criança, e o que fiz de errado? Eu fiz

algo. Não... E se ele estiver magoado? E se ele caiu numa espiral,
se perdeu dentro de si, sentindo culpa, talvez, porque eu fui
terminar com Rafe? Isso seria a cara de Jude, se flagelar

por motivo algum. E se ele me escutou terminando com
Rafe e saiu para se sentir todo pecaminoso a respeito disso? Me
[sinto péssima.
Sinto que já teria encontrado ele. Eu poderia só

mandar mensagem... mas, não, não posso. E se interpretei errado
tudo isso? Foi fantasia então, encaro as cordas e martelos
dessa coisa que faz música, pensando:

Florence, não seja tola. Não acredite quando dizem
que gostam de você por quem você é.
E então a inimaginável

onda de raiva, na qual estou viajando no tempo
sem ir a lugar algum, apenas achatada na minha saia de dança
num lugar que não me quer mais e então

eu digo não. *Não vou fazer isso. Levante*. Eu me faço
levantar. Há uma porta para o terraço, e se
ele está me esperando no terraço? E se ele pensar

que isso é romântico? Seria a cara de Jude, e eu odeio
que estou torcendo, agora, no final do corredor batendo
a porta ao abrir para a escada, e eu quero correr

o caminho todo, mas escadas são minhas inimigas. Ar frio,
cinco minutos para as três, não é bem uma vista e
é claro que não tem nem sinal de Jude. Por que sou tão estúpida?
[Isso era

algum tipo de jogo de poder, Jude querendo ver
o quanto eu iria longe por algo que ele nunca ia
me dar? Largar o namorado bom o bastante

para que ficássemos os dois sozinhos e solitários. Eu deveria
ligar para Rafe de volta. Deveria dizer que estava bêbada,
com medo. Talvez ele até gostasse disso. Droga, o que

tem de errado comigo? Eu achava que pelo menos era bonita.
Achava que era boa ouvinte. Provavelmente sou bonita
como algo que vai te devorar em seguida. Provavelmente

a recompensa não vale o risco, e agora mais uma
certeza também não vale. Certeza como a firmeza, certeza como
[me enxergar
como a minha melhor versão, a garota que teria pegado

uma espada por ele, lutado qualquer batalha. A garota
que não valia a pena. A garota que nunca foi,
e, do meu ponto de vista vantajoso no terraço, observo
todos os artistazinhos idiotas se apressando de volta para

o check-in, e agora estou chorando, nesse lugar para o qual nunca
voltarei, e quando pego meu celular
e apago *Jude Wheeler* digo a mim mesma que nunca serei

ingênua assim de novo, fracionada desse jeito, nunca mais.

A Deserção

FLORENCE
COMO DESASTRE

É difícil saber o que fazer depois que o universo
cola um bilhete de "Me chuta" nas suas costas. Em geral costumo
ficar esperta rápido. Sou guerreira — você já percebeu

que é assim que te chamam quando se é uma criança com doença
crônica? *Ela é guerreira.* Tipo, amigão, tenho 6 anos,
também tenho convicção de que sou uma astronauta. Oftalmologistas

não fizeram de mim uma guerreira, nem as três viagens sob
efeito de anestesia antes do nono ano. Não, outras crianças fizeram
de mim uma guerreira. Outras pessoas. A pura injustiça

das outras pessoas, que dizem te amar e te amam
e então te deixam ao relento à beira
da estrada. Talvez eu esteja sendo dramática,

mas, para ser sincera, foi assim que me senti no verão passado.
No verão passado foi como se o universo estivesse me dando
um rodopio cósmico sem fim. Quando cheguei em casa

não conseguia dançar. Não conseguia comer. Não conseguia fazer
[muito
além de andar para cima e para baixo na avenida Atwood e pensar
em todas as coisas que essa rua costumava ser. O teatro independente

costumava exibir pornô, acho, antes de eu nascer.
Artistas costumavam morar por aqui. Alguns ainda moram, mas
[atualmente
boa parte virou condomínio. As pessoas não param de falar do modo

como as coisas eram antes, como se fosse melhor por padrão. Por
[que sou
a única que sente que anda por aí com os próprios erros
amarrados nas canelas, chacoalhando-os como latinhas? Em agosto,

Rafe começou a namorar minha amiga Ichika. Eu fui abandonada
pelo meu grupo de amigos porque era constrangedor, eles
e Alexis e Desiree e Mason todos no baile da escola

sem mim, então uma semana depois eu saí da minha aula de ponta
depois de calcular mal um pulo e colidir com a barra,
e eu fiz algo, acho, com minhas costas, mas os médicos

não viram nada nas imagens e me disseram para tomar
Tylenol para a dor. Dormir foi difícil, não havia como
ficar confortável, e por que eu ia querer dormir

quando aquilo era um teletransporte direto para outro dia de escola
sem nada mais pelo que ansiar? Meu pai me observou
me arrastando pela casa e comprou *A redoma de vidro* para mim,

para que eu me sentisse menos sozinha, e eu o li com o cérebro em
[chamas
numa gloriosa noite, insone e elétrica, e então li o livro *Ariel*, da
[Plath, e em seguida
O colosso, e fiquei na livraria independente

encarando as biografias e pensando: *ai, meu Deus, estou me tornando uma fã da Plath?*, e em vez disso fui para a seção de poesia.
Não sabia por onde começar, era tudo sobre árvores,

e eu até gosto delas, mas a natureza é difícil para mim. Fazer trilha
[é difícil
com os olhos que tenho. Em boa parte, a natureza me quer morta.
[Em vez disso peguei
um livro de Terrance Hayes e depois um de Alison Stine e logo
[em seguida

pilhas deles na biblioteca, coisas que me deixavam querendo *fazer*
[alguma coisa
depois de ler, bater os ritmos na parede. Eu precisava
tomar algum tipo de atitude, mas não sabia o quê. Às vezes,

depois de ler um poema que amava, eu fazia flexões no piso do quarto.
Às vezes eu anotava meus versos favoritos e então um pouco
da minha própria escrita embaixo, improvisando, nada real. Nada
[que fosse arte.

Apenas... emoções. Fortes emoções. Larguei as outras aulas de dança.
Um punhado, então o resto, a moderna também, fiquei sentada
[balançando os pés
no escritório da diretora enquanto ela continha as lágrimas. Eu
[dancei para ela

desde os 5 anos, e então só fui embora, como se fosse simples,
como se fosse possível se afastar do passado de uma só vez. Escrevi
acerca disso também. De adiar a decisão de fazer a cirurgia

de novo, pelo menos por ora, uma vez que não havia um tempo
[determinado
para minha carreira de dança. Eu poderia ser cega para sempre. A
[cegueira
não é uma metáfora, exceto quando é, então naquele outono eu
[estava exatamente assim:

meio cega. Num impulso, me inscrevi para uma aula de escrita
e então a abandonei como uma bomba. Compartilhar minha poesia
[era como
arrancar minha pele no palco. Eu passei aquele fim de semana lendo

Elizabeth Bishop e chorando porque eu também havia dominado
[a arte
de perder e, sim, parecia exatamente como desastre, e foi então que
[minha mãe
entrou no meu quarto e disse: *Florence. Chega.* Ela tinha

um sabático na primavera. Iria para São Francisco
fazer pesquisa, ela havia pensado que talvez voltasse aos fins de
[semana,
mas "vendo como as coisas estavam" comigo… talvez eu também
[pudesse ir,

estudar por lá. Eu gostaria disso? E eu me observei
no espelho, nariz entupido, rosto inchado, chorando com poesia
na cama, e pensei: *caramba, o que é que eu tenho a perder?*

FLORENCE
NOTA À PARTE

Percebeu que eu não mencionei Jude nem uma vezinha?
É. Estou orgulhosa disso.

JUDE
O NOVO ANO

Sem perceber, eu havia começado a medir
cada novo ano não de janeiro a janeiro,
mas de junho a junho. Afinal, eu estava
vivendo cada ano pela promessa do AAH,

aquela semana dentre as cinquenta e cinco em que me sentia
mais pleno, a melhor versão
de mim mesmo. Quando a mente estava
aquietada. E isso foi até antes
de conhecer Florence e decerto antes de perdê-la.

Então terminei o ano assistindo ao amanhecer
através da janela manchada do dormitório, me sentindo partido
como jamais me aconteceu e imaginando se Deus havia me feito
um fotógrafo porque as únicas coisas belas a salvo

de mim são aquelas que gravo em pixels e filme
como uma violeta morta pressionada entre as páginas de um livro.
Nunca antes eu havia sentido menos novidade
e possibilidade ao despertar do dia.

O que aconteceu?, perguntou minha mãe
quando foi me buscar naquela noite
no aeroporto de Nashville. *Acho que me cansei*
do AAH, disse. *Não quero voltar*
no próximo ano. Ela ficou em silêncio

por um tempinho e não perguntou
por quê, algo de que gostei porque não tinha
a energia para contar a história, nem para inventar
uma mentira. Ela só disse: *um ano é bastante tempo. Talvez você mude de ideia.* Por algumas semanas, eu mantive

a esperança desvairada e absurda
de que, em algum momento, meu celular se acenderia
como os vagalumes que pontilhavam o crepúsculo
do verão em declínio, brilhando com uma mensagem
de Florence: *Tudo bem, Jude, há uma última*
Noite de Aurora para nós.
Mas nada veio.

Eu não aguentava olhar as
redes sociais dela. A única coisa pior
do que as redes ainda serem privadas seria vê-la
com Rafe, os braços dele ao redor dela, abraçando
seus corpos juntos, enquanto os dois exibem sorrisos
desprendidos, sabendo que ela havia sacrificado a privacidade
apenas para me mostrar isso.

No outono, em outubro, minha avó morreu.
A sobrevivente. De quem contei para Florence
enquanto jogávamos boliche. Ela morreu. E então havia
uma pessoa a menos no mundo que eu podia amar.

Fiquei de luto por ela. Não havia descanso
para minha mente. Toda rara ocasião tranquila
eu de imediato me lembrava de algo,
tipo de como ela sempre tinha
um pote daqueles biscoitos retangulares de aveia
com recheio de creme que são vendidos apenas

para avós e de como nunca houve
momento algum da minha vida
em que aquilo não parecia importante.

Ou de como uma vez, quando eu tinha 5 anos,
ela havia lido para mim a história da Cinderela
e mudado todas as partes mencionando
vestidos chiques para macacões chiques,
e eu ri até ter um ataque
de soluços que durou quinze minutos.

Quando alguém que a gente ama se vai, nós percebemos
como vivemos num encanto passageiro.

Então no inverno eu fui aceito
numa escola chique de artes (minha primeira opção)
com uma bolsa de fotografia. Uma foto

da minha avó, a última vez que
eu a vi com vida (morrendo e com medo
em sua cama de hospital, embrulhada
em tubos como uma baleia lutando
com uma lula) foi parte da minha inscrição.
Assim como foi a foto de Florence,
que, tecnicamente, também acho que foi a última vez
que a vi com vida, seu rosto sob o *chiaroscuro*

do painel de botões do elevador
como se pintado numa versão do século XXI
de Caravaggio. Eu havia pensado:
se eu não entrar, não vai ser porque
escondi o que mais me machucava...

Eu imaginei que deveria existir
alguma magia diabólica no registro
de contas que eu havia pagado.

Se tudo o que se tem a oferecer é sangue, ofereça sangue.

O inverno se rendeu à primavera. Deixei o cabelo crescer.

Enfim fui ver um terapeuta, como Florence
sugeriu. Um cara no plano de saúde da minha mãe
que vestia calça cáqui amarrotada e sapatos
Chuck Taylor azuis, numa tentativa óbvia
de não parecer ameaçador. E sabe de uma

coisa? Funcionou. Ele me diagnosticou
com TOC e ansiedade e me prescreveu
um medicamento que fez meu couro cabeludo formigar
e me ajudou a me sentir menos como um elástico
prestes a ser disparado na nuca de alguém.

Fui para a formatura com uma garota que amava
mangá e K-pop. Ela tinha mechas no cabelo
da cor da raspadinha de framboesa azul do boliche
e um piercing no septo. Nós nos vestimos
com roupas de brechó; ela pintou minhas unhas

do azul de seu cabelo; e nós acabamos de volta
na casa dela com um grupo de amigos, assistindo a
Cats e gritando para a tela. Foi divertido
e sem sentido. Ela ainda tinha um ano

para concluir os estudos. Nós nos beijamos
como o esperado, mas apenas uma vez,
e eu passei o tempo todo pensando
no que Florence estava fazendo

naquele momento, como eu havia feito tantas vezes
naquele ano. Minha medicação do TOC era boa
para algumas coisas, mas não me impossibilitava
de ficar obcecado por algo. Eu soube, então,

que minha mãe tinha razão; que eu não havia me cansado
do AAH. Às vezes
é preciso tirar a foto de ângulos diferentes
antes de a mente por fim te deixar
descansar. Às vezes é preciso se virar
para mais uma foto
antes de a luz cessar.

FLORENCE
SÃO FRANCISCO

Nós tínhamos um apartamento de um quarto no bairro Haight.
Havia um lugar na esquina que vendia burritos de sushi.
Eu frequentava uma escola que se parecia com uma espaçonave e
[eles ofereciam aulas de mandarim e ioga.
Eu definitivamente fiz a aula introdutória de mandarim. E a
[avançada de ioga.
E também uma de poesia. Ninguém me conhecia por lá. De que
[isso importava?
Minha primeira escolha de faculdade adiou minha inscrição
[antecipada e eu não me inscrevi para nenhum outro lugar.
Pensei em tirar um ano sabático.
Pensei em arranjar um emprego qualquer. Talvez eu pudesse
[trabalhar numa fazenda na Itália.
Um garoto chamado Carlos caiu na postura do guerreiro três na
[aula de ioga e começou a rir com ronquinhos e imediatamente
[se tornou meu novo melhor amigo.
Eu tinha dificuldades em subir e descer as colinas, em posicionar
[os pés, mas quase não me importava.
Eu amava estar lá.
Carlos me deixava segurar seu braço. Nós fomos a um bar gay na
[rua Castro e eu bebi uma cerveja escondido.
Não gostei. Da cerveja. Eu amei ver Carlos dançar.
Eu quase queria dançar com ele.
E escrevi um poema a respeito disso.
Nós fomos para a livraria City Lights e eu descobri que não gostava
[muito dos Beats, mas fingi que sim porque Carlos amava demais
[o Ginsberg.
Pelo que entendi, os Beats eram, em boa parte, uns caras nojentos.
[Então, em vez disso, comprei um livro de Lyn Hejinian.

À noite minha mãe começou a pentear meu cabelo de novo.
Escrevi um poema acerca disso.
Ela não me perguntou sobre as inscrições para a faculdade, e eu
[não contei.
Na maioria dos domingos, Carlos e eu comíamos sushi do lado de
[fora do Palácio de Belas Artes.
Aí, em março, ele arrumou um namorado, então passávamos
[tempo juntos só no almoço.
Eu tive tempo para pensar de novo, e isso acabou se tornando uma
[coisa ruim pra caramba.
Eu escrevi um poema sobre Jude. Era como olhar por baixo de um
[curativo e ver que a ferida havia escurecido nas beiradas.
Escrevi outro. E outro. Minha professora gostava deles. Eles me
[faziam querer vomitar.
Eu não sabia o que estava sentindo, então fechei a caixa entalhada
[com Jude dentro do meu coração e a escondi.
Em abril, recebi um e-mail da minha principal escolha de faculdade.
Eu havia sido aceita, decisão regular.
Eu chorei. Minha mãe me deixou beber uma taça de champanhe.
[Ela achou que fosse meu primeiríssimo gole de álcool e
[eu deixei que ela acreditasse.
Escrevi um poema sobre uma fazenda na Itália.
Pensei que talvez eu ficaria em São Francisco ao longo do verão.
Então minha professora de poesia me abordou no último dia de aula.
Ela disse: *você conhece esse ótimo acampamento de férias de artes?*
Fica no Michigan.
Talvez você goste de lá.

TERCEIRA NOITE

JUDE
REGRA DE TRÊS

Uma coisa sobre o cristianismo
de que eu sempre gostei
(SPOILER: não são pastores da juventude descolados):

a coisa da Trindade.

Sempre existiu algo
na simetria de três
que me atraiu, que parecia poderosa.

Só fez sentido quando aprendi
a Regra de Três na fotografia:
mentalmente, divida suas fotos
em uma grade com três grupos de três.
Coloque as partes importantes
da sua foto nos pontos de encontro
das linhas da grade.

Duas Noites de Aurora davam a sensação de incompletude.
Não havia nada do meu tipo de simetria —
o tipo de que eu precisava, que deixaria minha mente parar
de cravar as garras em mim. Eu tinha que posicionar a última parte
da foto onde as linhas da grade se encontravam.

Procurei por ela a semana inteira.
Não a vi. Mas isso não era nada
novo... Eu nunca a tinha visto no AAH antes
da Noite de Aurora. Eu sabia que a ver
mais uma vez, de longe,

poderia ser só o que me restava de coragem, então fui
para a apresentação de dança que acontece logo antes
da Fogueira. Me sentei na plateia e procurei
por ela no palco. E se não ali,
então no público.
Ela não estava lá, em lugar algum.

Eu me curvei sob sua ausência como fiz
sob o peso de todas as novas perdas
e me perguntei, mais uma vez, o que ela estava fazendo
naquele momento, se estava buscando o mesmo
tipo de simetria que eu.

Provavelmente não, pensei. *Ela fica com
a boa e velha simetria bilateral. Se é boa
o bastante para a maioria
dos organismos multicelulares, é boa
o bastante para as Noites de Aurora.*

Talvez tenha sido melhor assim...
Vê-la dançar como na última vez
que a vi poderia ter acabado comigo.

Acho que não é possível sempre
seguir a Regra de Três.
Talvez às vezes a sina seja viver
com uma foto malconcebida.
E Deus sabe que pelo menos
esse tanto eu aprendi.

Com uma última olhada (ou duas) (ou três)
(ou, quer saber, não esquenta a cabeça com isso)
por cima do ombro, eu saio
da apresentação de dança para
o crepúsculo de sombras compridas e sigo
o cheiro da madeira queimando na Fogueira,

onde terei minha satisfação irrisória
da Regra de Três. Onde farei
um tributo à fome não saciada, onde vou pôr
para descansar o que precisa ser posto
para descansar, começar um novo ano
e uma nova vida, límpida e livre.
(Temos permissão para dizer LOL
num poema? Se sim, LOL.)

Estou em pé sozinho na frente
do fogo, perto o bastante
para ser desconfortável, vendo as chamas
dançarem. Então desvio
da ardência da fumaça nos olhos

e lá está ela.

JUDE
ELA É REAL

Caímos num abraço mudo.
Do tipo em que
o que mais se deseja
é garantir
se alguém é real.

JUDE

NA FRENTE DA FOGUEIRA, IMPROVAVELMENTE, PELA TERCEIRA VEZ, SE RECONECTANDO COM AFETO, 20H53

— *Babaca* — sibila Florence, rompendo nosso abraço com força o suficiente para me empurrar para trás.

— Eu sei. Desculpa.

— Você não pode fazer isso.

— O quê?

— *O quê*.

— Tô falando sério, me diz o que eu não posso fazer e eu não farei.

— Essa coisa toda. *Desculpa. Tô muito arrependido. Por favor, me perdoa* — diz Florence, como se as palavras fossem repugnantes.

— Você não quer que eu me sinta arrependido?

— Não, eu quero, mas também não quero que isso recaia em mim de um jeito que a bola da vez fique comigo, se eu vou te perdoar ou se vou ser uma escrota.

— Tá bom.

— Tá bom, então.

O silêncio se empoça ao nosso redor. Cada um espera que o outro dê um passo para fora dela.

— Tô aqui me arrependendo em silêncio, sem expectativa de absolvição — digo, hesitante.

— Que bom. Como se sente?

— Mal. Uma merda.

— Que bom.

— Nossa.

— É sério. Que bom.

— Meio cruel.

— Você acha mesmo que tá em posição de julgar se as coisas são cruéis?

— Provavelmente não.

— Tente de novo.

— Definitivamente não.

— Melhorou. Sabia que eu estava muito na dúvida se voltava aqui pra te ver e passar tempo juntos ou se arrancava seu couro fora e ia embora?

— Acho que agora eu sei.

— E, tipo, mesmo nesse momento, eu não sei por que tô aqui. — Florence olha para o fogo quando diz isso.

Ela parece diferente. Seus traços estão mais suaves, arredondados. O cabelo mais curto. É difícil distinguir sob essa luz, mas ela pode ter um piercing no nariz.

— Eu não sei bem como responder a isso — confesso.

— Então não responda. Talvez só escute.

— Tá. Sou todo ouvidos.

Florence olha para as chamas por um longo tempo.

— Ainda estou pensando — informa ela.

— Estarei aqui escutando. Temos até o amanhecer.

Depois de uma pausa, ela diz:

— É só que eu tô tão, *tão* cansada de ser abandonada. Eu odeio tanto isso. E, tipo, o verão passado rolou *aquilo*. Você. Meus amigos. Até a dança, pra falar a verdade.

— Eu não...

— Você não ia só escutar?

— É, mas sinto que preciso...

— Você está prestes a me dizer que não me desertou no ano passado?

— Mais ou menos, eu...

— Ah, então você não saiu daquele elevador sem nenhum aviso?

— Não, eu...

— Você não se esgueirou pela noite como um gambá que foi pego comendo um presunto mofado na caçamba de lixo? E em vez disso sua carne se transformou e você se tornou um ser de pura energia incorpórea, capaz de existir fora das restrições do tempo e do espaço, acompanhando e sabendo de todas as coisas de uma vez?

— Isso não — digo, baixinho.

— Porque eu ia dizer: você realmente teve uma decaída desde então.

— Justo.

— Então você me abandonou mesmo.

— Eu... sim. — Consigo abafar a vontade de me desculpar.

— Lembra no ano passado quando a gente estava conversando se o nosso lance, isso de não nos comunicarmos por um ano, era uma boa ideia?

— Lembro.

— Você não achou que foi uma boa ideia.

— Eu me lembro disso.

— Eu nunca disse o que eu achava — diz Florence.

— Eu também me lembro disso.

— Eu gostei. Achei que foi uma boa ideia. Quer dizer, claro, houve muitas vezes em que eu queria ter conversado com você, mas, por fim, foi uma oportunidade para ver se havia *alguém* na minha vida que simplesmente *estaria presente* sem que eu tivesse que ficar puxando a pessoa de volta o tempo todo, sabe? Constantemente defendendo meu ponto de vista pra estar com ela. Eu queria alguém que simplesmente *aparecesse. Se faria presente.*

— E esse era eu.

— *Era.*

— Posso falar uma coisa?

Florence cruza os braços sobre o peito.

— Não sei.

— Que tal eu falar e aí você pode decidir depois se eu tinha permissão ou não.

— Tá.

— Eu senti muito a sua falta. Isso é tudo.

Florence fica em silêncio enquanto considera o que eu disse, ou talvez outra coisa.

— Você me largou — acusa ela, baixinho. — No meio da noite.

— Tá bom, mas, tipo, não foi de sacanagem. Note que não estou me desculpando de novo.

— Eu notei. Então por quê?

— Bom... — Eu deixo um longo tempo passar enquanto penso no que dizer. — Eu realmente devia ter ensaiado isso.

— E aí?

— Eu estava envergonhado.

— Porque tentou me beijar?

— Quer dizer, *é óbvio*, mas aí tem você e o Rafe.

— O que tem eu e o Rafe?

— Você, tipo, reafirmando seu amor por ele, ou sei lá.

— Do que você está falando?

— Eu te ouvi.

— Você... *é o quê?* Como foi que você ouviu uma coisa que não aconteceu?

— Eu te ouvi. Enquanto estava te esperando, uma garota chamou o elevador até o porão e entrou. Quando ela saiu no primeiro andar, as portas se abriram e eu consegui te ouvir no final do corredor, e você estava falando alguma coisa com o Rafe sobre como ainda sentia o mesmo por ele. E como ainda o amava.

Florence começa a rir. Ela abre a boca para dizer algo, mas solta outra risada. Cobre o rosto com uma das mãos e balança a cabeça.

— Rirem da minha cara era exatamente a reação que eu estava esperando — digo. — Isso sem dúvida alguma ajuda na minha humilhação retroativa.

A risada de Florence abranda para um suspiro.

— O que eu estava falando com o Rafe era que o amava de um jeito que não queria mais estar com ele, e que eu não iria mudar de ideia sobre a gente *terminar*.

Eu não tenho certeza se a escutei direito (e quase torço para que não), então pergunto:

— Como é que é?

— Terminar, Jude. Pôr um fim no relacionamento.

— Aquela ligação era sobre isso?

— Eu não acredito.

— Florence?

— *Sim*.

— Tá bom, *como é* que eu ia saber disso?

Florence levanta os braços como se estivesse me mostrando o tamanho colossal de um peixe que ela havia fisgado.

— Ah, nossa, Jude, não sei. Talvez se você tivesse *ficado por tempo o suficiente para que eu voltasse até o elevador e dissesse: "ei, eu terminei com meu namorado, onde a gente parou mesmo?"*.

— *Hm*. Então, eu não tenho nenhuma boa resposta pra isso, acho.

Nós dois começamos a rir e fazemos isso por um tempo. A sensação é boa.

— Posso assar um marshmallow pra você? — pergunto.

— Asse três — responde Florence.

FLORENCE
EM DIREÇÃO À NOITE PARA TENTAR ULTRAPASSAR NOSSOS SENTIMENTOS, 21H12

— Para onde estamos indo? — pergunta Jude.

— Não sei. Eu sinto que preciso estar em movimento, senão vou deslizar de volta pra realidade temporal do verão passado. Tô ansiosa.

— Você tá usando muitas metáforas científicas esta noite.

— Eu tive um excelente professor de física em São Francisco.

— Uau. É o quê?

— Que foi?

— São Francisco? Vocês se mudaram?

— Minha mãe estava num sabático e eu fui com ela.

— Uau. Isso... não é pouca coisa.

— Aham, não era bem parte do plano.

— Por que você foi?

Eu respiro fundo e me esforço um bocado para não arrancar a cabeça dele fora.

— Eu estava passando por um semestre meio ruim no outono — confesso.

— Sinto muito.

— Você pode, por favor, não pedir desculpas? E, enfim, não tô te culpando por isso. Pela... ruindade do outono passado, quer dizer. Rafe tem culpa conjunta, e meus amigos idiotas, e meu olho idiota e o fato de que começou uma nevasca em Wisconsin em outubro...

— Eita.

— Então, é, eu fui pra São Francisco. Não tem neve por lá.

— Você encontrou um estúdio? Pra dançar, quer dizer.

— Não. Eu estava... Eu estava escrevendo poesia.

— Você está rindo como se fosse engraçado.

— É meio engraçado. Eu ser sensível o suficiente pra escrever poesia.

— Sei lá, você é bem sensível.

— Ei, é você que tem o cabelo onírico.

— Você botou um piercing no nariz!

— Cara, é um piercing tão pequeno que minha mãe passou *duas semanas* sem notar. Você escuta música de garoto triste.

— A gente literalmente nunca conversou sobre música.

— Eu me lembro muito bem de discutir "My Humps", do Black Eyed Peas, então nunca diga nunca.

Estamos rindo de novo.

— Você escuta Dearly. Admita — provoco. — É exigido por lei que você seja um Garoto Triste do Sul.

— Dearly é *incrível*.

— Eu não disse que Dearly não era incrível! Algo pode ser incrível e ao mesmo tempo, tipo, MUITO TRISTE em letras maiúsculas. Algumas pessoas amam ser tristes.

— Tipo poetas?

— Você é muito engraçado.

— É, eu sou com certeza.

— Escuta, eu não tenho interesse em ser profissionalmente triste — digo a ele. — Ou profissionalmente brava. Ou profissionalmente coisa alguma. Não seria terrível ter apenas um modo de ser? Um modo de ver o mundo? Tipo, ah, Jude Wheeler, as pessoas vão até ele quando precisam...

— Do quê? — Ele parece um pouco temeroso. — Do que precisariam quando vêm até mim?

— Alegria — respondo, por fim. — Procurariam você quando precisassem de alegria.

— Você meio que está falando como se tivesse me perdoado.

— Eu sei. Estranho, né?

Nós viramos uma esquina e...

— Por que estamos num posto de gasolina? — pergunta Jude.

— Ah. *Hm*...

— Florence.

— O quê?

— Você estava andando como se tivesse um lugar muito específico no qual estar.

— Quer dizer. Talvez eu estivesse andando como se eu precisasse especificamente comprar umas raspadinhas pra gente.

— O centro da cidade é literalmente na outra direção.

— Raspadinhas *e* minirrosquinhas? E eu pago?

— Uau — cede ele. — Eu amo postos de gasolina.

— Quem diria. Ai, meu Deus, espera, aquilo é um Plymouth Barracuda?

— Aquele carro vermelho antigo e legal?

— É, acho que sim! Vermelho cor de maçã do amor.

— E você consegue identificá-lo assim, casualmente?

— Toda garota tem direito a um carro dos sonhos implausível. Está na Constituição. E aquele é o meu.

JUDE

FICANDO À FRENTE DOS NOSSOS SENTIMENTOS, APENAS O BASTANTE PARA QUE CONSIGAMOS AFOGÁ-LOS EM RASPADINHAS E MINIRROSQUINHAS AÇUCARADAS, 21H19

— Então, espera aí — digo. — Eu quero ouvir mais sobre essa poesia que você anda escrevendo.

— O que você quer saber?

— Isso é, tipo, seu novo lance?

— Quer dizer, é por isso que estou aqui, se é isso que quer dizer — explica ela casualmente.

— Você não está aqui pela dança?

— Não.

— Tipo, nem um pouco?

— Não. Te falei há alguns minutos.

— Você só disse que não encontrou um estúdio de dança porque estava escrevendo poesia.

— Bom, foi isso que eu quis dizer. Tomara que eles tenham raspadinha de Coca. Você já misturou uma raspadinha de Coca com raspadinha de coco?

— Isso explica — murmuro em voz alta, sem querer.

— Isso explica o quê?

— Respondendo à pergunta anterior, é claro que já misturei raspadinha de Coca com raspadinha de coco. O quanto você acha que não sou curioso?

— Jude. Explica o quê?

Eu hesito porque acho que isso me faz parecer patético.

— Isso explica por que você não estava na apresentação de dança — falo.

— E você estava?

— É claro.

— Jude!

— Não aja como se isso fosse um gesto fofo de livros de romance. Eu não sabia se te veria de novo. Seria uma despedida silenciosa.

— Podemos começar uma banda chamada Uma Despedida Silenciosa?

— Bota tudo pra fora.

— Posso tocar pandeiro? Não! Triângulo! Não! Acordeão! Banjo?

— Vai em frente. Tudo pra fora.

— Ah. Você está irritado?

— Não.

— Você parece irritado — acusa Florence.

— Eu odeio que a gente se fala uma vez por ano, então eu aprendo sobre a sua vida de um jeito esquisito de tudo ou nada.

Entramos na conveniência do posto.

— É, mas se nós... — Florence começa a dizer, mas uma voz familiar a interrompe.

— *Cara. Como assim?!* Vocês!

Nós olhamos para a ala dos biscoitos. Bom, uma das alas dos biscoitos.

— Tá de sacanagem. Ravyn? — digo, incrédulo.

— E aí, caras. Terceira Noite de Aurora seguida — diz Ravyn. — É isso aí.

— Agora você trabalha aqui? — pergunta Florence.

Ravyn dá sua risada chapada.

— Que nada. Só tô passando pra pegar um Hot Cheetos pra comer mais tarde depois de uns comestíveis batizados.

— Pensando à frente do tempo — comenta Florence.

— Não deixa cair farelo de Cheetos no estofado do seu carrão lá fora — aconselho, acenando com a cabeça para o Barracuda do outro lado da janela.

— Tudo certo. Eu restaurei com estofado de vinil. Dá pra limpar de boinha.

Ravyn não parece estar brincando nem um pouco.

— Espera, eu estava zoando. Você tá falando sério? Aquele é o seu Barracuda? — pergunto.

— 1970 Hemi Cuda, amigo. É estupidamente veloz. Vai todo *vroooom*.

— Espera. Você ainda tá trabalhando na cafeteria?

— Então, não. Tipo, um mês depois de vocês passarem lá, um dos meus amigos me deu uma Fart Coin de aniversário.

— Uma o quê?

— Fart Coin. Criptomoeda. Enfim, eu revendi exatamente na hora certa e fiz uma grana, que investi numa cadeia de dispensários com alguns parceiros. As coisas decolaram. Quer dizer, o capitalismo ainda é uma droga, mas enfim.

— Mas agora você está fazendo ele funcionar para você — diz Florence.

— O sonho americano, amiga.

— É oficial, Ravyn. Agora eu já me encontrei com você o mesmo número de vezes que me encontrei com o Jude aqui.

— *Não brinca* — exclama Ravyn. — Estão se vendo uma vez por ano?! Ainda?? Qual é o lance de vocês?

— Coletiva ou individualmente? — pergunto.

— Tanto faz.

— Quanto tempo você tem? — pergunta Florence.

— Mas, falando sério, eu tenho que ir à Target comprar um presente de aniversário pro meu sobrinho antes de eles fecharem. Vocês precisam de uma carona pra algum lugar?

Florence olha para mim.

— Jude? Lembra a noite em que nos conhecemos? Você disse que amava a Target porque não era um monstro?

— Eu disse isso?

— Não é verdade?

— É, sim. E eu não sou um monstro.

Florence se vira para Ravyn.

— Você se incomodaria se a gente te acompanhar até a Target? O que o Jude não te contou é que você tem o meu carro dos sonhos e eu ia gostar muito de andar nele.

— Você pode dirigir.

— Ir no banco do carona já tá ótimo.

— Entrem, otários, vamos fazer compras. *Meninas malvadas?*

— Saquei a referência. Ótimo filme — elogia Florence. — Podemos pegar umas raspadinhas rapidinho?

— Claro. Aliás, uma dica: eles têm Coca e *piña colada* lá atrás. Se misturar os dois? *Nooossa.*

FLORENCE

TENDO ULTRAPASSADO NOSSOS SENTIMENTOS, A CAMINHO DA TARGET NO MEU CARRO DOS SONHOS, 21H32

— Eu só vou deixar vocês dois na entrada e ir procurar uma vaga — diz Ravyn. — Uau. Isso não é algo que uma mãe diria?

— Sem sombra de dúvida — concorda Jude. — Mas você não precisa deixar a gente. Podemos andar.

— Que nada, cara — dispensa Ravyn. — Eu estaciono essa coisa onde Judas perdeu as botas. Não dá pra deixar ninguém parar do meu lado e arranhar meu bebê. Vão em frente. A gente se encontra na entrada às dez e meia?

— Tá ótimo — diz Florence, e nós saímos.

Lá dentro, a gente fica frescando por um minuto com o sopro do ar-condicionado.

— Target — diz Jude.

— Qual é a primeira coisa que você faz dentro de uma Target?

— Eu dou uma olhada no extenso corredor de canetas.

— Tô dentro — digo a ele. — Você chega a comprar alguma?

— Caneta?

— É.

— Não. Porque, bom, esse tipo de coisa acontece com você? Quando você tá numa loja olhando pra, tipo, um paredão de suéteres, e tem todas as cores boas, e estão todos enfileirados lado a lado, dobrados certinhos, e você pensa: *eu preciso ter um desses*.

— Eu sei exatamente do que você tá falando.

— Não é? E aí você pega um, tipo, um azul, uma cor legal, uma cor que você usa o tempo todo até, e aí você leva pra casa e...

— E não sabe por que comprou.

— Exato. Não é tão bom. Porque você não queria um único suéter. Você queria todos os suéteres.

— É por isso que você não compra canetas — digo.

— Exato. Eu não quero um pacote de canetas. Eu quero o extenso corredor de canetas. Ele todo. E não dá pra levar pra casa.

Nós examinamos a seção de marcadores.

— É muito difícil pra mim resistir a comprar um monte de marcadores — digo a ele.

— Você teria que comprar todos — acrescenta ele —, pra matar aquela vontade que está sentindo.

Jude pega o celular e inclina um pouco para trás, apontando para o alto.

— Espera.

— O quê? — pergunta ele, ainda olhando para a tela.

— Espera. Espera!

— O quê?

— É esse o sentimento que te faz querer tirar uma fotografia? Tipo, é assim que a sensação começa pra você?

Ele parece entusiasmado e também um pouco envergonhado.

— Quer dizer… Quer dizer, é — admite ele. — Eu poderia levar a parede inteira comigo.

— Você poderia levar a parede inteira com você.

Jude tira a foto.

— De onde vem o sentimento da poesia? — pergunta ele.

— Eu não sou bem uma autoridade no assunto.

— Tipo assim, você está aqui pela poesia. É competitivo para entrar. Você tem *alguma* autoridade.

Eu quero me contorcer.

— Não, tipo. Eu sabia do que estava falando com a dança. Fiz isso por treze anos. Sabe? Eu conhecia todos os termos, podia falar daquilo. Eu podia *executar*. Eu sabia quando caía errado, sabia qual era a sensação de uma boa extensão. Com a poesia, eu… Eu não sei. Eu não sei o que estou fazendo.

— Isso é tão legal.

— Como assim?

— Você nunca quis ter a experiência de fazer uma coisa incrível pela primeira vez de novo?

— Tipo ver um filme?

— Ou ouvir uma música. Sua música favorita. Ou tipo... Tipo conhecer alguém que vai mudar sua vida. Passar por aquela noite transformadora de novo. Pela primeira vez.

Agora ele está me olhando de um jeito intenso.

O calor dispara por mim e então sinto uma pontada inesperada de raiva. Estou pensando em como foi vergonhoso vasculhar o prédio de dança atrás dele, sozinha.

— Esse era o objetivo da situação toda de ficar sem comunicação — digo, com a maior leveza que consigo. — Não era?

Jude assente.

— É, acho que era. Mas a gente estava falando daquela coceirinha da poesia. O que te faz querer escrever um poema?

— Bom. Primeiro foi porque eu estava, tipo... sentindo algo intensamente. Eu escrevia bem ali no momento, numa sentada só. E a sensação era *boa*, botar pra fora, mas eu não gostava do jeito que o poema saía.

— É mesmo?

— Aham. E aí, conforme evoluí, encontrei novos poetas para ler, e eu escolhia alguma coisa que me dava vontade de escrever. Tipo, eu precisava largar o livro e encontrar uma caneta. Os poemas aconteceram desse jeito por um tempo.

— Você gostava desses?

— Eu gostava mais desses — confesso a ele. — Mas eu ainda estava partindo de um sentimento. E estou descobrindo que... pelo menos pra mim, não consigo partir de um sentimento. Eu preciso ver algo, ou passar por algo, que faça com que eu sinta alguma coisa, e então esperar um tempo. Escrevo em algum lugar e deixo de lado. Quase como se o deixasse crescer. Aí volto a ele mais tarde e vejo se há algo ali pra um poema.

— Se a ideia tem poder de aderência.

— Não as ideias — corrijo-o. — Imagens. Primeiro as imagens.

— Você escutou isso?

— Escutei o quê?

— Confiança. Isso foi confiança. Isso foi autoridade.

— Só estou citando a minha professora!

— Confiança.

— Falsa confiança — digo a ele. — Tipo, eu sou sempre a pessoa no estacionamento que pensa que o carro está ali.

— E ele não está ali.

— Nunca. Mas mesmo assim eu saio marchando com muita certeza na direção errada.

Estamos andando de novo. Jude não está bem olhando para mim.

— Eu procurei por você esta noite — relata ele. — Eu procurei por você no palco. E...

Eu não falo nada. Não respiro.

— E isso meio que partiu meu coração — diz ele —, quando achei que você não tinha vindo.

JUDE
SOBRE A NATUREZA BINÁRIA DO CORAÇÃO PARTIDO

Mas uma coisa eu aprendi:
corações não ficam meio
partidos. Isso só é algo que
se diz para esconder a extensão
da fragilidade sentida.

(Falar na segunda pessoa
também é um ótimo jeito
de esconder a fragilidade.)

É tipo como
algo não pode ser "muito
único". Ou uma coisa é
única ou não é.
O interruptor está ligado
ou desligado. O vidro foi quebrado
ou não.

O coração está partido
ou não está. Claro, é possível ficar triste.
Há matizes infinitos de tristeza.
Mas, no minuto em que disser que seu coração
está partido, você está comprometido.

Ainda mais se estiver dizendo isso
para a pessoa que
o partiu.

JUDE
ONDE NOSSOS SENTIMENTOS ENCONTRARAM UMA ÓTIMA VAGA BEM PERTO DA ENTRADA E NOS ACHARAM NO EXTENSO CORREDOR DE CANETAS, 21H46

— Jude — murmura Florence.

— Ei, olha só o tamanho dessa caneta! É, tipo, tão enorme que chega a ser cômico — digo. — Seria muito engraçado assinar um documento importante com isso e usando um chapéu minúsculo de caubói.

— Eu fico meio de coração partido pensando em você sentado lá na apresentação, procurando por mim. Pelo menos me diz que você não estava sozinho. Não consigo pensar num sentimento mais solitário na Terra do que procurar por alguém que você quer muito ver e não o encontrar. Ainda mais quando se está sozinho.

— Não, havia muitas outras pessoas por lá.

— Você sabe o que eu quis dizer.

— Porque imagina se fosse só eu, sentado lá sozinho no meio do auditório.

— Com um tipo extremamente inapropriado e chamativo de lanche.

— Um enorme picles de endro.

— *Quê?*

— É, um garoto que se transferiu do Texas pra minha escola disse que as pessoas levam picles enormes pra comer no cinema lá.

— No *cinema*?

— Foi o que ele falou. Ele podia estar brincando.

— Sinceramente? Não odiei a ideia? — Florence captura meu olhar e há certo peso em sua expressão.

Observo ela por um tempo, com o que eu espero que seja uma expressão de abertura, para deixar espaço para que ela diga seja lá o que for que obviamente quer me dizer.

— Eu também te procurei — confessa ela, baixinho, desviando o olhar.

— Na apresentação de dança?

Ela nega com a cabeça. Parece querer dizer alguma coisa, mas não diz. Ela brinca com um pacote de canetas.

— Eu procurei por você em vários lugares. Lugares idiotas onde você não poderia estar. Procurei por lá também.

— Num pacote de canetas?

Ela sorri um pouco e balança a cabeça em negativa.

— No elevador?

Ela assente. Mantemos alguns segundos de silêncio entre nós como se fosse frágil.

— Enfim — dispensa ela, sem me fitar nos olhos.

— Ei. — Eu toco em seu ombro.

Ela finalmente olha para mim e eu consigo ver a dor feroz em seus olhos.

— Ei — chamo de novo. — Agora posso dizer que sinto muito?

Ela permite.

— Eu sinto muito.

Então a abraço, e assim ficamos por um longo período, balançando para a frente e para trás no extenso corredor de canetas como se dançássemos uma música lenta.

FLORENCE
ANTECIPAÇÃO

Dizem que, se você quer sair de férias,
deve planejar com um ano de antecedência. Quanto mais

esperar, melhor vai se sentir quando entrar naquele avião
para Paris, ou para onde for. Eu não sei se isso é verdade,

porque eu tinha certeza de que não voltaria mais
ao Michigan, amaldiçoada seja essa terra desgraçada etc.,

depois de me arrastar chorando de volta para o quarto no fim de
[junho
às três da manhã para dormir direto sem ver o sol nascer. Mas aqui
[estou,

me sentindo melhor. Eu testo o sentimento. Quer dizer, voltar para
[o AAH
foi uma aposta, e, sinceramente, minha mãe queria isso mais do
[que eu...

bom, ela queria que eu quisesse *algo*. Talvez tenha sido por respeito
que ela tenha parado de vez de falar comigo sobre dança, mas

foi como se eu tivesse enterrado o eu-que-dançava no quintal sob
[o maior breu
da meia-noite, para nunca mais ser mencionado, e não sei por que

estou pensando nisso agora, aqui na seção de decoração de casa
[da Target
da cidade de Harbor, segurando uma vela rosa sob o nariz de Jude.
[Eu faria

uma pirueta para ele, mas não sei ao certo se lhe leria um poema.
Eu diria a ele o quanto estava magoada, mas não tenho certeza se
[o deixaria

me beijar. Mas eu quero que ele me beije, eu quero que ele... Ah,
[pelo menos acho
que quero isso. Dançar costumava ser a coisa que eu fazia para mim
[mesma, que se dane o resto

do mundo, e mais tarde era uma bomba que eu carregava por aí...
[temendo que iria
explodir, com medo de largar — e então, quando deixei o AAH no
[ano anterior,

foi como se deixasse meu eu bailarina ali também. Ela ainda está de pé
no terraço do prédio de dança, completamente sozinha. Mas não sei

se sinto falta dela. Acho que sou outra coisa agora. Esta noite,
no corredor de velas, segurando uma delas para Jude como se

fosse uma flor, tenho a impressão de como seria bom
um dia escrever um poema a respeito deste instante.

FLORENCE

CARREGANDO NOSSOS SENTIMENTOS POR AÍ NUMA CESTA DE PLÁSTICO VERMELHA DA TARGET, 22H12

— Aquela vela me lembra da minha avó — diz Jude.

— A cor-de-rosa?

— É, me dá ela de novo. — Ele inspira. — Acho que esse é o perfume dela — afirma. — Ou era, acho.

— Era?

— Ela morreu ano passado — fala Jude daquele jeito casual que as pessoas às vezes dizem as coisas das quais sentem medo de que vão fazê-las chorar.

— Ah, Jude. Foi dela que você me contou?

— Foi. O câncer voltou. Aconteceu muito rápido. Mas não sei.

— O quê?

— É engraçado, eles nem sequer colocaram no obituário. Como ela morreu. Eu li a página inteira do obituário no jornal e percebi que, se as pessoas morrem depois dos 80 anos, é quase como se não importasse do que elas morreram.

— Deveria importar — digo.

— Talvez às vezes eles não saibam por que elas morreram. Talvez seja por isso.

Jude inspira mais uma vez e coloca a vela de volta na prateleira.

— Era ela que te dava uma nota de vinte dólares no seu aniversário todo ano.

— Aham — confirma ele. — Ela tinha ótimas histórias. Ela me contou que, quando teve a minha mãe, meu tio, que tinha 17 anos na época, levou ela de carro pro hospital no banco de trás do Mustang conversível do amigo dele, sem tempo pra colocar a cobertura, aí ele a deixou lá e foi pra escola.

— Uau.

— O primeiro período não espera por homem nenhum. Ou bebê.

— É muito difícil saber como se sentir a respeito da morte.

— Tipo assim, eu acho que é... Uma coisa ruim, Florence.

— Ah, com certeza. Não foi o que eu quis dizer. É só que... É tão impossível imaginar como é não estar mais aqui. Não estar consciente, quer dizer. Quem sabe se existe um paraíso, ou sei lá.

— Bom, eu acho que existe um paraíso.

— Eu *quero* achar que existe um paraíso. E aí a parte insuportável do meu cérebro se pergunta se acreditamos no paraíso só porque é assustador demais não acreditar no paraíso.

— Eu só não sei se a resposta "verdadeira" sempre precisa ser a resposta assustadora. Sabe? Tipo, não é como se eu quisesse ser tratado como uma criança. Eu não preciso acreditar no Papai Noel. Eu gosto quando as coisas são complexas. Mas não acho...

— Que o universo pende para o caos?

— Quer dizer, é você que tem um ótimo professor de física — comenta Jude. — Então me diz você.

— Bom, a entropia existe. As coisas meio que... se encaminham em direção à desordem. Mas também estamos aqui, de alguma forma. O Big Bang aconteceu e o planeta começou a girar e nós estamos pisando no solo e respirando esse ar e estamos aqui. Isso também aconteceu.

— E eles não sabem por quê.

— Eles não sabem por quê.

— Eu não gosto que me digam como devo me sentir. Sabe? As pessoas presumem que estou triste por causa da minha avó. E estou mesmo, sinto saudade dela, mas há mais do que isso.

— O que você quer dizer?

— Eu não... — Ele franze o cenho, tentando se organizar. — Ela fazia biscoitos incríveis — diz, por fim. — Quando eu tinha 7 anos, ela me fez um cachecol nas minhas cores favoritas, azul e verde. E ela me amava. Então eu estou... bem. Estou bem com isso também. Mas ainda assim foi um ano ruim.

Jude pega uma vela de lavanda e inspira.

— Aqui — diz ele. — Sente o cheiro dessa.

JUDE

ESTIMULANDO O CENTRO OLFATIVO DO NOSSO CÉREBRO, PARA O BEM OU PARA O MAL, 22H21

Florence inspira, torce o nariz e acena para que eu me afaste.

— Ah. Na-na-ni-na-não.

Eu cheiro de novo.

— Esse aroma é incrível. Como você pode não gostar disso. É, tipo, tão reconfortante.

— Não pra mim. É o oposto, na verdade.

— Sério? Por quê?

— Porque sim.

— Agora eu realmente tô curioso.

— Nem esquenta a cabeça com isso.

— Que foi, esse era o cheiro do Rafe ou...

— Não. Tá bom. Só pra você me deixar em paz, ok? Esse era o cheiro do sulfato de magnésio que eu costumava usar para as dores musculares depois de uma sessão de dança brutal e é por isso que eu não queria falar disso, então espero que esteja feliz.

Florence me encara de modo desafiador.

Eu boto a tampa de volta na vela e a devolvo para a prateleira.

— Pra falar a verdade, estou feliz, sim.

— Ah, é?

— É, estou.

— Mesmo que eu claramente não quisesse falar disso.

— Estou feliz por você ter se aberto comigo.

— Sob coerção.

— Tá bom. — Eu a encaro. — Olha, Florence, normalmente é nesse ponto que eu pediria desculpas...

— Tá.

— E me renderia. Mas não dessa vez. Quer saber por quê?

— Por quê?

— Porque eu me *importo* com você. Tipo, me importo *demais* e sei que nós nos conhecemos por literalmente dois dias ou menos, *blá blá blá*. Mas isso não é escolha minha, sabe? Se dependesse de mim, estaríamos nos falando todo dia. Toda hora. Não teríamos que passar metade da nossa única noite por ano juntos botando o papo em dia e nos conhecendo mais uma vez. A gente contaria tudo um pro outro. Porque a sensação de te contar as coisas é boa. E eu torceria para que *me* contar as coisas também fosse uma sensação boa para você, porque eu me importo com você e com a sua vida. Quando você está magoada, eu quero te ajudar a lidar com isso. E quero me magoar com você e por você. Eu quero ser essa pessoa na sua vida e não ligo para quanto isso soa uma loucura depois de nos conhecermos há tão pouco tempo. Eu não sei o que dizer... Você mexeu comigo. É *óbvio*. Eu não espero nada mais do que você sentindo o mesmo por mim.

Eu olho para Florence, de repente grato por ter botado tudo isso para fora numa Target que está, em boa parte, deserta.

Ela me encara por um longo tempo. Enquanto ainda está fazendo contato visual, estende uma das mãos para a prateleira, pega uma vela e inspira até encher os pulmões.

— Esta cheira como um estúdio de ioga numa parada de caminhões — murmura ela.

— Você é tão... — começo, jogando as mãos para o alto.

Dou meia-volta.

Florence agarra meu braço e me vira para si.

— Jude. Só...

— Você não me leva nem um pouco a sério.

— Levo, sim. — Ela faz uma pausa longa. — Escuta, eu... Eu tenho dificuldade em me abrir.

— Você já se abriu comigo antes sobre as coisas.

— É, mas isso é diferente.

— Como?

— Porque eu ainda estou lidando com as coisas. Isso é... a morte de um pedaço de mim. Tipo, toda a minha identidade até esse ponto. Aqui estava eu, sentindo que começava a me entender, e aí essa percepção desaparece. É levada pra longe. E não de um jeito digno e glorioso. Eu só comecei a cair demais pra continuar. Não era mais capaz de manter o equilíbrio. Minha pele era um mar de hematomas. Doía tanto. Por alguns dias, achei que havia quebrado o pulso. E, aliás, meus olhos ainda não pararam de dar merda. É difícil sentir como se você estivesse deslizando colina abaixo e não ser capaz de parar e não saber onde fica o fundo. É... é muito assustador e eu estou assustada. Tá bom?

— Eu sinto muito, muito mesmo por tudo isso, Florence.

— É — murmura ela.

— Não tem nada que eu queira mais do que me jogar por essa colina com você e tentar chegar ao fundo antes para que eu possa amortecer a sua queda. Que nem o Westley de *A princesa prometida*.

— Foi a princesa que se jogou colina abaixo.

— Eu me jogaria se pudesse. Você acredita em mim?

Florence encontra meus olhos.

— Aham. Acredito. Você é a primeira pessoa pra quem eu falei tudo isso em voz alta, sabia?

— Você não gosta de se sentir vulnerável.

— E você gosta?

— Não, só estou dizendo que sei que você, em especial, não gosta. Mas, sei lá. Às vezes é preciso se fazer vulnerável para se curar, entende? Tipo fazer uma cirurgia emocional. Eu teria dado tudo pra ter falado com você depois que a minha avó morreu. Mesmo que eu fosse uma grande ferida aberta. Eu senti que estava sozinho no meu luto.

Florence não responde, mas pega a vela rosa da prateleira. Ela a entrega para mim. Depois pega o celular e o segura rente ao ouvido.

— Tá bom — diz ela. — Estou aqui agora.

— Mas o quê, tipo...

— É. Vai em frente.

Eu hesito, mas ela não parece estar brincando. Então, de qualquer jeito, eu rio um pouco, caso ela esteja, e abro a vela rosa. Eu hesito e então a levo até o nariz. Meus olhos começam a se encher de lágrimas quase espontaneamente. Eu os enxugo rápido e tusso.

— É isso o que acontece comigo quando assisto aos vídeos do Mr. Rogers no YouTube.

Florence fica em pé ali, olhando para mim, o celular no ouvido.

— Então... — começo a dizer.

— Desculpa, não consigo te ouvir. Estou a mais de três mil quilômetros de distância. É melhor usar o celular.

— Certo. Esqueci. — Eu pego o celular e o coloco no ouvido. — *Triiim triiim*.

— Alô? — atende Florence.

— Oi, *hã*. Florence?

— É do telemarketing?

— Ah, certo, você não tem meu número no celular, né? É o Jude.

— Quem?

— Ah, para, vai.

— Tô brincando. Ei, Jude. É bom falar com você mesmo que esteja burlando as nossas regras.

— É, eu sei, mas não estaria ligando se não fosse importante.

— O que aconteceu?

— Então, ah. — Eu começo a ficar com a voz embargada e tento disfarçar com uma risada. — Isso é meio besta, não é? — Eu me viro de costas para Florence, em direção às prateleiras de velas. — Minha, *hã*, avó... — O caroço sobe de novo e eu pigarreio.

— Tá tudo bem, Jude — diz Florence, gentil. — Leve todo o tempo de que precisar.

— Minha avó. Ela, *hã*. Ela morreu. Ontem. A gente meio que sabia que ia acontecer, mas... Pelo menos foi rápido, né? É isso o que todo mundo fala.

— Jude. Eu sinto muito. Você está bem?

Agora as lágrimas estão escorrendo em liberdade pelas minhas bochechas. Eu penso: *Isso é uma droga, mas também não é?*

— Cara, tô feliz que não tem ninguém procurando por velas quase à meia-noite — falo.

— Como assim? Você tá numa Target cheirando velas?

— É, como você sabia que eu estava especificamente numa Target?

— Porque eu imaginei que Dickson, no Tennessee, não deve ter uma loja da Diptyque que fica aberta até tão tarde.

— Ah, sim, você tem razão em relação a isso. Eu nem sei o que é uma "Dyptique", mas sei que não temos uma.

— Eu queria poder estar aí com você. Eu amo cheirar velas e passar tempo ao seu lado. Você está bem?

— Estou. Quer dizer, não, mas sim.

— Você quer conversar sobre isso?

— Eu só estou com saudade dela. Isso é tudo. E estou cansado de as coisas na minha vida desmoronarem e também sinto demais a sua falta. Eu queria poder te ver.

— Eu também sinto sua falta, Jude.

FLORENCE
NO CAIXA DE AUTOPAGAMENTO, 22H32

— *Ugh*, anda logo, *escaneia*.

— Ravyn vai entender se nos atrasarmos alguns minutinhos — diz Jude. — Ela nunca pareceu ser alguém que tá com pressa.

— Eu sei, é só, tipo, patológico. Eu odeio incomodar as pessoas.

Jude tosse um pouco.

— Estou tendo um pouco de dificuldade pra entender como isso se encaixa com, tipo, seu etos em geral.

O recibo é impresso. Entrego a ele a vela rosa de tamanho para viagem e guardo a de lavanda no bolso.

— Quer dizer, ela está nos fazendo um favor. Eu não quero que ela pense que não somos gratos.

— Certo. Mas, tipo, uma coisa de que eu gosto em você é que você é tão "Eu vou fazer o que preciso fazer e que se danem as consequências" — diz Jude.

— Eu penso nas consequências o tempo todo.

— É mesmo?

O ar noturno é frio e doce. Nós esperamos perto das grandes bolas vermelhas da entrada.

— É. Tipo, eu não sou assim de propósito — falo. — Parte disso… Sei lá, parte disso é só controle de impulsividade. Eu penso, e então estou dizendo. E aí preciso lidar com as consequências.

— Eu fico pensando sem parar em tudo que vou dizer. Tipo, eu ensaio até a morte. — Jude pega a vela rosa de dentro da sacola e a cheira de novo.

— Como é isso?

Ele ri.

— Ah, espera — diz ele. — Você está falando sério.

— Estou! Quer dizer, eu não acho que você faz isso comigo.

— Não atualmente. Mas eu com certeza reservei um tempo de ensaio nas semanas que antecederam o AAH. Para o caso de eu te ver de novo.

— Você fez isso?

Jude não está olhando para mim.

— É. Tipo, tinha cenários. Diferentes cenários.

— Tipo quais?

Ele parece levemente desesperado por um alçapão que desse para fora dessa conversa.

— Tipo, tinha um cenário em que eu vinha só pra te encontrar no primeiro dia de volta. Tipo, esquece a Noite de Aurora. Eu ia até o seu quarto no dormitório e talvez você o estivesse dividindo com a Makayla de novo, mas na minha cabeça eu teria planejado ir quando eu sabia que ela estaria no ensaio de Shakespeare. Como na hora antes do jantar. E você teria aquela manta na sua cama, e uma pequena lâmpada de cerâmica, da...

— Target?

— Target, então a luz do teto estaria apagada. E você teria aquelas sombras dançando no rosto. Você tem boas maçãs do rosto para isso. Pra uma boa iluminação. E, sim, eu não sei, você estaria se alongando sobre um tapete de ioga, ou coisa do tipo, porque eu imagino que é isso que bailarinos fazem depois do ensaio, pra se acalmar ou sei lá, e eu bateria à porta e você olharia pra mim e...

— E o quê?

Persistente, ele está encarando os pés.

— E eu faria alguma piada.

— Que piada?

— Essa é uma ideia muito ruim.

— O que é? A piada?

— Florence. — Jude olha para mim, então por cima do meu ombro e fica pálido.

— Jude. Qual é a piada?

— A piada é que — começa ele — eu quero...

Eu respiro fundo. E chego mais perto.

— Ah. É a Ravyn — comenta Jude.

Como se ensaiado, ela buzina, então baixa a janela.

— E aí — cumprimenta ela.

Jude e eu estamos nos encarando.

— Alguém morreu? — pergunta ela.

Jude murmura alguma coisa que eu não consigo entender. Soa como *romance*.

— Ravyn — digo, sem olhar para ela. — Escuta. Estamos, tipo, famintos...

Jude ergue as sobrancelhas.

— E tem um, *hm*, tem um Olde Style Buffet no estacionamento e eu amo Olde Style Buffet — continuo.

Ravyn ri.

— Ah, espera — corta ela —, você tá falando sério.

— É. Eles têm o melhor...

— Macarrão com queijo — completa Jude.

— O melhor macarrão com queijo.

— Tá bom, mas, tipo, o Olde Style Buffet é o lugar para onde eles levam uma casa de repouso inteira depois de uma noite de bingo. Você é uns cinquenta anos nova demais pra ir ao Olde Style Buffet — argumenta Ravyn.

— Restaurantes noturnos são, tipo, a parte sobreposta do diagrama de Venn entre adolescentes e idosos — argumento. — Pensa no Perkins. Pensa no *Denny's*, pelo amor de Deus.

— Não dá pra discutir com essa lógica — cede Ravyn. — Ainda mais porque você... parece se importar muito com isso.

— Ela tem Fortes Emoções — diz Jude.

— Desculpa — digo. — Eu só tô, *hm*...

— Com raiva de tanta fome — diz Jude.

— Eu tô com raiva de tanta fome. E você é tão incrível por nos ter dado uma carona até aqui. Eu agradeço muito. Mas nós vamos comer alguma coisa e então podemos, tipo, andar de volta até o centro da cidade. São só alguns quilômetros.

— Beleza — concorda Ravyn. — Eu vejo vocês na próxima Noite de Aurora.

— Essa é a nossa última — informa Jude.

— É sério? Uau. Eu meio que cheguei ao ponto em que ficava esperando ver vocês dois todo ano. Às vezes era, tipo, Natal, e do nada eu me perguntava o que vocês estavam fazendo, a Loirinha e o Timothée Chalamet Diet.

— *Não é?* Ai, meu Deus — exclamo, maravilhada. — Chalamet Diet.

Jude fica vermelho igual a um pimentão.

— Eu vou matar vocês duas. Ainda mais se acontecer de o Chalamet se revelar um pervertido.

— Deixa eu passar meu número, só por precaução. — Ravyn estende a mão para o meu celular. — Mas é sério — continua ela enquanto digita. — Essa é a última vez que vou ver vocês. É uma pena. Vocês sempre deram umas gorjetas ótimas.

— É a minha melhor qualidade — digo.

Ravyn me devolve o celular.

— Loirinha — acena ela. — Chalamet Diet. Foi um prazer.

Eu meio que quero chorar. Olho para o celular.

— Espera, essa transferência do CashMo é sua?

Ravyn faz um barulho de clique e gesto de arminha com uma das mãos.

— Divirtam-se, jovens.

— Esse é o seu sobrenome de verdade?

Cliques e arminha de novo.

— Que incrível. Tchau, Ravyn — me despeço enquanto ela vai embora.

Jude está encarando minha tela de bloqueio.

— A Ravyn acabou de te fazer uma transferência pelo CashMo?

— Aham. E olha só o sobrenome dela.

— É McHaven.

JUDE
A PIADA É

A piada é que eu quero
tanto, mas tanto
te beijar neste momento.

A piada é que
teria sido uma péssima
ideia, mas eu a teria beijado
mesmo assim.

A piada é que eu passei
a sentir que não posso confiar
na única coisa que todos dizem
que mais devemos confiar,
que é meu coração.

A piada é que eu podia
ter jurado que você se inclinou
na minha direção, como se soubesse
o que eu ia dizer
antes de eu saber que diria.

A piada é que eu não sei
se você estava se inclinando para um beijo
ou perdendo o equilíbrio.

A piada é que eu não sei
se existe uma diferença
entre as duas coisas.

JUDE

INDO PARA O OLDE STYLE BUFFET, O QUE, QUASE ÀS 23H, ESTÁ PARECENDO SER UMA ESCOLHA AINDA MAIS QUESTIONÁVEL DO QUE SERIA NORMALMENTE, 22H49

Nós nos entreolhamos com espanto.

— *Ravyn McHaven* — dizemos ao mesmo tempo.

— Por que Ravyn McHaven tá te mandando dinheiro pelo CashMo? Já caiu? — pergunto.

— Ainda tá pendente — diz Florence.

— Agora temos que ir comer no Olde Style Buffet — falo. — E ver o que a Ravyn McHaven nos mandou.

— Ah, bom — começa Florence enquanto entramos. — Ainda bem que tem um fedor absolutamente cáustico de bacalhau empanado permeando cada molécula de oxigênio daqui. Eu não ia querer que meu nariz ficasse mimado e fraco depois da nossa sessão de cheirar velas.

— Realmente não há dúvida de que eles servem bacalhau aqui, né? — comento.

— Tipo, se você tivesse alguma condição médica rara em que tivesse que ter um pedação fumegante de bacalhau empanado na boca o tempo todo pra não morrer, você estaria muito feliz por saber que pelo menos tem mais algumas horas de vida.

— Por favor, não diga "pedação fumegante de bacalhau empanado".

A garçonete nos observa cansada.

— Dois?

— Dois — digo.

— Cabine ou mesa?

— Cabine, por favor — pede Florence.

— Por aqui.

Ela nos leva para uma cabine no canto. Estamos longe demais do AAH para que os outros campistAAHs tenham vindo parar aqui, mas há algumas mesas com adolescentes fazendo estardalhaço.

A garçonete acena com a cabeça na direção de um balcão com recipientes aquecidos de comida e protegidos por uma cobertura.

— O bufê é por ali. Os pratos estão lá. Peguem um novo a cada repetição.

— Obrigado, dona — digo.

Florence espera até ela ir embora.

— *Obrigado, dona* — repete ela, os olhos brilhando de deleite.

— Eu sou do sul.

— É muito fofo!

Andamos até o balcão aquecido e pegamos os pratos.

— Tô com tanta fome que poderia comer... Bom, no Olde Style Buffet — diz Florence.

— Eu achei que você amasse esse lugar.

— Eu também achei. Acho que talvez amasse um Olde Style Buffet em específico, com o qual tenho familiaridade e no qual não comi desde que larguei a dança.

— Penso que um bufê não deveria pender tanto pro negócio "olde" das antigas — comento.

— Por quê? — Florence bota no prato uma concha grudenta de macarrão com queijo num tom de amarelo radioativo.

Eu descasco uma fatia de presunto cozido do topo de uma pilha de presunto.

— Bom, porque é, tipo, "ei, nós fazemos as coisas do jeito que se fazia antes de descobrirem germes e a lavagem das mãos".

— Tipo assim, pelo menos é honesto?

Nós enchemos os pratos e nos sentamos.

Florence morde um camarão frito.

— Várias vezes, quando eu ainda dançava, teria comido uma pilha de blusas de angorá para chegar a um prato de bufê de camarão frito.

Eu termino de mastigar um pedaço de lasanha encharcada.

— Contra: a morte de um sonho. Pró: se satisfazer com o camarão do Olde Style Buffet. Parece uma troca justa.

Florence ri.

— Desculpa se isso for uma péssima piada.

— Que nada, eu gosto quando você mostra suas feras — diz Florence. — Eu fico com menos medo de mostrar as minhas.

Nós comemos por um tempo sem dizer nada. Dou uma mordida na costela com gosto de que foi cozida por alguém que ficou sentado em cima dela por tempo demais dentro de um ônibus e digo:

— Aqui estamos nós de novo. Terceira vez.

— Terceira vez.

— Há três anos esse tem sido o ponto alto do meu ano.

— Do meu também.

— Eu vou sentir muita falta disso.

— Digo o mesmo. Mas quer saber de uma coisa? Aposto que há vários pontos altos esperando por nós nos anos por vir.

Eu hesito tocar no assunto porque estive com medo. Mas falo mesmo assim:

— A gente ainda não falou de faculdade.

— Não, nós não falamos.

— Será que... devemos?

Florence mexe no macarrão com queijo com o garfo como se estivesse conferindo o sinal vital da massa enquanto pensa.

— Ainda não — decide ela, por fim. — Até lá, pelo que sabemos, vamos estudar na mesma faculdade, onde vamos passar momentos assim, juntos, toda noite. Eu amo viver nesse espaço de possibilidade. Mesmo que por algumas horas.

— Você tá falando sério?

— Sobre a possibilidade?

— Sobre passarmos tempo juntos toda noite.

— É claro.

— Nada disso de *é claro*. Até agora a gente podia estar trocando mensagem toda noite. Mas você não queria.

Florence ri com tristeza.

— Não fique muito chocado, mas trocar mensagem toda noite comigo não é a receita para a alegria que você está pensando. Pergunta pro Rafe.

— Esse é um risco que eu toparia assumir — digo. — Eu nem precisaria checar com o Rafe.

— Você fala isso agora.

— Eu falo isso a qualquer hora.

— Isso vai virar uma competição?

— Eu sou terrível em competições — digo.

— *Hã*, engraçado, porque acho que certa vez você me contou como ganhou um prêmio de quatro dígitos numa competição.

— Ah, você tá propondo um concurso de fotografia?

— Não.

— Então eu mantenho o que disse.

Florence estende as mãos como se estivesse segurando uma caixa invisível.

— Aqui estão as regras: nós vemos quem é capaz de criar o prato mais objetivamente nojento com as opções disponíveis no bufê.

— Tá bom. O que eu ganho?

— *Ahhh*, tá se achando agora! Gostei! O perdedor precisa fazer uma coisa que o vencedor escolher. Qualquer coisa. O que acha do gostinho desse desafio?

Eu começo a dizer como está mais gostoso do que o filé de frango frito daqui.

Florence me interrompe antes que eu consiga proferir uma palavra:

— Não se atreva a dizer que o gostinho é melhor do que o frango daqui ou qualquer outra piadinha bosta de tiozão. Eu não vou te deixar macular o Olde Style Buffet dessa maneira.

— Eu ia perguntar quem vai julgar — minto.

— Nós vamos. Sistema de honra.

— Você confia em mim?

— Completamente. Você confia em mim? — pergunta Florence.

— Claro.

— Então bora. Cubra seu prato com um guardanapo. Sem bisbilhotar de jeito nenhum antes da revelação.

Nós vamos até o bufê. Eu encho o prato com sorvete cremoso de chocolate e baunilha. Por cima, coloco farelo de gema de ovo cozido do bar de saladas e despejo um pouco do molho tártaro. Circundo com camarão frito. Estou com ânsia de vômito na boca quando volto à nossa mesa, pensando no que vou mandar a Florence fazer. Talvez eu a faça enviar mensagens para mim toda noite por um ano. Eu sorrio convencido para Florence, que chegou primeiro à nossa cabine e está sentada com uma expressão serena.

— Você primeiro — diz ela.

Eu tiro o guardanapo de cima do prato.

— Eu apresento... o sundae de coquetel de camarão.

— Eca, Jude, isso é farelo de ovo cozido?

— É, sim.

— Muito bem, Wheeler. A doçura combinada com a criatura insectoide é quase uma releitura da rosquinha de grilos da primeira noite.

— Nem pensei nisso. Sua vez. Espero que tenha vindo preparada para jogar. Essa vai ser difícil de vencer.

— Vai, sim. Porém...

Florence tira o guardanapo de cima do prato dela. Está coberto por sushis. Eles não parecem ter sido adulterados de jeito nenhum.

Eu encaro o prato.

— Foi você que fez isso?!

— Não. Peguei dali. — Ela aponta para uma mesa um pouco separada do balcão aquecido. — E, aliás, eu venci.

— O quê?! Espera aí.

— Não, Jude, eu venci com certeza.

— Mas espera. Não teve nenhum talento artístico nisso. Nenhuma autoria.

— Você está se aproximando perigosamente do território de "meu filho podia ter pintado isso". Às vezes a criatividade se revela em saber quando algo já é perfeito e não precisa ser alterado.

— Isso é *presunto* num dos sushis?

— E maionese. E, Jude, olha.

Ela aponta. Um fio de cabelo preto, comprido e encaracolado, sobressai de um dos sushis.

— Ah, cara. Ai. — Meu estômago dá uma revirada. Eu cubro a boca.

— Imagina mergulhar esse sushi, que esteve exposto por horas, num pouco de molho de soja e wasabi e sentir aquele fio de cabelo no fundo da garganta, bem longe de alcance. Cócegas, cócegas.

— Ah, Florence. Cara. Não.

— Ou preso entre os molares de trás.

— Você precisa parar. Eu vou gorfar.

— Você admite?

— Admito. Você venceu. Será que pode...

— Claro. — Florence apoia o prato numa mesa atrás dela, fora do meu campo de visão. — Você está da cor da torta de limão que eles servem na mesa de sobremesas. Quer um pedaço?

— Eu vou precisar de um minuto.

— Lembra: respire fundo e devagar. Enquanto se recupera, eu vou resgatar meu prêmio.

— Tá bom.

— Obrigada por não dificultar isso mais do que o necessário.

— Claro — digo, enjoado. — Eu não sou nada senão um homem de honra.

— *Homem de honra*. — Os olhos de Florence atraem os meus para sua gravidade. Ela parece séria de repente. — Eu quero que você converse com um terapeuta, pelo menos uma vez, sobre seus pensamentos obsessivos — diz ela, baixinho.

É mais forte do que eu. Eu sorrio para ela.

— Eu já conversei — conto.

— Eu sei que é estranho, mas pensa nos meus olhos. É o jeito que eu sou. Mas ainda me consulto com um médico por causa disso. E, olha, talvez você fale com um terapeuta e ele diga que não há nada clínico acontecendo. Mas pelo menos você ainda está falando com alguém um pouco…

— Florence.

— O quê?

— Eu falei. Eu falei com alguém.

— Ah.

— Ah — repito afetuosamente.

— Você tá me dizendo que eu encontrei e apresentei esse sushi com pentelho pra nada?

— Não pra nada. Você quase me fez vomitar. Isso é algo.

— Como foi…

— Quase vomitar? Nada legal.

— Você não me deixou terminar. Ir à terapia.

— Passei a tomar um medicamento. Tem ajudado. Quer dizer, eu ainda sou uma pessoa meio ansiosa. Acho que sempre serei uma pessoa ansiosa. Mas é quase como se eu pudesse me erguer acima disso agora. Estou ficando melhor em me interromper. E estou tentando não levar meus pensamentos a sério demais.

— Isso deve ser difícil.

— É. Ainda estou me esforçando. Organizando minha cabeça. Mas eu… Sei lá.

— O quê?

— Eu não sei se vai ter um lugar no qual eu… Eu vá chegar. Isso faz sentido? Ainda tenho algumas dificuldades com essa ideia. De que alguns dias apenas serão mais difíceis do que outros. Que não há, tipo, um destino.

— É meio triste. Mas também há algo um tanto quanto belo nisso.

— Você acha?

— Acho.

— É ruim demais.

— O quê?

— Dá pra imaginar? Se eu já não tivesse falado com um terapeuta? *O que trazer você na minha consultório, sr. Wheeler?* — digo, imitando um sotaque alemão. — *Bom, tudo começou com um pedaço de sushi com um pentelho em cima* — continuo, a voz normal.

— O cabelo era longo demais pra ser um pentelho — corrige Florence.

— Nós provavelmente não precisamos analisar isso mais a fundo.

— Tá bom.

— Ei, sem querer avançar de modo prematuro nos adoráveis tópicos da minha saúde mental cagada e do possível não pentelho no sushi do bufê, mas o que a Ravyn McHaven te enviou?

— Ah! Eu nem olhei! Fiquei distraída.

Florence pega o celular. Então arregala os olhos. Ela cobre a boca, arfando de leve.

— Florence?

— Jude. — Ela exibe a tela para mim.

— Eu devo estar lendo isso errado.

— Eu achei a mesma coisa no começo. — Um dois seguido por um ponto e três zeros, então uma vírgula e mais dois zeros. — Isso são dois mil dólares.

— É uma piada?

— A nota que veio junto diz: "Carma por sempre darem boas gorjetas. Vão curtir mais uma Noite de Aurora por minha conta em algum lugar".

FLORENCE
PEGANDO UMA CARONA, 23H20

— Dois mil pila.

— Dois mil pila — ecoa Jude. — Quantas Fart Coins será que dão isso?

— Uns mil cada.

Nós pagamos a conta no caixa e saímos.

— Eu sinto que deveria guardar isso pra faculdade — comenta Jude. — Mas... consegui uma bolsa bem grande. Se eu arranjar um emprego todo verão, posso pagar o resto facinho.

— É. Meus pais têm uma poupança pra minha faculdade. O que é um privilégio, eu sei, e me sinto esquisita com isso...

— Não se desculpe por causa de uma coisa legal que seus pais fizeram por você.

— Tá bom. Não vou me desculpar.

— Se precisássemos, eu diria que deveríamos usar isso para os estudos. Mas não precisamos, e... Bom, Ravyn disse pra gente curtir outra Noite de Aurora.

Jude se deixa cair sentado no banco torto perto da entrada e eu me sento ao lado dele.

— Então nessa época no ano que vem? — sugiro.

— Onde? Estaremos velhos demais pro AAH — diz Jude.

— Certo, e, enfim, eu não quero mais essa coisa de "no ano que vem". Eu quero na semana que vem. — Rio um pouco. — Eu não posso sair numa aventura épica em um parque de diversões ou na lua, ou sei lá! Preciso trabalhar.

— Trabalhar onde? E espera... Eu nem sei onde você tá morando agora. Tipo, você tem noção do quanto isso é zoado? É tão zoado! Tipo, você vai voltar para São Francisco ou Madison?

— Madison. O sabático da minha mãe acabou, ela fez a mudança de volta enquanto estive no AAH. Eu ia ver se o estúdio de dança me deixa ensinar as criancinhas de novo, mas, sendo bem sincera, acho que isso ia me fazer mal. Então não sei. Talvez eu vá servir sorvete, ou coisa assim. Você está trabalhando?

O rosto de Jude muda um pouco.

— Aham — diz ele.

— Espera. Qual é o seu trabalho?

— Eu te contei do meu trabalho.

— Você não me contou do seu trabalho.

— Eu tiro fotos — conta ele.

Eu arqueio as sobrancelhas.

— Sim, eu de fato sei disso. Quem tá te pagando pra tirar essas fotos?

— Pessoas.

— Você percebe que não me contar é pior do que me contar, né? Porque, sinceramente, agora estou imaginando você tirando fotos dos porquinhos-da-índia das pessoas vestindo, tipo, fraques minúsculos, com um daqueles fundos com luz a laser de fotografia de shopping...

— Eutirofotosdemãesebebês — diz ele, superrápido, como se estivesse arremessando a frase.

— Ai, meu Deus. — Não consigo esconder meu contentamento.

— Tá bom, eu sabia que você ia reagir assim...

— Ai, meu Deus, você fotografa BEBÊS e nunca me contou isso antes? Espera! Como que funciona? Eles usam sapatinhos?! Você arruma os bebês, tipo, naquelas roupas de vagem de ervilha com luvinhas verdes e... JUDE.

Ele está rindo.

— Não, é um monte de mães jovens com vestidos brancos em campos gramados, segurando um bebezinho sonolento com um gorro de tricô.

— E pais também?

— Pais também, às vezes. São mais as mães.

— Você tem algum campo preferido? Tipo, um campo para onde sempre vai?

— Essa é a mesma pergunta duas vezes.

— Jude, eu preciso de detalhes. Eu tô morrendo.

— Eu tenho a minha câmera e um pequeno refletor de luz, se precisar. E um tripé. Faço anúncios no Facebook. Tá feliz?

— Estou tão feliz.

— Por que você ama tanta isso?

— Você é minha pessoa favorita — digo. — Acho que é por isso. — O ar entre nós muda. — Tá bom, ainda consigo sentir o cheiro de peixe do bufê — falo, porque de repente fiquei tímida. — Vamos só pegar uma carona de volta pro campus? O check-in é daqui a pouco.

— Espera, é o quê? Pegar carona?

— É. Não é nada de mais, nós dois somos velhos o suficiente agora.

— E não éramos no ano passado? Pra pegar carona?

— Bom, é preciso ter 18 anos.

— O quê? Isso tá acontecendo mesmo?

Eu pego o celular.

— Vou só pedir uma corrida. Como é que você nunca pegou carona antes?

— *Hm*. Não? Não tenho vontade nenhuma de pegar carona. Eu não quero ser assassinado a machadadas. Não quero ser o assunto de algum podcast esquisito e medonho que os millenials escutam durante suas jornadas tristes de trabalho.

— Isso foi bem específico.

— Eu vivo minha vida de acordo com este lema: não faça coisas que te transformarão no tema de um podcast. Pegar caronas é uma delas.

— Literalmente ninguém nunca morreu pegando carona. Teve uma notícia sobre isso. É o aplicativo de compartilhamento de viagem mais seguro que há.

Jude olha confuso para mim.

— Espera, calma aí. Um aplicativo?

Eu viro meu celular para mostrar a ele.

— Viu? Até na cidade de Harbor. Nossa Carona tá... Olha, a dois minutos de chegar.

— O nome desse aplicativo — começa Jude — é cruel e enganoso. Nomes de aplicativos deveriam ser uma abstração.

Abro um sorriso largo para ele.

— Eu sei. Meio que adoro isso.

— É claro que adora.

— Como vamos gastar esse dinheiro, Jude?

— Temos as próximas quatro horas e meia pra decidir.

— Vou comprar pôneis pra nós dois.

Ficamos sentados por um longo minuto.

— É esse? — pergunta ele. — O Ford SUV se aproximando?

— O próprio.

O carro tem o pequeno letreiro luminoso de CARONA na janela. Jude abre a porta traseira para mim.

— Noite de Aurora? — pergunta o motorista.

— Aham — diz Jude. — Vamos voltar pro AAH.

— Eu vi, por isso perguntei — esclarece o motorista, e aperta um botão.

O SUV é preenchido com luzes pulsantes de discoteca. Donna Summer está tocando nas alturas saindo... Por todos os cantos.

— BEM-VINDOS À DISCOTECA SECRETA DA CARONA! — grita o motorista.

— Ai, meu Deus — digo.

— PARABÉNS! — berra o motorista. Ele gosta de gritar.

— Eu sinto muito.

— O QUÊ? — pergunta Jude.

— Não posso falar mais alto. Não quero ofender…

— O QUÊ? O QUE VOCÊ TÁ DIZENDO?

— EU ACHO QUE ESSE É O TIPO RUIM DE CARONA! — grito de volta para ele enquanto arrancamos do estacionamento em alta velocidade.

JUDE
ODE A SENTAR-SE BEM PERTO NUM CARRO

Eu quero me sentar bem perto
de você nesse carro,

nossas coxas tocando
elétricas uma na outra,
separadas apenas por um fino
jeans, nossa pele faminta ansiando
devorar a barreira e se encontrar.

Você cheira a óleo quente
e perfume de baunilha
e uma madrugada de verão
úmida com decisões irresponsáveis;
seu corpo murmura
contra o meu.

Quem está enganando quem.
Eu te conheço como fome.

Eu quero te devorar.

FLORENCE
O JOGO SILENCIOSO

Não há conversa na Discoteca da Carona. Aprendemos isso
rápido. No banco de trás, Jude ergue o celular e gesticula
com os polegares. *Mensagem?*, articula ele com a boca. Ao botar o
[número

nos contatos dele, escrevo FLORENCE ✒
e me sinto como se estivesse tirando as roupas. Aperto salvar e
devolvo o celular. Minha tela se ilumina de imediato. *Que coisa*
[*estranha*,

leio. Então três pontos. Observo as mãos dele enquanto digita.
A cada cinco segundos seu rosto se ilumina de rosa, branco, azul,
[verde
e eu penso que o motorista talvez esteja tentando falar com a gente,

mas é difícil escutar por cima dos Bee Gees. *Estranha, não*, escrevo.
Sou apenas eu. Ele sorri, a cabeça baixa. *É por isso. Todas as noites*
eu queria fazer isso e não podia. Eu podia falar com qualquer outra
[*garota*

no mundo. Só não com você. As luzes piscam brancas, brancas, brancas.
O motorista está dizendo algo sobre o lago Michigan no inverno,
como raramente congela. Os Bee Gees estão nos mandando dançar

e quando escrevo: *eu gosto que você usa pontuação*, Jude responde:
É claro que uso. Quem você pensa que eu sou? Eu respiro, me acalmo.
Você é alguém que quer me contar segredos no banco de trás de um táxi,

digo a ele. *Você é alguém que eu talvez não veja mais depois desta noite.*
A música incha alta e estridente, uma orquestra vertiginosa de
[discoteca,
e Jude está estendendo a mão para mim. Eu me atrapalho buscando
[seus dedos,

entrelaço-os. Não os soltamos. Ele está segurando a tela torta,
[escrevendo
com o polegar esquerdo, e meu celular acende. Diz: *existem trens e*
[ônibus
e aviões, Florence, diz: *somos adultos agora e podemos tomar*

a decisão, diz: *NÓS podemos, nós dois,* diz: *eu quero voltar*
para o prédio de dança, então o táxi para na frente do AAH
e o motorista desliga a música logo quando eu me viro e digo em
[voz alta:

"por que o prédio de dança?", e Jude está rouco quando responde:
"porque acho que eu preciso de uma segunda chance".

JUDE
SEGUNDA CHANCE

Cite graciosidade mais doce
do que a chance
de escrever uma nova e jubilosa
história no volume de lembranças
encadernado em couro — eu espero.

Quantas vezes é possível desaparecer
com a cicatriz vermelha, dessecar a tinta preta,
ficar de pé na boca da tumba
e chamar Lázaro para dar uma volta.

Não estou fazendo um inventário agora
de todos os modos nos quais fui
azarado na vida.

Neste momento só estou pensando
em como sou o mais sortudo
dos caras na Terra.

É meia-noite e estou de pé
diante do sol flamejante.

JUDE

ANDANDO EM DIREÇÃO AO PRÉDIO DE DANÇA E, MAIS ESPECIFICAMENTE, AOS ELEVADORES, PRONTO PARA SEGUNDAS CHANCES, QUE SE DANE O FANTASMA DO MICHAEL FLATLEY, MESMO QUE ELE ESTEJA VIVINHO DA SILVA, 00H06

— Esse foi nosso último check-in — digo.

— Nossa, é verdade — comenta Florence.

— Isso me deixa meio triste.

— *Awn*.

— Eu sei. Fico sentimental com coisas bobas. Tipo, você não quer ver como eu fico destruído quando vejo um sapato abandonado na beira da estrada.

— Pelo contrário, talvez não exista nada que eu prefira ver?

— Ei!

— Jude! Ei!

— Quer saber de uma coisa legal?

— Eu sempre fico grata quando recebo a oportunidade de recusar ouvir algo legal de modo não consensual.

— E...?

— Me conta uma coisa legal.

— Deixa eu ver se me lembro disso direito. Tá: a luz da Terra de 4.500 anos atrás viajou apenas 4,5% do caminho ao longo da nossa galáxia. Então, se você pudesse se teletransportar para um ponto a 4,5% do caminho ao longo da galáxia, você conseguiria ver as pirâmides sendo construídas.

— Espera. — Florence balança a cabeça. — Então... É tipo o inverso daquela coisa da luz de estrelas mortas que toda pessoa romântica ama?

— Exatamente!

— Isso é bem legal *mesmo*.

— Eu memorizei esse fato especificamente porque pensei que você ia gostar.

— Você é tipo um daqueles corvos que viram amigos de seres humanos e aí levam presentes pra eles, tipo pedras legais e pequenos pedaços de metal.

— Corvos fazem isso?!

— Eu posso ter memorizado *esse* fato especificamente porque pensei que *você* fosse gostar. Eu até sabia que você não se importaria em ser comparado a um corvo que dá presentes.

— E você tinha razão.

FLORENCE

O QUE HÁ ADIANTE, 00H15

No prédio de dança, eu insiro o código para destravar a porta.

— Eles são preguiçosos demais pra mudar. Primeira vez no prédio de dança em um ano.

— Você tá bem?

— Aham. Não sei. Talvez. Essa pode ser a última vez que eu ando por aqui.

— Você acha?

— Quando que eu vou voltar pra cá?

— Não dá pra saber. Você pode voltar como professora-assistente. Ou mesmo acabar dando aulas aqui.

— Não de dança.

— Eu acho que não é contra a lei para os poetas estarem no prédio de dança.

— Parece ilegal. Deus, o cheiro ainda é o mesmo aqui dentro. Seja lá o que usam para limpar o piso. Aquele cheiro de cera. Meio de água sanitária. Uau, eu...

— O quê?

— Você quer ir se sentar perto do lago em vez disso? Ou... Aposto que a cafeteria está vazia. Aquela que nos odeia. Podemos jogar mais uma partida de xadrez.

— Florence.

— Eu te deixo vencer. Você pode me dar xeque-mate o quanto quiser.

Estamos perto da porta do elevador. Jude diz:

— Você realmente não quer estar aqui, né?

— Eu quero estar aqui.

— Mas isso não parece muito verdadeiro...

— Eu quero estar aqui com você. Eu não quero, tipo, ver meu próprio fantasma.

— Formando uma dupla com o fantasma do Michael Flatley?

— Ai, Deus, isso provavelmente aconteceria, hein?

— Acho que sim. Vocês dois se unindo que nem Sherlock Holmes e o dr. Watson. Resolvendo mistérios de fantasmas. Enfim, desculpa. Você estava falando.

— Não sei. É tipo, lá estou eu, logo depois da curva, de coque e collant. Fantasma ou real? Dois anos atrás todo mundo no curso de dança me odiava. Eu já te contei isso? É por isso que eu estava sozinha na primeira Noite de Aurora, não foi porque eu, tipo, tomei aquela decisão por conta própria. Como se eu fosse legal demais pra todo mundo. Foi porque elas me odiavam, Jude. E eu gostava. O quanto isso é zoado? Elas me odiavam porque eu era *boa*, e eu sabia e, tipo, não mandava um papinho pra cima delas sobre como eu só era sortuda e que elas conseguiriam o papel principal no ano seguinte. Isso é problema delas. Não é trabalho meu fazer ninguém se sentir melhor com as próprias bobagens.

— Eu...

— Ninguém nunca segurou minha mão em meio a isso.

Jude estende uma das mãos e segura a minha. Eu pisco para disfarçar os olhos aguados.

— Às vezes eu acho que a dança fez de mim uma pessoa má — confesso a ele. — Ou talvez eu sempre tenha sido uma.

— Não vem com essa.

— Mas...

— Eu acho que você é competitiva. Isso é tudo. Você sempre jogou pra ganhar. E agora, em vez de afastar o mundo inteiro com sua espada gigante, você percebeu que está apenas jogando contra si mesma.

— Eu não sei como vencer nesse jogo.

— Nem eu. Acho que você só diz "xeque" e torce pelo melhor.

Eu rio.

— Essa parece ser a sua solução para muitos problemas.

— Só continue a enfileirar eles, que eu vou continuar derrubando. Tô aqui a noite toda.

— Só esta noite?

Minha intenção é que a pergunta soe leve, mas isso não acontece.

— Não sei.

Nós encaramos o painel do elevador, brilhando no escuro.

— Para cima ou para baixo? — pergunto, mas ele não responde.

JUDE
PARAPEITOS

Ah, aí está você, Pensamento Intrusivo, Ladrão
da Alegria, aparecendo
bem na hora certa, como
sempre faz. Como senti sua falta
depois de medicá-lo
e tranquilizá-lo; depois de aprender toda sorte
de maravilhosos mecanismos de superação para forçá-lo
à submissão dócil.

Como é bom vê-lo de novo, velho amigo,
Ah, Pensamento Intrusivo, isso pode ser o
melhor que as coisas serão. Este momento;
este campo nevado e imaculado de potencial
sem rastros ou manchas;

quando existo para Florence como alguém
para quem ela guarda factoides
sobre corvos, como um corvo coletando
peças reluzentes de metal e botões para oferecer
como presentes.

Eu não fico melhor do que isso.

Noite um, tivemos Marley
como parapeito. Noite dois,
foi o Rafe. Agora estamos dirigindo
a toda numa estrada montanhosa que cai
para o abismo em ambos os lados.

Se meus pais tivessem se afastado
um do outro nesse momento,
eles poderiam ter permanecido imaculados;
poupando a todos nós da dor de observar
algo belo apodrecer como
a tangerina esverdeada sempre à espreita
no fundo da sacola de redinha.

Se eu tivesse dado as costas para Marley
nessa altura, não haveria nenhum
hematoma de humilhação, nenhuma mágoa,
nenhum declínio amargo, e isso não teria sido agradável?

Às vezes eu penso que poderia morar
no vale incorrupto
entre querer e ter.

O problema nunca foi
que eu não poderia me apaixonar por
alguém como Florence;

e sim que poderia.

JUDE
HESITANDO, 00H21

— Florence…

— O que foi?

— Nada.

— Tem certeza?

— Você…

— Eu?

Eu pauso por um longo tempo.

— Eu o quê? — pergunta ela de novo. — Parece que você quer dizer alguma coisa.

FLORENCE
UNÍSSONO

Toco em seu ombro. Se eu pudesse
fazer isso sem me
partir, eu tocaria

seu rosto. Como sei
em que ele está pensando quando mal
sei de mim? Nossos olhares batem,

desviam. Ele ri um pouco e
é quase como algo que posso
ouvir, a contração no meu peito

se afrouxando. Meu coração como
um metrônomo, algo
com o qual eu dançaria, algo

em que eu poderia encaixar palavras, algo
para Jude, algum conforto. Eu não
reprimo. Não me viro

de costas. É quase brilhante demais para olhar,
esse garoto no escuro. *Você me*
tem, murmuro, sem saber

se quero que ele escute, *independentemente*
do que aconteça, e, quando estendo a mão
para o botão, ele o aperta antes de mim.

JUDE

DE VOLTA AOS TRILHOS, EM DIREÇÃO AO QUE PODE SER UMA TOMADA DE DECISÃO RUIM, MAS EM PAZ COM ISSO, 00H23

Estamos sentados lado a lado no escuro, sob o brilho estelar do painel de botões.

— Voltamos, Fantasma de Michael Flatley — anuncio. — Venha nos pedir para se vingar de alguém por você, ou sei lá o que você faz. O que é que ele faz?

Florence começa a rir.

— Pra falar a verdade, não sei.

— Como assim? Então ele só *aparece* e aí rola um momento superdesconfortável em que você tenta ter uma conversa com um fantasma com quem provavelmente não tem quase nada em comum? Tipo: *ei, se você conseguir assombrar cinemas, dizem que o último filme do Universo Cinematográfico Marvel é muito bom. E, se não for, você não vai ter desperdiçado horas preciosas de vida com ele.*

— Acho que eu preferiria um fantasma vingativo em vez de um que só quer jogar conversa fora — diz Florence.

— Concordo.

— Algum dia o Michael Flatley vai morrer de verdade — comenta Florence —, e pensa como vai ser anticlimático quando ele vier assombrar este elevador e todo mundo ficar: "é, cara, nós sabemos. Você tem assombrado esse elevador há uns vinte anos".

— Com certeza vai acabar com o barato dele.

Florence apoia a cabeça no meu ombro sem uma formalidade especial e uma mecha de cabelo cai sobre meus lábios, e eu acho que ela consegue escutar meu batimento cardíaco acelerando, sendo conduzido através dos ossos do meu peito e ombros.

— Se um dia você tiver a chance de se teletransportar para 4,5% do caminho ao longo da galáxia, posso ir com você? — murmura ela.

— É claro. — Minha voz falha um pouquinho, e eu amaldiçoo minha falta de jeito quando mais preciso dele.

— Você vai tirar foto das pirâmides sendo construídas?

— Se você estiver lá? Tudo o que eu vou querer fazer é ficar junto e conversar com você.

JUDE
SÉTIMO SENTIDO

Uma vez eu li em algum lugar
que humanos podem ter um sexto
sentido, um sentido da relação
espacial do corpo.
É por isso que é possível tocar
a ponta do nariz,
sem errar, no escuro.

Talvez exista um sétimo
sentido, no qual seja possível
encontrar a mão de outra pessoa
sem errar o alvo num elevador escuro,
a mão que você quer muito
segurar, e então a segura.

FLORENCE
NOVAS TENTATIVAS, 00H25

— Florence?

— O quê?

— Nada.

Consigo sentir a respiração dele no meu cabelo.

— Florence? — pergunta ele de novo.

— Que foi?

— Eu... Nada.

— Nada?

— A gente devia pegar o dinheiro e ir pra Europa — diz ele.

— É?

— É.

— Tá bom — respondo. — Vamos pra Europa.

Eu viro a cabeça um pouco, encaixo o nariz sob o pescoço dele. A pele está quente e tem cheiro de fogueira e lençóis que saíram da secadora.

— Fácil assim? Achei que você fosse me pentelhar por ter falado "Europa". Por ser tão vago. Tipo, tem uma diferença enorme entre ir para Paris e ir para, tipo... — Ele não termina a frase. — Na verdade, não consigo pensar em nenhum lugar para onde eu não gostaria de ir com você.

— Até mesmo a um vilarejo canibal escandinavo?

— Você também viu aquele filme, hein?

— Aham.

— Sei lá. Acho que você ficaria muito bonita com uma coroa de flores.

— E você com uma roupa de urso. Mas temos que nos perguntar: o sacrifício humano vale mesmo a pena?

— Vamos — diz ele, e se afasta um pouquinho de mim para me olhar. — Eu tô falando sério, vamos comprar as passagens esta noite. Vamos antes de ter que ir para a faculdade, vamos ver Copenhague e Barcelona e Atenas, vamos comprar, tipo, livretos de guias de viagem e usar tênis feios e…

— Câmeras ao redor do pescoço?

— É — concorda ele. — Eu vou fazer sua foto na frente das Escadarias da Praça da Espanha.

— Isso é em Roma — corrijo. — Vamos pra Roma também?

— Vamos. Vou fazer sua foto na frente do Duomo.

— O Duomo?

— É em Florença.

Estou rindo sem parar agora.

— Eu sei — digo a ele.

— Florence, eu…

FLORENCE
UMA DECISÃO

Ele está olhando para a minha boca
como se eu tivesse acabado de mordiscar um morango.

Se é possível escrever os segredos que não podem
ser ditos em voz alta, penso no que se pode mostrar a alguém

no escuro. Quando ele toca
uma mecha do meu cabelo e a enrola um pouco

em seus dedos, eu deixo meus olhos se fecharem.
Deixo os últimos três anos me penderem para a frente

e ali está ele, os lábios quentes. Eu deixo
meus braços ao redor do pescoço dele e o inspiro

para mim. Me levanto um pouco, dou uma meia risada,
tudo bem se... e não sei ao certo quem diz,

se ele ou eu, mas então estou em seu colo,
baixando o olhar e sorrindo como se tivesse ganhado

na loteria, ou como se tivesse acabado de saber
que há mais uma Noite de Aurora à nossa frente.

Tudo meu, digo para ele antes de beijá-lo
de novo, mas o que eu quero dizer é *nosso.*

JUDE

CECI N'EST PAS UM POÈME

Não há utilidade alguma
em escrever um poema
sobre uma coisa
que já é poesia,
não é?

JUDE
EMERGINDO BREVEMENTE PARA RESPIRAR, QUEM LIGA PARA QUE HORAS SÃO

— Oi — digo para Florence.

— Oi — murmura ela de volta.

Estamos entrelaçados. Ela em meu colo. O cabelo despenteado como se ela tivesse pegado vento e os lábios inchados. Ela toca a ponta do meu nariz e fala *bip*.

— Ah, merda, eu preciso... — Eu pego meu celular. — Preciso ir terminar com a Marley.

— Eu vou te morder bem no olho.

— Não dá pra morder um olho. É tipo tentar lamber o próprio cotovelo.

— Observa só. — Ela se inclina para a frente com a boca aberta e a fecha sobre minha cavidade ocular com os dentes. Seu hálito é quente. — *Grrr*!

Nós nos desmanchamos em risadas.

— Tá bom, agora tenta lamber o cotovelo — provoco.

Florence tenta.

— Eu acho que consigo... espera. Ainda sou bem flexível.

— Não, isso não conta.

— Calma aí, um segundo.

— Não. Aqui. Deixa eu... — Eu lambo o cotovelo dela. — Esse é o único jeito de ter o cotovelo lambido. Por um garoto chamado Jude. Não dá pra lamber o próprio cotovelo. E, se você não tiver um garoto chamado Jude, então está sem sorte. Não vai receber lambida de cotovelo alguma.

— Agora eu quero lamber seu cotovelo pra ficarmos quites.

— Tá contando os pontos?

— Sempre.

Eu ofereço meu cotovelo.

— Esbalde-se.

Ela lambe.

— Seu cotovelo parece uma língua de gato — diz ela.

— Sua língua parece uma língua de gato.

— Será que somos as duas pessoas mais nojentas na Terra? Por ficar se lambendo igual a um gato e mordendo a órbita ocular do outro e se agarrando dentro de um elevador?

— Na frente do fantasma do Michael Flatley ainda por cima — complemento. — O Lorde da Dança.

— Isso foi muito divertido.

— Sim, é divertido. Eu gosto de fazer isso com você.

— Eu gosto de fazer isso com *você*.

Florence dobra os braços e os apoia no meu peito. Então ela repousa o queixo nos braços, nossos narizes quase se tocando.

Eu estico gentilmente o pescoço para a ponta dos narizes se tocarem.

— *Bip* — digo.

— Por que estamos aqui?

— O que você quer dizer?

— Como chegamos até aqui? De um encontro completamente aleatório na frente de uma fogueira para, três anos depois, sentados num elevador fazendo uma breve pausa depois de nos beijar.

— A gente vai se beijar mais um pouco?

— A não ser que você tenha alguma objeção.

— Não tenho.

— Então como chegamos até aqui? Tipo, o que aconteceu?

— Eu sinceramente não sei. Tipo, em algum momento ao longo do caminho eu fui acometido por um caso de Florence. Que sobreviveu aos anos de silêncio. E se tornou febril toda vez que eu te vi.

Florence olha para mim por um segundo e então começa a rir.

— Tipo uma ferida inflamada.

— *Florence*. Como é que você se beneficia dessa comparação?!

— *Desculpa! Não* era minha intenção que a gente virasse um casal nojento. Mas aqui estamos.

— Somos um casal?

Florence olha para mim e seus olhos são suaves sob a luz espectral do painel de botões do elevador.

— É, acho que sim — diz ela, baixinho. — Espero que sim.

— Também acho que sim. — Espero que sim.

Contorno com o dedo a linha do lábio superior dela.

— Às vezes eu acho que fomos colocados no mundo apenas pra criar arte e fazer conexões com as pessoas com quem devemos nos conectar.

— Apenas? Você fala como se essas coisas não fossem colossais. Talvez as mais colossais de todas.

— Tanta gente não acredita nisso — comenta Florence.

— Pois é.

— O fato de que você acredita significa que era para nós nos conectarmos.

— O que você acha que teria acontecido se eu não tivesse te abordado naquela primeira noite? Onde será que estaríamos agora? Eu quase não falei com você, sabia?

— Por quê?

— Sei lá. Não queria parecer desagradável.

— Eu nunca achei que você parecia desagradável. Esquisito demais.

Eu rio.

— Obrigado?

— Acho que, se você não tivesse me abordado, ainda assim estaríamos juntos esta noite.

— Como isso teria funcionado?

— Não faço ideia. Mas eu acho que teria. De algum jeito. Talvez sentando lado a lado num avião. Talvez indo pegar a mesma caixa de cereais no mercado, nossas cabeças se trombando com um ruído cômico de coco vazio. Quem sabe? Mas acho que algumas pessoas são destinadas a se encontrar, não importa o que aconteça.

— Eu gosto de imaginar a inevitabilidade de certas coisas boas — digo.

— Especialmente quando coisas ruins às vezes parecem tão inevitáveis.

Ficamos em silêncio por um tempo.

— Enquanto estamos no assunto de segundas chances esta noite, podemos ter uma segunda chance? — pergunta Florence. — Da coisa que você disse mais cedo?

— De que coisa?

— Sobre como viemos parar aqui. Porque eu gostei de verdade e quero ter a chance de ouvir sem fazer uma piada de ferida inflamada.

— *Hm*. Eu não me lembro exatamente do que disse.

— Eu lembro. Você disse: *eu fui acometido por um caso de Florence.*

— Eu fui acometido por um caso de Florence.

— *Que sobreviveu aos anos de silêncio.*

— Que sobreviveu aos anos de silêncio. Eu deveria estar com a mão sobre a Bíblia?

— Quieto. *E se tornou febril toda vez que eu te vi.*

— E se tornou febril toda vez que eu te vi. — Eu deixo um ou dois minutos passarem para que Florence saboreie minha segunda chance (ou dela?). — Você tem uma memória boa — elogio.

— Como você sabe, se não se lembra do que disse?

— Soa como algo que eu teria dito.

— Eu tenho uma boa memória para coisas que gosto de ouvir. Agora me pergunta como viemos parar aqui.

— Florence. — Eu a puxo para perto. — Como viemos parar aqui?

Eu beijo uma trilha que vai da base do pescoço dela até atrás da orelha.

Ela suspira.

— Eu fui acometida por um caso de Jude.

— E...?

Roço o queixo com a barba por fazer lentamente pelo pescoço dela e começo de novo. Vejo a pele arrepiada em seus braços.

— Que sobreviveu aos anos de silêncio.

Ela parece com falta de ar.

— E...? — incentivo-a de novo.

— Eu me esqueci do resto.

Ela agarra meu rosto e puxa meus lábios em direção aos seus como se houvesse algo dentro de mim do qual ela precisa para sobreviver.

FLORENCE
POSSIVELMENTE CRIMINOSOS, ??H??

— Florence?

— *Hmm.*

— Florence?

— *Hmm?*

— Florence, meu anjo, eu…

— Você acabou de me chamar de meu anjo?

— Posso?

— Pode. Chama de novo.

Jude ri.

— Meu anjo — diz ele. — Acho que tem alguma coisa vibrando no seu bolso.

— Ah.

— Acho que tá vibrando há, tipo, dez minutos.

— Por que você não me disse? — pergunto preguiçosamente a ele.

— Porque tenho quase certeza de que nenhum de nós liga. Mas…

Eu o beijo de novo. Ele coloca as mãos no meu cabelo e me puxa para perto.

O tempo passa.

Bastante tempo passa.

— Meu anjo — diz ele, a voz abafada. — Seu celular.

— Meu celular. Espera! Meu celular! É o…

Eu o pego e mostro a tela para ele. São 3h18. O alarme diz: SEGUNDO CHECK-IN ÀS TRÊS HORAS.

Jude xinga.

— *Nãoooo* — exclama ele. — Não. Ops. Cadê minha camisa?

— Estou sentada nela.

— Sai de cima!

— Ai, Deus. Estou com, tipo, nós no cabelo?

— Seu cabelo praticamente virou um único nó gigante. Cadê minha camisa?

— Eu achei que estava sentada em cima dela, não estava? Será que o Michael Flatley roubou?

Jude Wheeler, descamisado e em pânico. Eu nunca amei tanto alguém.

— Essa não é a hora para mencionar o nome do Lorde da Dança em vão, tá bom? Estamos atrasados.

— Somos *veteranos* — digo a ele. — Não vamos voltar. O acampamento termina daqui a duas horas. O que eles vão fazer com a gente?

Ele me ignora e ativa a lanterna do celular.

— Não tem camisa nenhuma nesse elevador. Onde tá minha camisa?

— Volta e me beija mais um pouco?

— Ai, meu Deus, Florence, cadê minha camisa?

— No poço do elevador? Na lua? Como uma bandeira, tremulando na lua...

— Não tem vento na lua.

— Acho que isso não é verdade.

— O quê, agora você virou conspiracionista do vento lunar? Cadê minha camisa? Eles podem ligar pros nossos pais! Eles podem nos condenar! Podemos ser condenados!

— Condenados do destino ou como *criminosos*?

— Você realmente quer passar as últimas duas horas que podemos ter juntos em quartos separados enquanto nossos responsáveis ficam sentados na frente das nossas portas girando as chaves como se fossem carcereiros de algum filme da Disney vindo do inferno?

Eu me levanto num pulo.

— Onde é que sua camisa foi *parar*?

3H22

— Eu não sei como ela foi parar dentro da perna da sua calça — comenta ele.

— Corre mais rápido!

— Ainda mais porque você *ainda estava vestindo sua calça.*

— Eu sou mágica — digo. — Ou minha calça é um buraco negro.

— Sua calça é um buraco negro? Você quer ficar com essa?

— Jude...

— Porque tem muita coisa que eu posso fazer com isso.

— Não faça nada. Não faça nada além de correr.

— Eu não sei se consigo. Por que você não tá ofegando? Espera, você tá ofegando!

— Eu não tô ofegando. Eu sou uma atleta. Olha, estamos quase lá.

— O que nós vamos fazer? — pergunta ele. — Eles vão, tipo, nos arrastar pra longe no segundo em que chegarmos.

Eu paro de repente e Jude também. A fogueira está fulgurando, a dois minutos de uma corrida desesperada de distância.

— Não sei — digo a ele. — Não podemos só voltar pro prédio de dança e nos esconder?

— Não. Lembra? Eles ligam para a polícia se alguém desaparecer por mais de uma hora. É o único jeito que a Noite de Aurora funciona, legalmente falando.

— Ai, meu Deus, eu vou ter cabelo desgrenhado pós-transa na minha foto de registro criminal.

— Ainda é cabelo desgrenhado pós-transa se nós não transamos?

— Cabelo desgrenhado pós-pegação soa esquisito.

— Justo.

— Quanto tempo nós temos até o amanhecer? — pergunto a ele. — Algumas horas?

— É.

— Talvez a gente devesse só se entregar.

— O *quê?*

— Nós vamos pra Europa, certo? Daqui a algumas semanas. E a faculdade...

— Até onde eu sei, você pode ir estudar na Antártica!

— Tipo assim, você poderia me visitar. Remar um minúsculo veleiro pra ir me ver.

— Isso não é engraçado.

— É um pouquinho.

— Não.

— Jude...

— Não. *Nã-ã.* Eu vou ver o nascer do sol com você, droga...

— Jude...

— O *quê?*

— Acho que a sua camisa tá do avesso.

JUDE

A MÚSICA TEMA DE *MISSÃO: IMPOSSÍVEL*, 3H27

Nós chegamos de volta à Fogueira bem a tempo de ver a orientadora responsável pelo check-in enfiar um maço de folhas numa bolsa *tote* da NPR aos seus pés.

— Tá bom, tá bom — digo, passando os dedos no cabelo, recuperando o fôlego. — Precisamos de um plano. Só temos que... Tá, aqueles papéis devem ser a lista de check-in, certo?

— É provável.

— E se a gente pegasse a lista? Podemos jogá-la na fogueira. Não. Espera. Não podemos.

— Por quê?

— Porque, tipo, a lista de fato *tem* um propósito legítimo. E se tiver alguém dentro de uma van branca por aí sendo levado pro meio do mato?

— Bom argumento.

— Pensa... Pensa... Beleza. Eis o que faremos.

— Diga.

Florence se aproxima.

— Primeiro passo, nós botamos a mão na lista. Talvez bolemos uma distração de algum tipo?

— Gostei.

— Segundo passo, nós a substituímos por outro amontoado de papéis enquanto tivermos a lista. Se alguém só meio que olhar de rabo de olho, não vai notar nada faltando.

— Ótimo.

— Em qual passo estamos? Tô cansadão.

— Terceiro.

— Isso. Terceiro passo, pegamos a lista verdadeira e forjamos a hora do check-in. Como são suas habilidades de falsificação?

Florence faz um gesto de *mais ou menos* com a mão.

— Acho que consigo fazer — digo.

— Com aquele seu olho de fotógrafo?

— Vai funcionar. Tá bom, quarto passo: nós devolvemos a lista verdadeira e pegamos de volta a lista de mentira. Quando eles forem conferir a lista a uma hora do check-in, lá estaremos nós. Tudo certo.

— Eu amei. Vamos precisar de pelo menos uma caneta preta e uma caneta azul, por precaução.

— Sim. Se eles usarem alguma cor esquisita, provavelmente estamos ferrados.

— Provavelmente.

— Vamos ter que arriscar. — Posso ver a pequena aglomeração de campistAAHs reunidos na Fogueira. — Lá está a Marissa do meu programa de fotografia. Ela é uma daquelas pessoas que sempre têm de tudo na mochila. Aposto que tem canetas.

— Legal. Ela vai ter papel? Precisamos de uma lista de mentira.

— Ela... Ei! *Bum*! — Eu aponto para um dispensador de jornais do campus.

No topo está uma pilha de flyers. Eu corro até lá e pego os papéis, então volto e os entrego a Florence.

— Você acha que consegue criar a distração e trocar?

— Reflexos como os de um gato, lembra? Na verdade, posso até usar um lince como distração.

— Você tem acesso a um lince?!

— Jude, se eu tivesse acesso a um lince, você acha que eu estaria mencionando isso só agora, sob condições tão duras?

— Bom argumento.

— Um lince fictício.

— Certo. Tá bom, temos que fazer isso acontecer. Você lembra os passos?

— Lembro. Eu vou criar uma distração, pegar a lista e trocar ela pela falsa enquanto você pega as canetas. Nós nos reencontramos. Você falsifica os check-ins e nós devolvemos a lista e a trocamos de volta com a lista falsa.

Eu bato uma única palma.

— Sim. É isso.

— Espera, eu vou fazer a troca de volta?

— Acho que seria melhor.

— Entendido.

Nós partimos em direções diferentes. Eu a chamo.

— Florence?

Ela se vira.

— Eu acredito em você — digo.

Ela assente firme e nossos olhares se encontram. Ela ergue um punho. Nós viramos.

— Espera! Florence!

Ela se vira de novo.

— Nós não discutimos o ponto de reencontro. A gente se vê na fogueira?

Florence me oferece dois joinhas.

Eu me aproximo de Marissa e suas amigas. Entre as três, eu arrumo um marcador permanente preto, uma caneta de gel azul, uma caneta de gel preta e até uma caneta esferográfica vermelha. Nós vamos conseguir fazer isso. Eu me apresso de volta para a fogueira e ando nervoso de um lado para o outro até ver Florence vindo a passos rápidos na minha direção, a pilha de papéis contra o peito para que não possam ser vistos por trás. Meu coração acelera.

— Você conseguiu! — sussurro, urgente.

— Consegui, sim — diz ela.

— Eu arranjei uma variedade de canetas — mostro, dando risadinhas de animação. — Se não conseguirmos fazer isso, não merecemos.

— Não, não merecemos.

— Beleza, me passa os papéis. Eu vou precisar de um segundo pra examinar a letra.

— Aqui está.

Florence me entrega a pilha de papéis. Eu começo a folhear.

— Florence.

— Eu.

— Isso são os flyers que eu te dei pra usar como a lista falsa.

— São.

— E o plano?

— Ah, eu só fui até a mulher e expliquei que estávamos um pouco atrasados e que sentíamos muito e que era a nossa última noite no AAH e que gostaríamos demais de poder ver o nascer do sol juntos porque não sabemos quando poderemos nos ver de novo e que, se não pudéssemos ver o nascer do sol juntos, seria como passar por um trauma. Ela disse que tudo bem. Ajudou o fato de que ela conseguia te ver de onde estava sentada. Eu apontei pra você e disse que você estava andando de um lado pro outro e que não tinha ido lá conversar porque estava muito envergonhado e com medo de se meter em encrenca e que acharia estressante se tivesse que se explicar. Você se lembra de onde pegou esses flyers, aliás? Nós provavelmente devíamos botar eles de volta no lugar, pra ser legal.

— Florence. Você me deu a maior corda.

Florence começa a gargalhar, até ficar com os olhos cheios de água.

— Eu não aguentei. Desculpa — diz ela enquanto enxuga o rosto. — Você estava fofo demais. Tão animado com seu plano adorável.

COMPLETAMENTE DESANIMADO, MAS TUDO BEM, PORQUE ESTAMOS JUNTOS E QUALQUER DESÂNIMO É MERAMENTE TEMPORÁRIO, 3H48

— Ei, eu prefiro você chorando assim na Noite de Aurora do que de qualquer outro jeito — falo.

— *Awn*, seu fofo — diz Florence.

Ela entrelaça os dedos nos meus.

Estamos de mãos dadas enquanto andamos sem rumo pelo pátio.

— Acho que somos oficiais do AAH agora?

— Oficiais do AAH. Seremos a fofoca do acampamento por... — Ela olha para o celular. — Talvez mais três horas. Para onde em seguida, caubói?

— Caubói?

— Marinheiro? Piloto? O espião que sabia demais?

— Ainda tô meio sensível a brincadeiras com "espião".

— Compreensível. Podemos voltar pro elevador — sugere Florence, com um sorriso malicioso.

— *Podemos*, mas nós dois sabemos o que faríamos lá dentro.

— Quer dizer, *qualquer coisa* pode acontecer.

— Qualquer coisa *pode* acontecer, mas qualquer coisa *não* vai acontecer. Uma Coisa Muito Específica vai acontecer.

Florence dá de ombros.

— O que rolar, rolou.

— Escuta, eu amo a Coisa Muito Específica. Deus sabe. Mas tem uma única coisa nessa terra que eu amo mais ainda, e essa coisa é conversar com você, e o tempo pra isso está acabando.

O sorriso de Florence se alarga e seu aperto em minha mão fica mais firme.

— Tá bom, você passou.

— Isso foi um teste?

— Talvez.

— Porque você pareceu bem sincera.

Florence para e me encara.

— Me dá outra prova da Coisa Muito Específica.

— Se isso for um teste...

— Não é.

— Porque, se for, estou prestes a reprovar.

— Reprove, então.

Nós fazemos a Coisa Muito Específica, os curiosos sussurrantes ao redor que se danem.

— Tá bom — corta Florence. — Para onde vamos de verdade?

Eu penso por um momento.

— Já sei — digo.

— É?

— É, mas vamos pegar uma duplinha de montanhosos primeiro porque este ano eu não estou com a barriga cheia do café anárquico da Ravyn me abastecendo.

— Uma duplinha de montanhosos…

— Você não lembra? Foi assim que você chamou os Mountain Dews.

— *Eu*? Não tô lembrada. E não seria Mountains Dew?

— Vamos dizer que sim, só pra vivermos num mundo em que o correto é "Mountains Dew".

Nós pegamos latinhas suadas de Mountain Dews (Mountains Dew?) de um cooler Yeti e as abrimos.

Eu levo a gente para um lugar um pouco longe dos *coolers*.

— Lembra?

— Foi aqui que tiramos um cochilo juntos na nossa primeira Noite de Aurora?

— Acertou em cheio. Eu assisti você dormindo naquela noite.

— *Eu* te assisti dormir!

— O quê? Quando?

— Eu acordei algumas vezes e fiquei te olhando igual a uma esquisitona. Quando foi que você me assistiu?

— Logo no início, quando você caiu no sono primeiro, antes de mim.

Eu me sento de pernas cruzadas sobre a grama fria. Florence se senta e então se deita de costas, apoiando a cabeça no meu colo, o cabelo loiro espalhado sobre minhas coxas. Eu puxo uma mecha com os dedos, de novo e de novo, sentindo o toque de seda na ponta dos dedos.

— É uma boa noite estrelada — murmura Florence.

Os minutos gotejam como mel quente. Nós conversamos por um tempo e então o mundo fica muito silencioso e, me pegando bem desprevenido, uma onda de tristeza se apossa de mim, grande demais para que eu a contenha.

— Florence — chamo, baixinho.

— Jude.

— Esta deveria ser a última noite em que nos falamos?

Florence pausa por um longo tempo como se esperasse que eu fosse dizer mais alguma coisa.

— O quê, tipo pra sempre?

— *Hm*. Não sei. Talvez. É.

— Mas e a Europa?

— Talvez depois da Europa.

Florence se senta abruptamente e se vira para mim. Ela me olha cheia de mágoa.

— Por que você está dizendo isso?

— Eu... eu tô com muito medo.

— Se isso for uma piada, ela é péssima.

— Não, não é.

— Se for... vingança, é ainda pior.

— Não é!

— Então você está com medo do quê?

Eu me agarro ao silêncio como se estivesse prendendo a respiração debaixo d'água e finalmente tivesse que emergir.

— De te amar. Você é alguém que eu posso amar.

Eu espero que Florence reaja surtando, mas ela não surta.

— Por que isso te deixaria com medo? — pergunta ela suavemente.

Ela puxa uma folha de grama.

— Porque parece que o amor não sobrevive perto de mim.

FLORENCE
A VERDADE, 4H02

— Jude.

— Não, não tenta me convencer, eu... Sou eu que tenho vivido a minha vida. Sabe? Eu sou o especialista no que aconteceu comigo.

— Você acha que a Marley chegou a te amar?

— Como é?

— A Marley. Ela te amou?

— Não. Não, eu acho que ela nunca me amou.

— Pronto.

— Se você tá tentando provar um ponto a respeito da minha capacidade de ser amado, Florence, eu odeio te dizer isso, mas...

— Ela nunca *parou* de te amar. Porque, para começo de conversa, ela não era capaz disso.

— Mas meus pais...

— Ainda te amam. Muito. Mesmo que o seu pai expresse isso fingindo que vocês estão num filme do Will Ferrell, ou coisa assim.

Ele parece exausto de repente.

— E então, é claro, você não está contando *comigo*. O que me deixa pessoalmente bem ofendida — falo.

— Você? — pergunta ele.

— É. Eu. Você se dá conta de que... Eu te conheço por um punhado de noites, essa pequena coleção de horas aqui ao norte do fim do mundo. Essas três noites que apenas... reverberaram para todo o resto. Essas três noites que, tipo, me inundaram. E se apossaram de mim. Eu terminei com o meu namorado. Eu me mudei pra São Francisco por estar tão mal do coração por sua causa. Por causa da dança. Eu comecei a escrever *poesia*. Uma manhã desse inverno na Califórnia, eu acordei de um sonho em que estávamos jogando xadrez, numa nevasca, e então eu chorei por uma hora inteira antes da escola.

— Tudo isso parecem coisas que eu fiz de errado — diz ele, baixinho.

— Como? Eu estava chorando porque queria estar com você e não estava. E foi porque eu era orgulhosa demais pra pegar seu número e esclarecer o que se tornou o mal-entendido mais imbecil do mundo. Tudo o que fiz foi pensar em falar com você. Eu sonhava acordada com isso como se tratasse de um livro no qual eu pudesse entrar. E então me perguntava se eu tinha imaginado tudo, algo impossível de se concretizar, e agora aqui estamos, conversando a noite toda, e de alguma forma é melhor do que imaginei. Esta noite eu sinto como se praticamente pudesse caminhar sobre o lago Michigan. Como se pudesse andar de elevador por mais quatro horas. Como se pudesse pegar cada umas das pessoas que o fez se sentir não amável e emaranhar elas num gigantesco rei-rato e deixar elas se refestelarem juntas nas profundezas mais obscuras do inferno. Você é amável, Jude Wheeler, e eu sei disso, porque eu te amo mais do que qualquer outra coisa.

— Ah.

— Mais do que amo a dança. Eu te amo nesse nível.

— Ei — diz ele. — Ei, não chora.

— Não tô chorando.

— Você tá chorando um pouquinho.

Dou uma fungada.

— Eu não tô chorando, *você* que tá chorando.

— Quer dizer, eu meio que devia. Porque tô assustado pra cacete.

— Eu não sou tão assustadora assim. Ou sou? — pergunto.

— A única coisa que me assusta é que eu também te amo. E não quero perder isso, Florence. Acho que isso me destruiria.

— Um: eu jamais quero que você pense que eu te machucaria de propósito, mas dois: eu acho que nada poderia te destruir. Você enxerga beleza demais no mundo pra deixar que algo o derrube. O mundo é, tipo, incapaz de te dar um sacode e roubar seu dinheiro do lanche.

— O mundo é só um velho valentão, hein.

— Às vezes parece que sim. Quando eu penso que já é amanhã.

Os olhos de Jude estão cintilando.

— E então temos que voltar para o meio das coisas — continua ele. — Aqueles dias entre uma coisa e outra. Eu não quero voltar pra lá sem você.

— E Viena?

— Isso não é só um sonho impossível?

— Você tem passaporte?

— Tenho. Meu pai me levou pra pescar trutas no Canadá alguns anos atrás. Você também tem passaporte?

— Tenho.

— E está em dia?

— Está.

— Ah, cara — diz ele. — Então... Viena.

— Quer dizer, não podemos decepcionar Ravyn McHaven.

— Certo.

— Essa é a coisa mais importante a se levar em consideração aqui.

— Florence...

— Eu não posso decepcionar *você* — digo a ele fervorosamente. — E não vou. Jamais.

— Eu sei — responde ele, e ficamos sentados ali por um minuto até Jude me puxar para nos deitarmos na grama.

Eu apoio a cabeça no ombro dele e, depois de um minuto, Jude abre um aplicativo de voos no celular. Leva um tempinho, porque reservamos as viagens de trem entre as cidades também, mas lá está: Roma e Viena e Paris e Barcelona.

FLORENCE
REGOZIJANDO-ME NA MINHA PRIMEIRA INCURSÃO BEM-SUCEDIDA COMO AGENTE DE VIAGENS, 5H42

— Eu nunca gastei tanto dinheiro assim na minha vida — digo a ele.

— Eu sei. Eu sinto como se meu nariz fosse começar a sangrar.

— Um sangramento nasal de *alegria*.

— Fico imaginando você escrevendo poemas por lá — fantasia ele. — Olhando pela janela para os Alpes, quando estivermos no trem entre as cidades. Mesmo se for um trem noturno. Aposto que os Alpes são brancos e nevados o suficiente para serem vistos no escuro.

— E você pode fazer fotos. Fazer um registro.

— Algum lugar para o qual podemos voltar.

— Um lugar que inventamos. Que existe entre nós dois.

— É — concorda ele. — Algum lugar para guardar na lembrança.

— É isso que eu quero.

Ele me beija.

— E você disse que quer encontrar hostels pra ficar? Quando chegarmos lá?

— Vamos conhecer pessoas assim, não é? — pergunto a ele.

— Acho que não dá pra evitar. Tipo, dezesseis pessoas num quarto, em camas beliche. Você, tipo, guarda suas coisas num armário com cadeado.

— Legal.

— Sério?

— Não é legal?

— Não sei. Às vezes eu sinto que... Preciso estar no controle do meu espaço.

— Então vamos pegar uns quartos baratos em hotéis baratos, para que fiquemos a sós. Quer dizer, eu tenho algumas centenas de dólares da minha família, do dinheiro da formatura, posso compensar a diferença… O que foi?

— Uma semana com você, a sós, em quartos de hotel, na Europa, a sós?

— Sim?

— A sós?

— Diga a sós de novo.

— Bom, agora estou com outro tipo de nervosismo — diz ele.

— Ajudaria se em vez disso a gente ficasse em elevadores?

— Provavelmente. Eu me sinto mal por isso. Não quero ter que usar seu dinheiro da formatura só porque eu… sou quem sou.

— Eu amo quem você é. E não é nada de mais. Sério. Eu estava planejando guardar porque eu quero estudar na Itália durante meu primeiro ano na Brown, mas agora estamos basicamente fazendo isso, então.

— Brown? — pergunta Jude.

— Bosta. — Dou um tapa na testa.

— O quê, estamos fazendo um exercício de associação livre aqui? Tá bom, amarelo, abelha. *Brown? Universidade* Brown?

— Ah, merda.

— Florence…

— Desculpa… Eu não queria ter furado a grande revelação! Só escapou porque tô muito cansada. Nós podemos voltar a fingir que vamos fazer a mesma faculdade num submarino no lago Superior, ou coisa assim.

— Onde é a Universidade Brown? É uma Ivy League, né? New England? Porque… — Há um tremor na voz do Jude.

— É em Providence.

— Rhode Island? Ou a providência divina?

— Rhode Island — digo a ele, rindo. — Você está parecendo um garoto daqueles vídeos em que o pai volta do exército e surpreende a criança na escola, ou sei lá.

Jude levanta o dedo indicador.

— Você pode me dar licença por um segundo?

Ele anda alguns passos em direção à água, joga a cabeça para trás e comemora com um grito, as veias do pescoço se sobressaindo.

Eu solto uma risada e me junto a ele, comemorando também.

— Por que estamos celebrando e gritando?

Jude se vira para mim com os olhos em brasas.

— Minha cara Florence. Estamos celebrando e gritando por causa de uma informação que eu possuo no momento, mas você, não.

— Por que você está falando que nem um mágico? Conta logo, bobo.

— Eu devo avisá-la de que passar a possuir essa informação pode causar um surto espontâneo de celebrações e gritos, como aconteceu comigo.

— Eu já me envolvi nas celebrações e gritos espontâneos. Conta. Você tá arrastando isso pra compensar a minha falta de cerimônia para revelar onde eu vou estudar?

Jude segura minhas mãos.

— Eu vou para a Escola de Design de Rhode Island.

Eu imediatamente fico tonta, metade por exaustão e metade por empolgação.

— Isso... Parece que fica em Rhode Island.

— Fica em Providence.

— Jude.

— Sim.

— Brown é em Providence.

— Aprendi isso recentemente.

— O estado de Rhode Island não é grande.

— Eu fiquei sabendo que, na verdade, é o *menor* dos estados.

— Então a conclusão lógica é que Providence não é grande.

— Uma conclusão muito lógica.

Nós pegamos nossos celulares com mãos trêmulas.

— Nós vamos ficar a, tipo, três quadras de distância — diz Jude, e ele se vira para segurar meu rosto. — Você sabe o que isso significa?

— O que isso significa? — pergunto, mas eu sei a resposta.

— Eu posso ficar com você — diz ele. — Eu posso ficar com você até amanhã. E o amanhã depois da Europa. E o amanhã depois daquele. Se for isso que você quer.

— Eu quero. Eu quero. Você pode me dar licença por um segundo?

Eu ando até a margem da água, respiro fundo e solto um grito de júbilo em direção ao lago Michigan. Jude se junta a mim até que nossas gargantas estejam ardendo e os ouvidos, zunindo.

— Se eu visse uma coincidência dessas num filme, ia revirar os olhos com tanta força — comento.

— Eu também, mas na vida real eu não tenho objeções — diz Jude. — Ei, adivinha só o que mais eu percebi!

— O quê?

— Ainda não fizemos a sua foto anual!

— Acho que não sou capaz de replicar a pose de dança da primeira noite. Meu equilíbrio tá capenga demais.

Jude pega o celular, abre a câmera e vasculha ao redor com o olhar.

— Não se preocupe. Deixa eu pensar...

— Já sei. — Eu pego o celular dele, estendo o braço por inteiro, puxo ele para mim e tiro uma selfie em que o estou beijando na bochecha, o cabelo loiro balançado pelo vento sobre meu rosto. — Não sou uma fotógrafa premiada como você, mas acho que assim funciona.

Jude olha para a foto e exibe uma expressão de alegria desenfreada.

— É — murmura ele. — Assim funciona.

Então nos abraçamos, apertado, até que eu sinto Jude olhando por cima do meu ombro.

— Aquilo é o sol nascendo? — pergunto.

— É. Acho que é.

JUDE
MAIS UMA PARA A ESTRADA

E, enquanto seu olhar está fixado
no horizonte, você é uma silhueta
contra o céu se abrilhantando, sombreada como você estava
diante do fogo naquela primeira noite e, mais uma vez,
enquanto você não está olhando,

eu tiro a foto.

Você diz que não é capaz de dançar
como costumava, mas tudo o que você faz
é uma dança para mim.

JUDE
NOITES DE AURORA

Eu procurei por você três vezes
no escuro; uma vez sem saber
seu nome. Agora aqui estamos,

vendo o sol nascer. Estou segurando
sua mão no silêncio, esticado
como um fio de seda antes
de a manhã desabrochar. Você me faz crer

que a grande máquina dos dias gira
com o único propósito
da nossa felicidade. Uma vez

durante as horas silenciosas,
quando precisava abafar
a percussão do meu próprio
coração, eu procurei

o significado do seu nome.
Florence significa *florescer*; Florence
significa *desabrochar*; Florence
significa *florescência*. Esses dias de verão,

essas Noites de Aurora, guardam
uma riqueza: talvez tenhamos nascido
com a herança do amor ao acaso. Encontramos
aquele sem o qual não podemos viver.

FLORENCE
RESPOSTAS

Eu não sou boa no presente. Perfeito
ou de outro jeito. Estou sempre em busca do porém,
do erro no meu passado que me armou

para a queda que estou prestes a tomar.
É um padrão de raciocínio, difícil
de quebrar. Eu costumava achar que crescer

significava um terninho com saia, ou uma hipoteca, ou uma casca
mais espessa entre mim e o mundo. Que eu seria à prova de balas,
que saberia demais para que me machucassem. Adiante

e para trás. Adiante e para trás. Nunca o agora. Mesmo
neste instante, no litoral, a maré tenta me puxar para longe
e eu deixo, eu me deixo ser tragada para dentro do que estou
[sentindo, eu sinto

como se estivesse na beirada de algo

belo. Sinto como se pudesse me abrir
e me derramar até as estrelas. Sinto como a palma
macia da manhã se erguendo sobre a água. Sinto Jude

ao meu lado como o fim do pensamento seguinte,
algo que posso dizer a ele e então tornar completo.
Nós dois, uma história. Melhor do que qualquer livro. Sinto

que devemos andar por aí a noite toda e falar a respeito disso.

AGRADECIMENTOS

Agradecemos a Alex Cooper, nosso editor brilhante, por ser um defensor deste livro. Você é simplesmente o melhor. Agradecemos a Allison Weintraub por todo o seu tempo e cuidado. Agradecemos a Rosemary Brosnan por acreditar neste projeto. Agradecemos a Shona McCarthy, Mark Rifkin, Laura Mock e David Curtis; a Lisa Calcasola e Audrey Diestelkamp; e a Patty Rosati e sua equipe. E agradecemos também a Hokyoung Kim pela linda ilustração de capa. Agradecimentos infinitos aos nossos maravilhosos agentes, Taylor Haggerty e Charlie Olsen. Vocês são os melhores, pelo seu trabalho neste e em todos os nossos projetos anteriores.

Agradecemos a Emily Henry (por tudo, e também por nos deixar fazer uma surpresinha para você), David Arnold, Margarita Engle, Amber McBride, Jennifer Niven e Jasmine Warga. O apoio de vocês significa o mundo. Nosso muito obrigado.

Brittany gostaria de agradecer a: Emily Temple, Kit Williamson e Joe Sacksteder; Mackenzi Lee, justin a. reynolds e Riognach Robinson (mil e seiscentos dólares!); meus incríveis colegas da Interlochen; e à minha família, por todo o seu amor e cuidado. Agradeço a Andrew (e Daisy e Felix e Kitty) infinitamente. E agradeço à Northwestern CTD, cujas tradições da noite de aurora ajudaram a inspirar este livro, e aos meus estudantes da Interlochen, que me inspiram todos os dias.

Jeff gostaria de agradecer a: Kerry Kletter, que, como sempre, me mantém são enquanto continua a ser para sempre minha Estrela do Norte como escritora brilhante e ser humano incrível e BFF.

Agradeço ao Tennessee Teen Rock Camp e ao Southern Girls Rock Camp, cujas tradições de colocar jovens criativos e inteligentes em contato uns com os outros me inspiraram a escrever este livro.

Agradeço a Greg e Bowie, meus cachorros, que me ensinaram que basta passar uma vida breve como um doador e um recebedor de amor. Eu tento sempre me lembrar disso quando estou escrevendo histórias.

Agradeço a todo mundo que me fez acreditar que eu podia escrever poesia — especialmente a Ocean Vuong, Ruth Awad e à minha coautora. Se você não tivesse a ideia de escrevermos isso juntos, eu nunca teria presumido sugerir uma colaboração de poesia com uma poeta do seu calibre.

Por fim, agradeço a Tennessee Zentner, que me ofereceu, enquanto escrevia Jude, um modelo vivo de um belo rapaz brilhante, sensível, engraçado, talentoso, animado e criativo. E agradeço à minha linda Sara. Eu encontrei a pessoa sem quem não posso viver. Cada história de amor é para você. Eu não poderia fazer este trabalho sem o seu amor e apoio. Eu te amo e amo o Tennessee mais do que palavras podem expressar, mas vou continuar tentando.

MINHAS IMPRESSÕES

Início da leitura: ____/____/____

Término da leitura: ____/____/____

Citação (ou página) favorita:

Personagem favorito: ____

Nota:

O que achei do livro?

Este livro foi impresso pela Vozes, em 2024, para a Editora Pitaya
e fez suas editoras chorarem no escritório enquanto ouviam Phoebe Bridgers.
O papel do miolo é Avena 70g/m², e o da capa é cartão 250g/m².